古典文學研究輯刊

十二編
曾永義 主編

第 15 冊

中國古典戲劇敘事技巧研究
——以西方古典戲劇爲參照（上）

胡健生 著

國家圖書館出版品預行編目資料

中國古典戲劇敘事技巧研究——以西方古典戲劇為參照（上）
／胡健生 著 -- 初版 -- 新北市：花木蘭文化出版社，2015〔民
104〕
序 4+ 目 2+182 面；19×26 公分
（古典文學研究輯刊 十二編；第 15 冊）
ISBN 978-986-404-413-9（精裝）
1. 中國戲劇 2. 劇評
820.8　　　　　　　　　　　　　　　　104014986

ISBN- 978-986-404-413-9

古典文學研究輯刊
十二編　第十五冊　　　　　　　ISBN：978-986-404-413-9

中國古典戲劇敘事技巧研究
——以西方古典戲劇為參照（上）

作　　　者　胡健生
主　　　編　曾永義
總 編 輯　杜潔祥
副總編輯　楊嘉樂
編　　　輯　許郁翎
出　　　版　花木蘭文化出版社
社　　　長　高小娟
聯絡地址　235 新北市中和區中安街七二號十三樓
　　　　　　電話：02-2923-1455／傳真：02-2923-1452
網　　　址　http://www.huamulan.tw 信箱 hml810518@gmail.com
印　　　刷　普羅文化出版廣告事業
初　　　版　2015 年 9 月
全書字數　291825 字
定　　　價　十二編 26 冊（精裝）新台幣 48,000 元

中國古典戲劇敘事技巧研究
——以西方古典戲劇為參照（上）

胡健生　著

作者簡介

胡健生，男，1965 年生，江蘇徐州人，文學博士，現爲廣東財經大學人文與傳播學院教授，主要講授外國文學史、外國作家作品專題、比較文學（偏重中西戲劇比較）、戲劇鑒賞等課程，在《外國文學評論》、《國外社會科學》、《戲劇》、《學術論壇》、《甘肅社會科學》、《東嶽論叢》、《齊魯學刊》、《藝術百家》、《民族藝術研究》等刊物發表學術文章，曾出版《外國經典作家作品探幽》、《中西戲劇名家名作探幽》等著作。

提　　要

　　本書從中西方古典戲劇互爲參照的宏闊視野出發，運用比較對照的研究方法，遴選以元雜劇、明清傳奇爲代表的中國古典戲劇，以及以古希臘戲劇、莎士比亞、莫里哀等爲代表的西方古典戲劇爲研究對象，從「停敘」、「戲中戲」、「幕後戲」、「預敘」與「延敘」、「發現」與「突轉」、「誤會」與「巧合」幾個論題切入，以深入細緻地解讀大量戲劇文本爲依據，關注中西方古典戲劇敘事技巧之歷時性嬗變與橫向性發展所產生的「同中之異」與「異中之同」，嘗試就中國古典戲劇敘事技巧問題，展開一番專題性的比較研究，藉此探究中西方古典戲劇敘事藝術具有普適意義的某些共同性創作規律。

序

  本專著是胡健生君在博士學位論文基礎上修改潤色而成的。健生君於 2002 年到廣州中山大學攻讀中國古典文學專業博士學位。對我來說，招他這樣一位正教授讀博，屬破題兒第一遭，因此無論備課、授課、輔導，都加倍認真，戰戰兢兢，生怕我那點淺薄的學養露出馬腳。好在我在中國古典戲曲方面多少還有些話語權，三年下來勉強對付過去。健生君入學時發生過一件有趣而吊詭的事：來自曲阜師範大學的一位女學生見到她讀博的同學竟然是教過其的胡健生老師，頓時傻了眼驚叫起來：「怎麼回事？世界這麼小，胡老師怎麼變成我的同學了，以後可怎麼學呀！」說得我和健生君都大笑起來。事有代謝，歲月不居，這位女學生現在也成了一位頗有成績的教授。此是後話。

  本專著是研究戲曲敘事學的。對這個問題，王國維經典式的論述早已為人所熟知：「戲曲者，有歌有舞以演一事。……後代之戲劇（指元雜劇——筆者注），必合言語、動作、歌唱，以演一故事，而後戲劇之意義始全。」（《宋元戲曲史》）可見對於戲曲來說，「演故事」乃是第一義，以歌舞來表演故事，這是戲曲本體論的精髓所在。

  戲曲如何「演故事」？亦即如何「敘事」？在王國維之前，對此問題未能深入辨識，「曲本位」涵蓋一切，重曲辭音律，輕敘事表演，探究的多是音律譜式、填詞品曲的問題；從王國維開始關注戲曲如何「演故事」，但又未能擺脫戲劇乃「代言體」的傳統學術框架。王國維在論述元雜劇較前代戲曲兩大進步之一是：「變為代言體」。（《宋元戲曲史》）

  戲曲屬戲劇一大門類，當然是一種「代言體」的表演藝術。但是，近二、三十年來經過許多學者——諸如孟昭毅、郭英德、廖奔、劉彥君、周甯、陳

建森、董上德、譚帆、鄭傳寅、林克歡、李日星、徐大軍、陳維昭、陳友峰、蘇永旭、韓軍、孫書磊、李雲峰、韓麗霞、王建科、孫潔、馬建華、何輝斌、楊再紅等等，從劇場語境、演述形態、敘事源流、敘述主體、敘事模式諸方面進行深入探究，發現戲曲並非純粹的「代言體」藝術，它還夾帶不少「敘事體」成份。戲曲的敘事藝術充滿特色且別有洞天。健生君的研究發現，元雜劇常常將情節事件的知情者、旁觀者、見證人設置爲主唱者，在 162 種傳世元雜劇中，有 75 種出現非劇情主人公的正旦或正末演唱，幾占全部元雜劇與作品的 46.3%，即是說，在元雜劇傳統的「旦本」「末本」演唱體制中，有將近一半的本子變換主唱人，這不但突破傳統的演唱模式，而且隨著敘事主體和敘事視角的切換變更，劇情更加搖曳多姿，收到層層推進、環環相扣的多方位觀照的藝術效果。

健生君原來的學術專長是外國古典戲劇，經過三年坐冷板凳，沈潛把玩，研讀了數以百計的元雜劇與明清傳奇作品，以一種打通勾連中西古典戲劇的學術情懷，深入揣摩兩者的敘事藝術，既宏觀把握又微觀解讀，終於學有所得，撰寫出這一具有創新意味的專著。在當今學界，熟悉中國古典戲劇者不乏其人，而對西方古典戲劇研究有素者也不乏其人，但對這兩個學術領域均有所造詣者，能融會貫通者恐怕少之又少，健生君帶著這方面的治學優勢，經過一番探源溯流，比對參照，左右逢源，故有所發覆，這可說是本書最大的特色。

專著以中國古典戲劇敘事技巧作爲重點研究對象，而處處以西方古典戲劇，即古希臘戲劇、莎士比亞戲劇和古典主義戲劇爲參照來進行比較研究。例如，在談到戲曲敘事學受民間說唱的巨大影響時，指出古希臘戲劇的敘事源頭即爲說唱文學形式的荷馬史詩，兩者近似。在將元雜劇「一人主唱」演唱體制與古希臘戲劇的「一隊（歌隊）主唱」體制比較時，指出古希臘戲劇用敘述體的合唱與代言體的對話交叉互進推進劇情，敘述體合唱佔有「喧賓奪主」的地位；而元雜劇的主唱者雖固定爲正末或正旦，但此正末或正旦有時卻不一定是劇情主角，也不時出現「喧賓奪主」的現象，這說明中西古典戲劇同中有異，異中有同。

由於中西古典戲劇在各自的歷史發展長河中，環境不同，形式迥異，差別十分明顯，好比兩股巨流，各自奔騰，兩者直到伏爾泰時代才有所交匯。本專著對它們異同的剖析，絕非簡單對比，泛泛而論。如在談到戲曲的敘事

時空時，人們立即就會想到中國戲曲，想到戲曲靈活的時空處理與西方戲劇「三一律」的嚴格限制。再如「自報家門」，一向被認定爲戲曲獨門的開場「敘事」方式，而在古希臘三大悲劇家的歐里庇得斯劇作中也大量使用，只是古希臘戲劇的「自報家門」未能形成程式化而已。

敘事學作爲一門獨立學科問世以來，在基本理論框架與批評方法上已日臻成熟。敘述學者把敘事學研究歸納爲三個方面：敘事結構研究、敘事話語研究與敘事技巧研究。這三個方面以後者最爲薄弱，由於其駁雜細微而常爲人所忽視，健生君正有意在這方面發力。他運用戲劇美學思維與敘事學原理，高屋建瓴，選擇「停敘」、「戲中戲」、「幕後戲」、「預敘」與「延敘」、「發現」與「突轉」、「巧合」與「誤會」等中西古典戲劇「共通性」的敘事技巧，以小見大，別出機杼，盡可能拓展學術空間。如專著選擇差不多同時代的王衡與莎士比亞，比較明代王衡《真傀儡》雜劇與莎翁傑作《哈姆萊特》運用「戲中戲」技巧後指出：《哈姆萊特》的「戲中戲」對哈姆萊特決定復仇起了關鍵作用，借助這場「戲中戲」，戲劇衝突得以最終解決，悲劇發展走向高潮。而《真傀儡》的「戲中戲」處於全劇情節結構的中心，深刻揭示了「官場即戲場」題旨，構思精巧，內涵深邃。相比之下，《真傀儡》更富喜劇色彩。專著對這些敘事技巧的研究，置身中西比較的視點之下，既探其功用，指證源流，又辯其異同，燭照幽微，道出中西古典戲劇敘事技巧精妙的堂奧所在。專著爲構建中國戲曲敘事學添磚加瓦，提供實證與理論支點，填補了中西古典戲劇敘事研究的某些空白。

健生君治學頗勤，所學較博。博士畢業後一直在廣東商學院（現更名爲廣東財經大學）任教，擔任《中國戲劇史》、《戲劇鑒賞》、《外國文學史》、《外國文學經典導讀》、《比較文學——中西戲劇比較專題》諸課程的教學，教學之餘，學術創獲甚夥。梁啓超說：「做學問原不必太求猛進，像裝罐頭樣子，塞得太多太急，不見得便會受益。」健生君此次將博士論文修改潤色，新增內容，補其缺罅，矻矻兀兀，終有所成。趁專著付梓之際，忝敘數言，各有策勉，以表摯誠。

此爲序。

吳國欽於

廣州中山大學

2015 年炎夏

目

次

上　冊

序　吳國欽

引　論 ………………………………………………… 1

　一、「代言體」、「敘述體」與戲劇之關係辨析 ……… 1

　二、元雜劇文本體制的敘事性解讀 ……………… 8

　三、中西方古典戲劇敘事學淵源回顧 ………… 21

　四、戲劇敘事學發展概況與研究現狀掃描 …… 29

　五、研究思路、方法及其現實意義 …………… 40

第一章　中國古典戲劇中的「停敘」 ……… 45

　一、「停敘」概念界說 …………………………… 45

　二、中西古典戲劇話語模式比較 ……………… 47

　三、中國古典戲劇中「停敘」之運用及其探源 … 51

　四、「停敘」與西方古典及現代戲劇關係之審察 … 62

第二章　中國古典戲劇中的「戲中戲」 …… 77

　一、「戲中戲」在中西古典戲劇中的運用 ……… 77

　二、中西古典戲劇家熱衷使用「戲中戲」探因 … 85

　三、中西古典戲劇之「戲中戲」功用探略 …… 89

　四、中西古典及現代戲劇中運用「戲中戲」之辯異

　　………………………………………………… 95

第三章　中國古典戲劇中的「幕後戲」……………107
　一、「幕後戲」、「幕前戲」、「前史」辨析…………107
　二、中西古典戲劇運用「幕後戲」之異同…………110
　三、中西古典戲劇重視運用「幕後戲」探因………125
　四、中西古典戲劇中的「幕後人物」趣談…………131
第四章　中國古典戲劇中的「預敘」與「延敘」·143
　一、提前透漏未來些許信息或內幕的「預敘」……145
　二、有意拖延內幕揭底或結局到來的「延敘」……171

下　冊
第五章　中國古典戲劇中的「發現」與「突轉」·183
　一、「發現」與「突轉」界說…………………………183
　二、「發現」與「突轉」在中國古典戲劇中的運用194
　三、中西古典戲劇重視運用「發現」與「突轉」
　　　探因……………………………………………208
　四、對「發現」與「突轉」及其與戲劇內容關係的
　　　思考……………………………………………216
第六章　中國古典戲劇中的「巧合」與「誤會」·219
　一、「巧合」在中西古典戲劇中的運用……………221
　二、「誤會」在中西古典戲劇中的運用……………229
　三、對誤會與巧合及處理偶然性與必然性關係的
　　　思考……………………………………………246
第七章　元雜劇與明清傳奇運用敘事技巧之異同·251
　一、元雜劇與明清傳奇之形制比較…………………253
　二、元雜劇與明清傳奇敘事技巧之異同……………258
結　語……………………………………………………271
參考文獻…………………………………………………275
附　錄……………………………………………………285
後　記……………………………………………………333

引　論

一、「代言體」、「敘述體」與戲劇之關係辨析

從現代文體學的視角審視同樣以故事為表現內容的小說與戲劇，不妨講小說是以語言文字為載體而採取敘述體的形式講述故事，戲劇則是以舞臺及演員為載體而採取代言體的形式演述故事。因此，「敘述體」和「代言體」構成兩者質的差異性。據此人們斷定戲劇藝術以「代言體」為其核心特徵的立論，顯然是很有一定道理、足以成立的。代言體扮演性，構成戲劇自身的藝術特質，堪稱戲劇與其他敘事文類截然有別的界碑。縱觀中國與西方古典戲劇藝術的發展歷史，其走向成熟的重要標尺，無疑即在於代言體的確立，扮演性成為戲劇文體內在本質的規定性。從理論上講，這一本質特徵決定了戲劇藝術的敘事應當受到客觀性的制約。此即不同的演員扮演劇情中不同的人物角色，從各自的視角，以聲音（臺詞的說唱，或者還輔以音樂伴奏）和形體動作的舞臺表演，展開戲劇故事，推動情節發展，完成戲劇敘事。因此，劇作家不應當對演員有過多干涉；而為了獲取吸引觀眾之觀賞效果，演員也不宜在舞臺上只「說」不「動」，或者「說」得多而「動」得少。如此說來，「代言體」與「敘述體」之間似乎先天存在著某種矛盾對立性。換言之，戲劇藝術以直觀性的舞臺表演為顯著特徵，勢必對敘述有所忌諱。然而，饒有趣味的一個問題擺在戲劇家面前：戲劇其實難以並且從根本上也無法全然迴避敘述。戲劇內容（指所搬演的故事）並非現實生活流水帳式的機械摹仿與簡單複製，無論戲劇從故事的哪一個階段（開頭、發展進程中的中間環節、或者臨近高潮的關節點等）拉開帷幕，諸如劇作的時代背景、人物關係、開

幕之前曾經發生過的事件、矛盾衝突中人物複雜微妙的心理活動與某些必須由暗場處理的事件等等，均需要借助敘述的途徑，亦即通過演員的獨白、對白或唱詞等話語敘述出來。從這一意義層面來說，倘若沒有了敘述，或許也就沒有了戲劇。對於劇作家而言，如何妥當處理直接展示（即舞臺表演）與間接敘述的關係，自然成爲決定其戲劇創作是否成功的關鍵因素之一。所以，作爲戲劇藝術核心特徵的「代言體」與「敘述體」之間，不啻形成剪不斷、理還亂的若即若離的微妙關係。如果人們僅僅滿足於簡單地以「代言體」籠統論斷戲劇藝術的文體屬性，很有可能將戲劇藝術在演述故事具體形式方面所實際存在的複雜性、多元化因素忽略甚至遺漏。換言之，如果從純粹「代言體」的文體意義上考察屬於敘事性藝術文類的戲劇，我們可能會時常陷入難以理解甚至無法解釋，戲劇藝術中並非「代言體」範疇之內某些現象的迷惑、疑慮甚至自相矛盾的尷尬境地。戲劇「代言」的特性──即不以敘述者的口吻講述故事，而是借助舞臺上演員裝扮人物角色的當場表演，以其所扮演的人物角色之口吻、神態與動作，「現身說法」式地演述某一或催人淚下或逗人捧腹或啼笑皆非的故事。西方古典戲劇理論中對此早有明確表述，正如希臘先哲亞里士多德在《詩學》中所強調的那樣：「它的摹仿方式是借助人物的行動，而不是敘述。」〔註1〕中國古典劇論中亦不乏類似的理論描述。諸如明代王驥德在《曲律・雜論》中所提出的：「須以自己之腎腸，代他人之口吻……設以身處其地，摹寫其似。」〔註2〕明末孟稱舜亦強調指出：「學戲者不置身於場上，則不能爲戲，而撰曲者不化其身爲曲中之人，則不能爲曲。」〔註3〕清代李漁則在《閒情偶寄・詞曲部》中提出更高要求：「言者，心之聲也，欲代此一人立言，先宜代此一人立心。」〔註4〕此即要求劇作家應做到將心比心地去揣摩、把握劇中人物的內心情感，並以「語肖其口」、「言爲心聲」的個性化語言，準確恰當地表達出來。追根溯源，中國戲曲史上最早提出「代言體」這一概念術語的，當推中國現代戲曲研究拓荒者的王國維先生。王國維

〔註1〕 亞里士多德著，陳中梅譯，詩學，〔M〕，北京：商務印書館，1996，63。

〔註2〕 （明）王驥德著，曲律・論引子第三十一，中國戲曲研究院編，中國古典戲曲論著集成（四），〔M〕，北京：中國戲劇出版社，1959，138。

〔註3〕 （明）孟稱舜，古今名劇合選序〔A〕，吳毓華編，中國古代戲曲序跋集，〔C〕，中國戲劇出版社，1990，198。

〔註4〕 （清）李漁，閒情偶寄，中國戲曲研究院編，中國古典戲曲論著集成（七），〔M〕，北京：中國戲劇出版社，1959，18。

在《宋元戲曲考・元雜劇之淵源》中，稱讚元雜劇較之前代戲曲的兩大進步之一，即在於「由敘事體而變爲代言體也。」〔註5〕儘管他並未對「代言體」予以更爲詳盡明確的闡釋，但曾在《宋元戲曲考・宋之樂曲》中指出：「現存大麴，皆爲敘事體，而非代言體。即有故事，要亦爲歌舞戲之一種，未足以當戲曲之名也」〔註6〕；「然後代之戲劇（指元雜劇），必合言語、動作、歌唱，以演一故事，而後戲劇之意義始全。」〔註7〕由此而論，王國維是站在元雜劇與宋大麴和金諸宮調的比較視點下，明確提出前者（即元雜劇）屬於「代言體」，後者（即大麴和諸宮調）則屬於「敘事體」。所謂「代言體」的主要特徵，即在於「必合言語、動作、歌唱，以演一故事。」自「代言體」之說問世以來，學界對戲曲「代言體」內涵的闡釋主要體現於兩個層面：其一是指劇作家「代」戲劇人物「立言」；其二是指腳色行當（即演員）裝扮戲劇人物「現身說法」，「代」戲劇人物「言」。近年來，有的學者從話語語義和劇場交流語境的角度，進行了更爲細緻續密的考究，指出現存中國古典戲曲作品中，還存在另外三種較爲特殊的「代言」方式：一是「行當」「代」劇作家「言」；二是劇中人物「代」劇作家「言」；三是劇作家巧設「內云」、「外呈答云」等，「代」劇場觀眾「言」。這一觀點對王國維「代言體」學說的內涵與外延，可謂做出了有益的豐富與拓展。〔註8〕今天的人們站在歷史唯物主義角度，來客觀審視與辯證評價王國維當年創立「代言體」之說，其在揭示戲曲迥異於同爲敘事藝術的小說、諸宮調等說唱文學的一個最基本、也是最重要的本質特徵方面，具有不可磨滅的開拓之功。但與此同時，也留下了明顯的疏漏甚至缺憾：忽略了戲曲藝術中依然存在敘述體的客觀事實。因爲從實際情況來看，戲劇藝術並非純粹的「代言體」，它還明顯夾雜「敘述體」及其他因素，或者說依然明顯存留著說唱藝術敘事成規的些許痕迹。比如戲劇藝術接受說唱文學薰染的獨特形成過程，元雜劇中次要人物甚至過場人物擔當演唱腳色，古希臘戲劇中歌隊承載演唱職責的特有演唱體制等，均屬於受到傳統文學藝術

〔註5〕王國維，宋元戲曲考，王國維戲曲論文集，〔M〕，北京：中國戲劇出版社，1984，56。

〔註6〕王國維，宋元戲曲考，王國維戲曲論文集，〔M〕，北京：中國戲劇出版社，1984，36。

〔註7〕王國維，宋元戲曲考，王國維戲曲論文集，〔M〕，北京：中國戲劇出版社，1984，29。

〔註8〕陳建森，戲曲「代言體」論，文學評論，〔J〕，2002，4。

尤其是說唱文學深刻影響而形成的特殊演述方式——代言體扮演，夾雜明顯的演員以曲白講述故事的敘述體。此中所彰顯的重要敘事學意義，在於昭示人們中西古典戲劇中存在著明顯的敘述體以及敘事性。以下筆者即針對戲劇中的敘述體以及敘事性問題，展開一番深入細緻的辨析。

　　戲劇藝術接受說唱文學薰染的獨特形成過程，中國古典戲曲中比如諸宮調之於元雜劇，西方古典戲劇中比如荷馬史詩之於希臘戲劇。諸宮調在第一與第三人稱之間自由轉換的敘述人稱靈活變化的特徵，對元雜劇的形成而言，可謂起到關鍵性的影響作用。董解元的《西廂記諸宮調》，在敘述青年書生張君瑞與相國小姐崔鶯鶯愛情故事的過程中，「長亭送別」一段先採用第三人稱敘述：「後數日，生行。夫人暨鶯送於道，法聰與焉。經於蒲西十里小亭置酒。」隨後轉換爲張生的內心獨白，亦即改用第一人稱敘述：「〔玉翼蟬〕蟾宮客，赴帝闕，相送臨郊野。恰俺與鶯鶯，駕幃暫相守，被功名使人離缺。……」當這種第一人稱敘述在中國古典戲曲中轉換爲由某一具體人物角色承載並完成的情形，其敘述也就演變成了代言體；說唱藝術由此得以實現向戲曲藝術的嬗變與轉化，從而奠定了戲曲藝術的基本形式。其最好的例證，無疑便是脫胎於董西廂的元代雜劇家王實甫創作的愛情喜劇《西廂記》。相比之下，古希臘戲劇雖然在語言形式上明顯受到抒情詩的影響（無論人物臺詞還是歌隊唱詞均採用詩歌體裁），但在演述戲劇內容（即故事）方面的影響源，無疑緣自說唱文學形式的荷馬史詩。當身背豎琴的盲歌手荷馬四處吟唱希臘聯軍統帥阿伽門農家族仇殺之類故事之際，其以全知視角爲主的第三人稱，輔以限知視角的第一人稱（體現爲大量的人物對話）所進行的敘事，一旦被更改爲諸如阿伽門農子女俄瑞斯特斯或厄勒克特拉之類的一位特定戲劇人物，其敘述同樣自然轉換成爲代言體。三大悲劇詩人埃斯庫羅斯、索福克勒斯與歐里庇得斯，正是循此而寫就了《阿伽門農》、《俄瑞斯特斯》、《厄勒克特拉》等傳世力作。

　　我們再來審視一下演唱角色與其所扮演的戲劇人物之間存在不對稱關係的有趣現象。元雜劇採取「一角主唱」的演唱體制，相對於劇中僅有賓白而無曲詞的其他人物而言，主唱人物的戲份更多、自我表現的機會最充分。所以，按照一般邏輯推理，承載演唱的「末」或「旦」角（一般多爲「正末」或「正旦」）自然應爲劇中男主角或女主角。然而，元雜劇的實際情況卻並非如此：相當數量的元雜劇受說唱文學敘述體的影響，往往將具有旁觀者、知

情者或見證者身份的人物設置爲演唱者。據筆者統計，發現共有 75 部元雜劇中出現不屬於戲劇主角的主唱人變換的情況，比例高達 46.3%，幾乎占現存 162 部完整傳世的元雜劇總量的一半。〔註9〕主唱人如此高頻率變換，充分表明在創作主體的元代雜劇家筆下絕非偶然爲之的特例。例如關漢卿的《哭存孝》演述李存孝遭受姦佞誣陷而蒙冤屈死的歷史事件，劇中主要人物是李存孝、李克用、李存信等。李存孝之妻鄧夫人僅僅屬於一位旁觀者，至於莽古歹〔註10〕更屬於名不見經傳、來去匆匆的過場式人物。然而該劇的主唱者偏偏就是鄧夫人和莽古歹：第一、二、四折由正旦鄧夫人主唱，敘述李存孝的赫赫戰功，並對其遭受不公正待遇鳴冤叫屈；第三折由正旦改扮莽古歹，向鄧夫人敘說李存孝遇害的詳細經過。又比如紀君祥的《趙氏孤兒》，草澤醫生程嬰無疑乃是貫穿劇情始終的見證人：既目睹趙盾家族滿門抄斬之慘案，又參與拯救孤兒的驚險行動；既經歷韓厥、公孫杵臼捨生取義的慷慨壯舉，自身亦付出親子喪命的血的代價；既承載了交付孤兒復仇任務的養育重任，又最終得以目睹孤兒的成功伸冤。因此，他堪稱最合適不過的敘述者了。然而，該劇將演唱權分別交出四位主要當事人，此即駙馬趙朔、下將軍韓厥、退隱大臣公孫杵臼以及「趙氏孤兒」；而且前三位主唱者還在故事發展的進程中間相繼死去。劇作家如此設置主唱者，顯然意在追求更震撼人心的敘事效果：借助幾位當事人的演唱而強調其現在進行時態（而非過去完成時態），伴隨敘事視角的頻繁轉換，對〈搜孤救孤〉這一撼人心魄的重大歷史事件，予以層層遞進、環環相扣的多方位觀照。

　　上述兩部劇作主唱人的變換，已然透露出元雜劇中屢見不鮮的「改扮」現象。所謂「改扮」指由負責演唱的同一角色（正末或正旦）扮演劇中不同的人物，演唱者儘管腳色未變（仍爲「末」角或者「旦」角），然其所扮演的人物伴隨「改扮」的舞臺提示而發生相應的變化。就其實質而言，這種「改扮」現象，屬於普遍存在於中國古代敘事文學中的移步換形之全知敘事模式在元雜劇中的一種變形。其主要特徵在於，主唱的角色改扮其他人物時，劇曲（即主唱者的曲詞）隨即發生敘事視角上的相應轉換。這種轉換，彰顯出雜劇作家對於劇曲（即曲詞）敘事功能的格外關注與匠心獨運。例如關漢卿的《單刀會》第三、四折正末，由劇中主角關羽改扮，但第一、二折卻分別

〔註 9〕參見筆者自行創製的附錄三：元雜劇主唱人變換情況統計表。
〔註10〕「莽古歹」乃蒙古語的音譯，意思爲小番、小校。

由身爲旁觀者與知情者的喬玄和司馬徽擔當正末主唱。第一、二折劇情裏，魯肅與喬玄和司馬徽對話時所說的「小官不知，老相公試說者」，若從史實角度來推敲，似乎明顯不合情理；因爲身爲三國時期政壇風雲人物之一的吳國政治家，魯肅對關羽其人其事不會聞所未聞，而應當有相當的瞭解。但如果我們從戲劇的敘事角度而言，魯肅的這番話又有其適宜性。它是劇作家爲發揮某種情節功能而設計的，功用在於搭建有「問」必有「答」的順水推舟的一種對話平臺，便利於身爲敘述者的喬玄或司馬徽誇耀羽英雄業績的敘事行爲。

與中國古典戲曲「一角主唱」的演唱體制相比，古希臘戲劇則以「一隊（指歌隊）主唱」爲其顯著特徵。古希臘戲劇留有明顯的敘述人的痕迹，它是用敘述體的合唱與代言體的對話之交叉，來共同完成劇情。敘述體合唱佔有喧賓奪主的地位，承擔合唱任務的歌隊乃爲古希臘戲劇不可缺失的重要組成部分。古希臘戲劇的基本結構呈現爲開場、進場歌、第一場、第一合唱歌、第二場、第二合唱歌、第三場、第三合唱歌（或有更多場及合唱）……退場歌。此結構透露出這樣一種清晰的信息：歌隊始終站在場上（戲劇中任何人物角色難以始終出現於舞臺上），堪稱全劇完整意義上的「參與者」；無論劇情的緊張程度如何，或者戲劇衝突是否達到高潮，每場戲之間固定不變地出現歌隊夾敘夾議的合唱曲。對此許多學者認爲，歌隊是西方古典戲劇中敘事性因素的生動體現者〔註11〕：「就《阿伽門農》來說，第一場『凱旋』從守望人的『序曲』到悲劇歌隊的『進行曲』，257行完全是史詩性敘述。第二場『火訊』，在克呂泰墨斯特拉與長老歌隊的一段對話（258～354行）之後，緊接著又是大段的歌隊詠唱（355～485行）。如果說對話是戲劇代言體制的特徵，歌隊詠唱則完全是史詩性（即敘述性）的，演員成爲朗誦詩人直接向臺下觀眾敘述。」〔註12〕古希臘戲劇傳世最早的埃斯庫羅斯悲劇《乞援人》中，僅僅有兩個演員，歌隊則由五十人組成。全劇篇幅爲1518詩行，演員的對白只有寥寥59行。埃斯庫羅斯在其創作後期，將歌隊削減至12人；索福克勒斯與歐里庇得斯則將歌隊人數固定爲15人，演員由兩個增加爲三個。由歌隊承擔的敘述性唱詞的篇幅，儘管被一再縮減，但卻始終保持爲全劇容量的四分之一左右。

〔註11〕孫潔，試論戲劇中的敘事性因素，戲劇，〔J〕，1998，1。
〔註12〕周寧，敘述與代言：中西戲劇模式比較，戲劇，〔J〕，1992，2。

　　有的學者正是從考察元雜劇主唱人的敘事功能，首肯中國古典戲曲的敘事性：「在中國傳統的文學觀念中，戲曲、小說、說唱文學三者是同源異流的，敘事性是它們共同的血緣紐帶。因此，雖然元雜劇是詩劇，有極重的抒情性，卻是以敘事作爲其基本的結構基礎的。」「中國的古典戲曲是『以歌舞演故事』，其對故事的敘述不像話本、諸宮調那樣由說書人或說唱人一身擔任，而是由多個劇中人物共同承擔。就元雜劇的敘事來說，主唱人承擔了整折甚至整劇的絕大部分的故事敘述，可以說，主唱人是化身爲劇中人物的一個敘述者」。〔註13〕主唱人的設置及其變換原則，正是爲了更好地將故事敘述出來，以完成雜劇家的敘事目的及其創作意圖。有的學者指出敘事體在戲曲中被大量採用，認爲「戲曲的敘事話語在於敘事體和代言體的雜交。」〔註14〕例如戲曲中某些不便或者不適宜直接在舞臺上呈現的事件，劇作家便採取劇中人物以第三人稱口吻間接敘述的暗場處理方式。像元雜劇《柳毅傳書》第二折裏錢塘火龍與涇河小龍的激烈廝殺，便由身爲旁觀者的電母以大段唱白生動細緻地道出。這裏出自劇中人物電母之口的曲白，貌似代言體，實則敘述體。這種「假代言」的敘事體由說唱文學中獨攬敘述大權的那位敘述者，即「說書藝人」講唱故事的方式衍變而來，差異性僅在於敘述者由「說書藝人」蛻變爲某一戲劇人物而已。當然，需要特別強調的一點是：戲曲中敘述體的採用總是被戲劇化的：首先，表現爲戲曲作品每每於戲劇衝突中敘事，而一般不作脫離戲劇衝突的單純敘事；其次，表現爲戲曲總是借助人物的思想言行進行敘述，屬於主觀化極強的敘事話語。某些學者認爲，「早期東西方戲劇都不是徹底的代言體戲劇，在表演過程中常常有著敘述人與代言人身份的轉換，表演者可以自由出入於我體與喻體世界之間，隨處透露出它和說唱藝術之間的血肉聯繫」；因此，「中國戲曲是以敘述體和代言體的交織爲其基本特性的」。〔註15〕某些學者則從解讀元雜劇的文體特點入手，肯定元雜劇中敘事性與抒情性的兼容並存：「元雜劇是一種獨特的文體。相對於詩詞及散曲而言，它具有敘事性；相對於漢魏小說、唐人傳奇、宋元話本而言，它具有明顯的抒情色彩。它是一種融合了敘事藝術與抒情藝術的文學體式。」〔註16〕

〔註13〕徐大軍，元雜劇主唱人的變換原則，中華戲曲，〔M〕，第25輯。
〔註14〕郭英德，敘事性：古代小說與戲曲的雙向滲透，文學遺產，〔J〕，1995，4。
〔註15〕劉彥君，早期東西方戲劇的相近特性，藝術百家，〔J〕，2003，1。
〔註16〕董上德，論元雜劇的文體特點，戲劇藝術，〔J〕，1998，3。

還有的學者則從研究宋元說唱文學與戲曲關係的視角，探究北曲雜劇（即元雜劇）所具有的敘述質素：「北曲雜劇不僅在外在形制上，如上下場詩、題目正名等方面與說唱文學形似，而且還在各內在之點——自報家門、自我表白、行動的敘述與展示、追述情由、時空處理等方面與說唱文學神似，體現出更加本質的敘述性質」；「中國戲劇之所以有這樣強的敘述性，是與說唱文學的先行和深入人心分不開的。說唱文學已經造就了一批習慣於這種藝術的觀眾，中國戲劇不得不適應觀眾的這種業已形成的欣賞習慣」；「因此，一定程度上說，北曲雜劇與說唱的區別僅在於前者是裝扮起來，以劇中人物的身份面目在講說故事，而後者是以說書者的身份面目在講說故事，即二者的區別僅在於裝扮與否和講說故事的視角的差異——雜劇是採取劇中人物的限知視角講說故事，說唱是採取說書人的全知視角講說故事。一言以蔽之，即說唱是講說故事，雜劇是表演講說故事，是對說唱的二重模仿。」〔註17〕筆者對上述學者充分肯定中國戲曲中存在敘述體及敘事性的觀點，甚爲贊同。

二、元雜劇文本體制的敘事性解讀

作爲中國最早成熟的戲劇形態，元雜劇在中國敘事文學發展歷史長河中佔據十分重要地位。但直到 20 世紀 80 年代前，學界對於作爲敘事文學之一的元雜劇研究存在某種偏頗與缺失〔註18〕：始終沒有擺脫曲論與劇論相分離的狀態，基本採取品評詩歌的研究方法審視元雜劇，側重其濃重的抒情性（所謂「詩性」）〔註19〕；以及嚴謹的音律、優美的文采、深邃的意境等；而對其演述故事、編排情節的敘事特色，缺乏足夠重視與充分探究。如有些學者在探討中國戲曲本質論時，質疑王國維「戲曲者，謂以歌舞演故事也」的論斷，認爲「『曲』才是戲曲藝術諸因素中的主導，才最深刻地體現了戲曲藝術的主要目的」；「『曲』乃戲曲藝術核心之核心，是我國古典戲曲最深層的本質。」較之王國維戲曲乃「以歌舞演故事」的定義，將戲曲界定爲「以故事串演歌

〔註17〕 範麗敏著，互通，因襲，衍化——宋元小說、講唱與戲曲關係研究，〔M〕，濟南：齊魯書社 2009，221~222。

〔註18〕 二十世紀八十年代以來，因受到西學東漸的敘事學理論影響，國內學術界一些學者開始關注戲劇的敘事性問題，並對此展開卓有成效的深入研究。可參見「引論」第四部分「敘事學與戲劇敘事學發展概況與研究現狀掃描」中筆者較爲詳細的論述。

〔註19〕 從中西古典戲劇比較視角看，古希臘悲劇同樣富有鮮明濃重的抒情性、詩意化特徵，不僅體現於採用。

舞」的正確程度應更高。〔註20〕有的學者從初創「戲曲」之中國戲劇新樣式、
爲古典詩歌帶來新意境的一般文學意義上，給予元雜劇很高評價；但同時又
從戲劇文學和戲劇藝術的特殊意義上，認爲並強調元雜劇是十分幼稚、尚待
成熟的。認爲「元雜劇雖然已經獲得了以代言體的方式表演故事這個外在的
戲劇形式，但是在精神實質上它仍然是抒情詩的」；「元雜劇的曲，既是元雜
劇首要的藝術手段，也是它首要的藝術目的。因此，我們有理由說：雖然元
雜劇比起歷史上的抒情詩要複雜得多，雖然戲劇的因素已經被引入詩歌，與
詩歌結合起來，但是元雜劇在本質上仍然是抒情詩，其最本質的藝術特徵仍
然是抒情詩特徵。」〔註21〕

　　「文類可能始於說明性的類別歸納；可是一旦這種歸納得到認同，它將
隨即變成某種必須遵守的章程和約束。文類既是讀者的『期待視野』，又是作
家的『寫作模式』；換言之，文類如同一種契約控住作家和讀者。因此，文類
將強行限定作家的寫作策略。」〔註22〕元雜劇文本體制如何規約雜劇家的創
作，何以承載演述故事之載體的重任，賦予元雜劇怎樣的敘事特徵及其敘事
效果呢？現存元雜劇文本體制具體體現爲如下幾種形式：四折、楔子、一角
主唱、曲詞、賓白、科介。「一角主唱」所折射出的敘事性，筆者在探究戲劇
「代言體」與「敘述體」時已有所論及，此處不另贅述。「科介」乃劇作規定
的主要動作、表情及舞臺效果（大致相當於今人習用的戲劇術語「舞臺提
示」）。明代戲劇家、曲論家徐渭在其《南詞敘錄》中，曾對「科、介」給予
明確闡釋：科者，「相見、作揖、進拜、舞蹈、坐跪之類身之所行，皆謂之科」；
介者，「今戲文於科處皆作『介』，蓋書坊省文，以科字作介字，非科、介有
異也。」〔註23〕在王國維爲戲曲所下的定義中，科乃是與曲、白同樣不可或
缺的戲劇構成三要素之一：「戲曲者，謂以歌舞演故事也。……必合言語、動
作、歌曲以演一故事，而後戲劇之意義始全。」〔註24〕由於科介多較零碎，
所以與曲、白相比而很少爲人重視。但實際上，元雜劇文本中隨處可見的諸

〔註20〕錢久元，中國戲曲本體論質疑，藝術百家，〔J〕，1999，3。
〔註21〕呂效平，試論元雜劇的抒情詩本質，戲劇藝術，〔J〕，1998，6。
〔註22〕南帆，文學的維度，〔M〕，上海：三聯書店，1998，273。
〔註23〕（明）徐渭，南詞敘錄，中國戲曲研究院編，中國古典戲曲論著集成（三），
　　　　〔M〕，北京：中國戲劇出版社，1959，246。
〔註24〕王國維，宋元戲曲考，王國維戲曲論文集，〔M〕，北京：中國戲劇出版社，
　　　　1984，29。

如「正末下」、「旦兒做拿扁擔勾繩放前科」之類科介，儘管一般僅爲隻言片語，尚難以形成一定的敘事規模，卻仍然具有某種敘事性。換言之，科介同樣具有推動戲劇故事情節發展演變，因而不容忽視的一定敘事功能。試以《梧桐雨》和《竇娥冤》兩劇爲例。《梧桐雨》楔子中，幽州節度使張守珪派人將征討叛亂失敗的手下蕃將安祿山押解入京，丞相張九齡帶其面呈玄宗。君臣之間，就是否對敗將罪臣的安祿山治罪產生了意見分歧：

> （正末云）丞相，不可殺此人，留他做個白衣將領。（張九齡云）陛下，此人有異相，留他必有後患。（正末云）卿勿以王夷甫識石勒，留著怕做什麼！兀那左右，放了他者。（做放科）（安祿山起謝，云）謝主公不殺之恩。〔做跳舞科〕（正末云）這是什麼？（安祿山云）這是胡旋舞。（旦云）陛下，這人又矬矮，又會舞旋，留著解悶倒好。
>
> （正末云）貴妃，就與你做義子，你領去。（旦云）多謝聖恩。（同安祿山下）〔註25〕

在上述規定性的戲劇情境中，我們不難設想，倘若沒有那一曲「胡旋舞」，安祿山充其量還只是一名遇赦而僥幸免死的囚犯。因其「有異相」，丞相張九齡等人恐怕仍會早晚侍機剷除之。而一曲胡旋舞（此舞蹈動作屬於「科介」），陡然改變了這位囚犯從地獄到天堂（即從逆境到順境）的命運，故事情節由此引子而轉入正題。《竇娥冤》第四折裏，中舉得官並升任肅政廉訪使，握有「職掌刑名，隨處審囚刷卷，體察濫官污吏，容老夫先斬後奏」權限的竇天章，夜審案卷之際，女兒竇娥冤情其實已經被他略過。然而，此時此刻，一種奇怪的現象出現了：當竇天章將竇娥案卷壓至一摞案宗最底部時，有「魂旦上做弄燈科」、「魂旦翻文卷科」、「魂旦再弄燈科」、「魂旦再翻文卷科」等循環重複性的「科介」。亦即竇天章三次將竇娥案卷壓下、竇娥鬼魂三次上前「翻文卷」的一連串人物動作。〔註26〕如果沒有竇娥鬼魂再三「翻文卷」的重複性動作，勢必也就不會引起竇父的驚詫與留意，促使其懷著極大好奇心審察竇娥的案情，並走向勘明真相、爲女兒伸冤昭雪的最終結局。顯而易見，上述「胡旋舞」和「翻文卷」絕對不是可有可無、無關痛癢的科介，而隸屬

〔註25〕白樸，梧桐雨，王季思主編，全元戲曲（第一卷），〔M〕，北京：人民文學出版社，1999，489。

〔註26〕關漢卿，竇娥冤，王季思主編，全元戲曲（第一卷），〔M〕，北京：人民文學出版社，1999，203～204。

於嵌入整個劇情結構之中的，推動情節由此及彼發展演變的戲劇性動作，其敘事功用十分突出而重要。以下筆者將著重探究元雜劇中賓白、四折、楔子、曲詞所具有的敘事性。〔註27〕

　　先談賓白的敘事性。古代曲論者及現代學者對於賓白具有很強敘事性的問題，早有論述與共識。元雜劇《趙氏孤兒》曾於18世紀30年代，經由在中國傳教的法國耶穌會教士馬約瑟譯介紹到法國。此即見諸巴黎耶穌會教士杜赫德編輯，1735年正式出版的四冊對折本《中國通志》（亦譯《中華帝國志》）第三卷第339～378頁的《趙氏孤兒》法文全譯本。據考證，該劇是最早傳入歐洲的中國戲劇；就整個18世紀來說，它是唯一在歐洲流傳的中國戲劇。儘管《中國通志》刊載的是馬約瑟的全譯本，但嚴格說來卻算不上元雜劇《趙氏孤兒》完整版本，因為譯者有所刪節。具言之，馬約瑟譯本《趙氏孤兒》以賓白為主，「詩云」之類大半刊落，曲詞則一概省略不譯，僅注明誰在歌唱。〔註28〕雖然這裏馬約瑟向歐洲人推出的，只是保留賓白而刪掉全部曲詞的殘缺版元雜劇《趙氏孤兒》——倘若劇作家紀君祥九泉有知，也許會對這位「老外」的做法有所遺憾甚至不滿，卻仍舊能風靡法英諸國，並掀起18世紀歐洲劇壇一股強勁的「中國戲劇熱」。此傳播現象從一個側面，透過外國人之「旁觀者」視角，驗證了元雜劇賓白具有足夠強大的敘事功能。對此，茲完整援引該劇「楔子」（還原楔子中固有曲詞）以資佐證。

　　　　（淨扮屠岸賈領卒子上，詩云）人無害虎心，虎有傷人意。當
　　　　時不盡情，過後空淘氣。某乃晉國大將屠岸賈是也。俺主靈公在位，
　　　　文武千員，其信任的只有一文一武：文者是趙盾，武者即某矣。俺
　　　　二人文武不和，常有傷害趙盾之心，爭奈不能入手。那趙盾兒子喚
　　　　作趙朔，現為靈公駙馬。某也曾遣勇士鉏麑，仗著短刀越牆而過，
　　　　要刺殺趙盾，誰想鉏麑觸樹而死。那趙盾為勸農出到郊外，見一餓
　　　　夫在桑樹下垂死，將酒飯賜他飽餐了一頓，其人不辭而去。後來西
　　　　戎國進貢一犬，呼曰神獒，靈公賜與某家。自從得了那神獒，便有

〔註27〕這裏需要說明一點，筆者僅以中西古典戲劇文本為研究範疇，不包括表演敘事。因此諸如元雜劇的音樂與演出體制，具體象宮調、曲牌、聲律及表演過程中諸種程序化要求對敘事的規約問題略而不談。

〔註28〕參見：范存忠，《趙氏孤兒》雜劇在啓蒙時期的英國，引自北京師範大學中文系比較文學研究組選編，比較文學研究資料，〔M〕，北京：北京師範大學出版社，1986，137～138。

了害趙盾之計：將神獒鎖在淨房裏，三五日不與飲食，於後花園中
紮下一個稻草人，紫袍玉帶，像簡烏靴，與趙盾一般打扮；草人腹
中懸一付羊心肺，某牽出神獒來，將趙盾紫袍剖開，著神獒飽餐一
頓，依舊鎖入淨房中。又餓了三五日，復行牽出那神獒，撲著便咬，
剖開紫袍，將羊心肺又飽餐一頓。如此試驗百日，度其可用。某因
入見靈公，只說今時不忠不孝之人，甚有欺君之意。靈公一聞其言，
不勝大惱，便向某索問其人。某言西戎國進來的神獒，性最靈異，
他便認得。靈公大喜，說當初堯舜之時，有獬豸能觸邪人，誰想我
晉國有此神獒，今在何處？某牽上那神獒去。其時趙盾紫袍玉帶，
正立在靈公坐榻之邊。神獒見了，撲著便咬。靈公言：屠岸賈你放
了神獒，兀的不是讒臣也！某放了神獒，趕著趙盾繞殿而走。爭奈
旁邊惱了一人，乃是殿前太尉提彌明，一瓜錘打倒神獒；一手揪住
腦杓皮，一手扳住下磕子，只一劈將那神獒分爲兩半。趙盾出的殿
門，便尋他原乘的駟馬車。某已使人將駟馬車摘了兩馬，雙輪去了
一輪。上的車來，不能前去。旁邊轉過一個壯士，一臂扶輪，一手
策馬，逢山開路，救出趙盾去了。你道其人是誰？就是那桑樹下俄
夫靈輒。某在靈公跟前說過，將趙盾三百口滿門良賤誅盡殺絕，止
有趙朔與公主在府中，爲他是個駙馬，不好擅殺。某向剪草除根，
萌芽不發，乃詐傳靈公的命，差異使臣將著三般朝典，是弓弦、藥
酒、短刀，著趙朔服那一般朝典身亡。某一分付他疾去早來，回我
的話。（詩云）三百家屬已滅門，止有趙朔一親人。不論那般朝典死，
便教剪草僅除根。（下）

　　（沖末扮趙朔，同旦公主上）（趙朔云）小官趙朔，官拜都尉之
職，誰想屠岸賈與我父文武不和，搬弄靈公，將俺三百口滿門良賤，
誅盡殺絕了也。公主，你聽我遺言，你如今腹懷有孕，若是你添個
女兒，更無話說；若是個小廝兒呵，我就腹中與他個小名，喚做趙
氏孤兒。待他長立成人，與俺父母冤報仇也。（旦兒哭科，云）兀的
不痛殺我也！（外扮使命領從人上，云）小官奉主公的命，將三般
朝典是弓弦、藥酒、短刀，賜與駙馬趙朔，隨他服那一般朝典，取
速而亡，然後將公主囚禁府中。小官不敢久停久住，即刻傳命走一
遭去。可早來到他家門首也。（見科，云）趙朔跪者，聽主公的命。

爲你一家不忠不孝，欺公壞法，將你滿門良賤，盡行誅戮，尚有餘辜。姑念趙朔又一脈之親，不忍加誅，特賜三般朝典，隨意取一而死。其公主囚禁在府，斷絕親疏，不許往來。兀那趙朔，聖命不可違慢，你早早自盡者！（趙朔云）公主，似此可怎了也！（唱）

【仙呂賞花時】枉了我報主的忠良一旦休，只他那蠹國的姦臣權在手；他平白地使計謀，將俺雲陽市斬首，兀的是出氣力的下場頭。

（旦兒云）天那，可憐害的俺一家死無葬身之地也！（趙朔唱）

【么篇】落不的身埋在故丘。（云）公主，我囑咐你的說話，你牢記者。

（旦兒云）妾身知道了也。（趙朔唱）吩咐了腮邊雨淚流，俺一句一回愁；待孩兒他年長後，著與俺這三百口可兀的報冤仇。（死科，下）

（旦兒云）駙馬，則被你痛殺我也！（下）（使命云）趙朔用短刀身亡了也。公主已囚在府中，小官須回主公的話去來。（詩云）西戎當日進神獒，趙家百口命難逃。可憐公主猶囚禁，趙朔能無決短刀！（下）

顯然，該楔子借助人物之口（尤其牽涉其中的主謀者屠岸賈）向觀眾透漏出的故事的信息量（即敘事）是相當多的：諸如刺殺趙盾、俄夫靈輒、西戎神獒、滿門抄斬等重大事件。趙朔扮演的「沖末」主唱，所唱曲牌爲【仙呂賞花時】（「么篇（意思是前曲再唱）」，所以此曲牌唱了兩遍）。其餘上場人物，包括「淨」扮的屠岸賈、「旦兒」扮的公主、「外」扮的「使命」（即使臣），他（她）們僅有說白而無唱詞。通覽楔子整個內容，賓白佔據絕大部分篇幅，而曲詞非常簡短（總共不過六句而已，即使刪略掉也不會對劇情發展構成妨礙）。儘管屠岸賈使用陰謀詭計，已將趙家滿門超斬（包括假傳聖旨將駙馬趙朔賜死），但公主畢竟懷的是趙家血脈，屠岸賈必然對降臨人世的「趙氏孤兒」實施斬草除根的搜捕追殺，成爲劇情發展的脈絡線索。而趙氏能夠有「孤兒」尚存，「孤兒」未出生前即被賦予爲整個家族報仇雪冤的重大責任的緣由，是必須交代清楚的。難怪劇作家對作爲全劇開頭的楔子，不吝筆墨地花費如此多的篇幅去寫！

　　除了楔子裏使用賓白敘事（尤其像屠岸賈、趙朔亮相之初的一番「自報家門」在中國古典戲劇中最慣常使用），我們再來審察元雜劇中各折裏使用賓白敘事的具體情形。

　　例如《救風塵》第一折裏，宋引章不顧趙盼兒的苦口規勸，執意準備嫁給周舍的一番賓白：「一年四季，夏天我好的一覺晌睡，他替你妹子打著扇；冬天替你妹子溫的鋪蓋兒煖了，著你妹子歇息；但你妹子那裏人情去，你妹子穿那一套衣服，戴那一付頭面，替你妹子提領系、整釵環。只爲他這等知重你妹子，因此上我要嫁他。」這番賓白道出宋引章被這位紈綺子弟一時殷勤的「虛情假意」表象所迷惑，加之自身的虛榮愚昧，甘願錯嫁歹人的戀愛史及其急於出嫁心理。

　　《瀟湘雨》第二折裏，女主人公張翠鸞歷盡千險，好不容易找尋到丈夫崔通的居所，卻驚愕地得悉崔通竟然早已重婚別娶的消息，不啻晴天霹靂，震驚、疑惑、省悟、憤懣之情鬱結於胸，故此有了這樣一段道白：「兀的是閒言語，甚意思！他怎肯道節外生枝！我和他離別了三年，我怎肯半星兒失志？我則道他不肯棄糟糠婦，他原來別尋了個女嬌姿，只待要打滅了這窮妻子。呀呀呀，你暢好是負心的崔甸士！」

　　《望江亭》第三折裏，趕往譚州，意欲索取白士中性命、進而霸佔譚記兒爲妾的楊衙內及其隨從，有這樣一段賓白：「（衙內領張千、李稍上，衙內云）小官楊衙內是也。頗奈白士中無理，量你到的那裏！豈不知我要娶譚記兒爲妾，他就公然背了我，娶了譚記兒爲妻，同臨任所，此恨非淺！如今我親身到譚州，標取白士中首級。你道別的人爲什麼我不帶他來？這一個是張千，這一個是李稍：這兩個小的，聰明乖覺，都是我心腹之人，因此上則帶的這兩個人來。（張千去衙內鬢邊做拿科）（衙內云）喊！你做什麼？（張千云）相公鬢邊一個蝨子。（衙內云）這廝倒也說的是，我在這船隻上個月期程，也不曾梳理的頭。我的兒好乖！（李稍去衙內鬢上做拿科）（衙內云）李稍，你也做怎地？（李稍云）相公鬢上一個狗鱉。（衙內云）你看這廝！……」此番賓白，清晰透漏出楊衙內殺氣騰騰前往譚州的緣由：覬覦已久的寡婦譚記兒嫁給白士中，並隨就任譚州縣令的丈夫同往，羨慕嫉妒恨的楊衙內帶著偏聽偏信皇帝所賜勢牌令劍，在兩個慣於阿諛奉迎、沆瀣一氣的爪牙陪同之下，馬不停蹄地乘船趕赴譚州！

　　《梧桐雨》第四折裏，太監高力士有一段較長的賓白：「自家高力士是也。

自幼供奉內宮，蒙主上抬舉，加爲六宮提督太監。往年主上悦楊氏容貌，命某取入宮中，寵愛無比，封爲貴妃，賜號太眞。後來逆胡稱兵，僞誅楊國忠爲名，逼的主上幸蜀。行至中途，六軍不進。右龍將軍陳玄禮奏過，殺了國忠，禍連貴妃。主上無可奈何，只得從之，縊死馬嵬驛中。今日賊平無事，主上還國，太子坐了皇帝。主上養老，退居西宮，晝夜只是想貴妃娘娘。今日教某掛起眞容，朝夕哭奠，不免收拾停當，在此伺候咱。」〔註29〕此段賓白，幾乎事無鉅細地將整劇故事情節概述出來。

　　元雜劇中雖不乏一本五折劇作，如《元曲選》裏《趙氏孤兒》有五折〔註30〕，《元曲選外編》中有《鎖魔鏡》、《五侯宴》、《東牆記》、《降桑椹》四部一本五折的雜劇，另外還有屬於特例的五本二十折的《西廂記》〔註31〕和六本二十四折的《西遊記》（但該兩部戲劇中每一本皆爲四折，從根本上講並未打破元雜劇一本四折的體制）。由此可見，一本四折乃元雜劇之慣例。這種一本四折體制順應一般事件起、承、轉、合的發展過程，能夠適應大多數故事的演述。試以元雜劇《遇上皇》爲例。該劇第一折寫開封府下等軍人趙元被迫給妻子寫休書，並被妻子的情夫開封府尹派往西京申解文書，如延期即犯下死罪；第二折寫趙元途中邂逅微服私訪的宋太祖，不僅替他還了酒錢，還結拜爲兄弟。太祖詢問趙元詳情後，在其臂上寫下兩行字；第三折寫趙元誤期當斬，情急之下露出臂上之字而得以免罪；第四折寫宋太祖賜封趙元爲開封府尹，懲罰了狼狽爲奸的原府尹與趙元妻。全劇故事情節自然順暢地展開於四折之中，由開端經歷發展、達到高潮而走向結局。

　　當然，並非所有元雜劇都像《遇上皇》那樣，所演述的故事內容與暗合起、承、轉、合的四折體例之間，恰好構成等量齊觀的對應契合關係。更爲常見的情形往往是，較爲簡單的故事內容難以滿足四折的容量，或者較爲複雜的故事

〔註29〕白樸，梧桐雨，王季思主編，全元戲曲（第一卷），〔M〕，北京：人民文學出版社，1999，507。

〔註30〕鑒於《元刊雜劇三十種》中的《趙氏孤兒》只有四折，該五折劇本係明人添加已成定論。

〔註31〕有些論者將《西廂記》定爲五本二十一折，如《元曲鑒賞辭典》「附錄・元雜劇關目」中，將該劇第二本定爲五折：「旦末合本。出場人物：正旦—鶯鶯（第一、三、四、五折）；惠明（第二折）；正末—張生；二本定爲五折：「旦末合本。出場人物：正旦—鶯鶯（第一、三、四、五折）；惠明（第二折）；正末—張生；旦俫—紅娘；杜確、孫飛虎」。參見：蔣星煜主編，元曲鑒賞辭典，〔M〕，上海：上海辭書出版社，1990，1313。

內容大大超出四折容量的非對應性。面對這種非對應性情形，劇作家需要在處理故事情節的敘事方面，採取靈活變通的途徑。縱觀元雜劇，戲劇家們主要採用了兩種行之有效的應對之策。其一，當故事情節非常簡單、缺乏足夠長度滿足四折的容量時，爲保持「一本四折」體制的完整性，劇作家時常通過增加「插曲」以拉長故事篇幅，從而構建出四折的長度。僅以《不伏老》爲例。該劇第一折演述尉遲敬德受辱而大鬧臣宴，因此貶謫鄉里；第二折述說高麗國侵犯唐朝，徐茂公設計搬請敬德老將軍重披戰袍；第四折則爲敬德領兵出征大獲全勝。這樣處理，其實已將故事全部內容予以完整交代，但僅占三折；劇作家爲此特地添加敬德遭貶後眾官到長亭送別的第三折。該折篇幅很短，在整個劇情中對故事情節的發展明顯起不到多大的推啓作用。然而，〈長亭送別〉一折的嵌入，確保了一本四折體制的完整性。其二，如果故事情節相對較爲複雜、時間跨度頗爲久長，此時一本四折體制的固有長度對劇作家處理複雜事件的表現力而言，很可能會構成一定的限制性。有鑒於此，雜劇家往往借助將背景事件轉化爲人物賓白的途徑，以適當縮短故事的長度。換言之，當四折容量難以承載與表現複雜的故事內容時，雜劇家便有的放矢地將某些次要事件轉化爲賓白，借助人物之口刪繁就簡地間接敘述出來。如此處理，既可以使影響故事發展的各個環節不致於缺失，又能將故事來龍去脈交代清楚，還能夠壓縮敘事時間、精簡敘事內容，使得劇情長度得以縮短，結構緊湊完整、故事中心突出。例如《竇娥冤》中的「竇娥喪母」與「賽盧醫借債」兩樁事件，儘管算不上故事核心，但又屬於全劇情節發展進程中不可或缺的兩個環節——倘若竇娥母親尚在人世，竇天章便不會將年幼女兒端雲（即竇娥）賣給蔡婆；同樣的道理，如果沒有賽盧醫企圖殺人賴帳，也就不會有隨後的蔡婆將「救命恩人」張驢兒父子引狼入室！此兩樁事件假如予以舞臺場景化的直接展示，勢必會增加劇情不必要的長度。是故，戲劇家關漢卿在楔子和第一折裏，分別借助竇天章與賽盧醫的上場白簡要敘述出來，從而獲取既壓縮故事長度、又給予觀眾清楚交代的兩全其美之敘事效果。

　　楔子屬於元雜劇獨具的一種重要敘事單元，其曲白及其長度由於比「折」要少與短而明顯有別。例如《百花亭》楔子中曲詞加賓白僅有一百六十餘字，《梧桐葉》楔子中曲詞加賓白不過二百多字。當然，楔子也有較長的，但增加部分只能是賓白而非曲詞。例如《裴度還帶》楔子長達兩千二百餘字，但曲詞僅占四十字，賓白則有兩千一百餘字。楔子裏演唱套曲的情況罕有，特

例僅見於《西廂記》第二本楔子中，離開寺廟、搬請救兵的惠明和尚所唱的一套〔正宮・端正好〕。元雜劇對於楔子的使用頻率極高，且使用情況十分靈活：《元曲選》與《元曲選外編》收錄 162 部完整傳世的元雜劇中，使用楔子者有一百部，比例高達 62%；其中楔子用於劇首的占 60%，用於劇中（第一與第二折、第二與第三折或第三、四折之間）的占 30%；同一部劇作中使用兩個楔子的則占 10%。楔子形制的確立，足以見出雜劇家對於敘事的縝密追求，為元雜劇的敘事帶來靈活有效的因子：位置靈活且相對獨立，在一本四折基礎上可以適當增加戲劇篇幅及劇情長度，增強元雜劇對於複雜事件的表現力，確保元雜劇故事情節具有清晰完整的發展脈絡。比較而言，劇首楔子與劇中楔子所具有的敘事功能不盡相同：前者主要交代故事背景，一定程度上可能游離於故事主體之外，類似於今人熟悉的序幕（序曲）；劇中楔子大都與劇情中核心事件的發展緊密聯繫，承上啓下，不可或缺，類似於一段過場戲。此特點正如周貽白先生所指出的：「元雜劇使用楔子，有在一二套或三四套之間者，有在開場即用楔子者。若以今存的元劇而論，開場用楔子者占多數；因此，這種楔子便多帶有說明或介紹人物的性質，事實上是墊平的作用。其用於一二套或三四套之間者，這種楔子，便多屬劇情發展上的過脈，並不一定都是『餘情』。」〔註32〕前文筆者已較為詳細地例舉了《趙氏孤兒》中的「楔子」，故此不另贅述。

　　所謂劇曲，亦即元雜劇中用於演員演唱的曲詞。長期以來抒情性被公認為元雜劇劇曲的核心特徵，學界習慣於以品評詩歌的方式探究元雜劇劇曲的抒情方式、意境營造等特色；曲論與劇論甚至成為兩條並行的分支，前者更勝一籌。王國維亦曾斷言「獨元雜劇於科白中敘事，而曲文全為代言」〔註33〕，認為曲詞與敘事無涉。但令人生疑的問題是：曲詞之中，難道果真沒有敘事嗎？換言之，劇曲是否與承載演述故事的功能毫無關聯呢？不妨先來具體審視幾部元雜劇中的曲詞，我們便不難得出清晰而準確的的結論。

　　《瀟湘雨》楔子中有一段唱詞：「〔端正好〕我恰才沉沒這急流中，掙的到河灘上，只看我這濕漉漉上下衣裳。若不是漁翁肯把咱恩養，（帶云）天那，（唱）這潑性命休承望。」〔註34〕這段唱詞，顯然屬於劇中女主人公張翠鸞

〔註32〕周貽白，中國戲曲發展史綱要，〔M〕，上海：上海古籍出版社，1979，150。
〔註33〕王國維，王國維戲曲論文集，〔M〕，北京：中國戲劇出版社，1984，56。
〔註34〕楊顯之，瀟湘雨，王季思主編，全元戲曲（第二卷），〔M〕，北京：人民文學

對自身落水及被救經過的一番陳述。《灰闌記》中張海棠被誣告殺害親夫，押送至開封府接受趙令史審訊時，以一段唱詞鋪敘自己被亡夫馬鈞卿娶爲小妾的婚戀史：「（正旦唱）〔山坡羊〕念妾身求食賣笑，本也是舊家風調。則俺爲窮滴滴子母每無依靠。捱今宵，到明朝，謝的個馬鈞卿一見投好，下錢財將妾身娶作小。他鶯鶯交，咱成就了。」〔註35〕

如果說這兩個例子，由於曲詞篇幅較短而或許顯得敘事性尙嫌不足的話，我們可以再列舉元雜劇曲詞頗長的兩個例子。

《救風塵》第二折裏，趙盼兒接到宋印章求救信後有四段唱詞：

> 【么篇】想當初有憂呵同共憂，有愁呵一處愁。他道是殘生早晚喪荒丘。做了個遊街野巷村務酒；你道是百年之後，立一個婦名兒做鬼也風流。

> 【後庭花】我將這情書親自修，教他把天機休泄露。傳示與休莽憨收心的女，拜上你渾身疼的歹事頭。（帶云）印章，我怎的勸你來？（唱）你好沒來由，遭他毒手，無情的棍棒抽，赤津津獻血流，逐朝家如暴囚，怕不將性命丟！況家隔鄭州，有誰人睬瞅，空這般出盡醜。

> 【柳葉兒】則教你怎生消受，我索合再做個計謀。把這雲鬟蟬鬢妝梳就，（帶云）還再穿上些錦繡衣服。（唱）珊瑚鈎、芙蓉扣，扭捏的身子兒別樣嬌柔。

> 【雙雁兒】我著這粉臉兒搭救你女骷體，割捨的一不做二不休，拼了個由他咒也波咒。不是我說大口，怎出我這煙月手。

毋庸置疑，趙盼兒的四段唱詞主要講述得悉同樣淪落風塵的姊妹宋印章慘遭紈綺子弟周舍虐待，盤算採取風月手段予以營救之事。隨後的劇情即是此營救計策的具體實施過程而已。

《瀟湘雨》第三折裏，被負心郎崔通拋棄並施以迫害的張翠鸞，披枷戴鎖地蹣跚於流放途中，適逢風雨交加，滿懷苦楚、憤懣與無奈而唱出這樣四段曲詞：

> 【黃鐘醉花陰】忽聽的催林怪風鼓，更那堪甕倒盆傾驟雨！耽

出版社，1999，380。

〔註35〕李行道，灰闌記，王季思主編，全元戲曲（第三卷），〔M〕，北京：人民文學出版社，1999，581。

疼痛，捱程旅，風雨相催，雨點兒何時住？眼見的折挫殺女嬌姝，我在這空野荒郊，可著誰救主。

【喜遷鶯】淋得我走投無路，知他這沙門島是何處酆都！長籲氣結成雲霧，行行裏著車轍把腿陷住，可又早閃了胯骨。怎當這頭直上急簌簌雨打，腳底下滑擦擦泥淤。

【刮地風】則見他努眼撐睛大叫呼，不鄧鄧氣夯胸脯。我濕淋淋只待要巴前路，哎！行不動我這打損的身軀。（解子唱科，云）還不走哩！（正旦唱）我捱一步又一步何曾停住，這壁廂那壁廂有似江湖。則見那惡風波，他將我緊當處。問行人蹤迹消疏，似這等白茫茫野水連天幕，（帶云）哥哥也，（唱）你著我女孩兒怎過去？

【古水仙子】他他他，忒狠毒，敢敢敢，昧己瞞心將我圖。你你你，惡狠狠公隸監束，我我我，軟揣揣罪人的苦楚。痛痛痛，嫩皮膚上棍棒數，冷冷冷，鐵索在項上栓住。可可可，干支剌送的人活地獄，屈屈屈，這煩惱待向誰行訴！（帶云）哥哥，（唱）來來來，你是我的護身符。

顯而易見，出自當事人之口的四段唱詞，生動形象地敘說了蒙冤淪為囚犯的張翠鸞流放途中行至荒郊，忽遇暴風驟雨，加之解差催逼趕路，於暴雨泥濘中掙扎前行的淒慘情景，以及在解差詢問之下對背情負義且施以毒手的丈夫崔通的一番血淚控訴（換言之，披露出負心丈夫對自己的一部迫害史）：昧心再娶，對糟糠之妻的她實施必欲置之死地而後快的誣陷迫害；喪盡天良地將她嚴刑拷打、披枷戴鎖；還居心叵測地指使解差一路之上濫施虐暴，使得自己柔弱身軀備受折磨！

要說中外觀眾更耳熟能詳的，恐怕莫過於關漢卿驚世駭俗的那部偉大悲劇《竇娥冤》了。劇情中堪稱絕唱的「三樁誓願」——竇娥預言如果自己死得冤枉，將會導致三件奇異之事「血濺白練」、「六月飛雪」、「亢旱三年」的發生，便是該劇第三折裏，由即將蒙冤問斬的竇娥以三段曲詞（曲牌為【耍孩兒】）吟唱出來：

【三煞】不是我竇娥罰下這等無頭願，委實的冤情不淺；若沒些兒靈聖與世人傳，也不見得湛湛青天。我不要半星熱血紅塵灑，都只在八尺旗槍素練懸。等他四下裏皆瞧見，這就是咱萇鴻化碧，

望帝啼鵑。

【二煞】你道是暑氣喧，不是那下雪天；豈不聞飛霜六月因鄒衍？若果有一腔怨氣噴如火，定要感的六出飛花滾似錦，免得我屍骸現；要甚麼素車白馬，斷送出古陌荒阡！

【一煞】你道是天公不可欺，人心不可憐，不知皇天也肯隨人願。做甚麼三年不見甘霖降？也只爲東海曾經孝婦冤。如今輪到你山陰縣。這都是官吏每無心正法，使百姓有口難言。

總而言之，元雜劇受其作爲敘事藝術的文體影響，劇曲（即曲詞）中必然含有大量敘事成分，因此具有很強的敘事功能。縱觀元雜劇文本，富有代表性的劇曲（即曲詞）敘事主要有三種模式：其一是「探子主唱」，即身份爲探子的某一旁觀者或知情者，向他人述說耳聞目睹的某些重要事件的經過。其敘說內容很長，時常占滿一折。如《氣英布》第一折寫隨何設計成功勸降英布，第二折寫劉邦接見英布時故意以洗腳激將，第三折寫劉邦拜英布爲九江侯，第四折則由探子講述英布大戰霸王項羽的廝殺情景：「（正末扮探子執旗打槍背上，云）這一場好廝殺也呵！（唱）〔黃鐘·醉花陰〕俺則見楚漢爭鋒競寰土，那楚霸王肯甘心伏輸？此一陣不尋俗，這漢英布武勇誰如拒；慷慨堪稱許，善韜略曉兵書。（帶云）出馬來，出馬來。（唱）沒半霎兒早熬翻了楚項羽。」〔註36〕其二是曲詞前的賓白中，夾帶「你講（或說）一遍」之類的提示語。如《榮歸故里》〔註37〕第三折中，沖末薛仁貴（其身份和地位實爲該劇男主人公——筆者注）與正末扮哥邂逅時連曲帶白的一番交流：「（薛仁貴云）既然你和薛驢哥是相識朋友，他從小裏習學什麼藝業來？⋯⋯他那一雙父母，如今有什麼人侍養他？你說一遍我試聽咱。（薛仁貴云）自我投義軍之後，我一雙父母怎生般過活，你再說一遍與我聽咱。」〔註38〕「你說一

〔註36〕尚仲賢，氣英布，王季思主編，全元戲曲（第三卷），〔M〕，北京：人民文學出版社，1999，774。

〔註37〕此劇現存兩個本子：元刊雜劇三十種本的正名是《薛仁貴衣錦還鄉》（簡稱《衣錦還鄉》），臧晉叔《元曲選》本的正名爲《薛仁貴榮歸故里》（簡稱《榮歸故里》），兩個版本差異甚大，王季思先生主編的《全元戲曲》根據《元曲選》本收錄《薛仁貴榮歸故里》，劇後附有元刊本《薛仁貴衣錦還鄉》。參見《薛仁貴榮歸故里》「劇目說明」，王季思主編，全元戲曲（第四卷），〔M〕，北京：人民文學出版社，1999，265。

〔註38〕張國賓，榮歸故里，王季思主編，全元戲曲（第四卷），〔M〕，北京：人民文學出版社，1999，282～283。

遍」或「你再說一遍」之類賓白後，顯然就是劇中人物以曲詞對某些事件的
敘述。其三是由「我則見」、「你看那」等開頭語引領的一段曲詞，大多屬於
演唱者的某種敘述。例如《誤入桃源》第三折中，正末劉晨的一段唱詞：「〔石
榴花〕則見這野風吹起紙錢灰，冬冬的摑鼓響如雷，原來是當村父老眾相知，
賽牛王社日，擺列著尊罍。〔做叫云〕劉弘，開門來，開門來。〔唱〕到的這
柴門前便喚咱兒名諱，他那裏默無聲弄盞傳杯，一個個緊低頭不睬佯裝醉，
方信道人面逐高低。」〔註39〕

三、中西方古典戲劇敘事學淵源回顧

　　有些學者指出：「敘事理論是中國古典戲劇理論中一脈重要的思想體系，
它以戲劇的故事本體爲研究和闡發對象。作爲一種晚起藝術樣式的中國戲
劇，其故事本體的成熟形態和完整的劇本體制的形成是在宋元之際，因此中
國戲劇敘事學的興起必然承續中國古代敘事學深厚的歷史積澱」〔註40〕。中
國古典敘事理論以古代史官文化爲發源，同時又上承古代神話傳說、寓言故
事的另一條脈源。史傳文學孕育的敘事觀念以信實爲標誌，神話傳說孕育的
敘事觀念則以虛幻爲特徵，二者交融而構成中國戲劇敘事學之源。前者的影
響，比如虛實問題即歷史與藝術的關係問題，始終是戲劇敘事學探討的一個
中心話題：古代史官文化與儒家文化密切相聯，代表著古代傳統文化之正宗。
受此儒家傳統文化的薰染，中國古代戲劇敘事學頗爲重視文藝對社會人心的
道德教化功能，戲劇家及曲論家信奉的一條金科玉律即在於懲惡勸善。後者
的影響，比如由莊子奠定的寓言精神，直接導致戲劇敘事學中將戲劇視同爲
「寓言」，幾乎成爲一種理論共識。

　　元、明時期伴隨雜劇與傳奇創作之繁盛，戲劇理論研究亦隨之發展起來。
元代出現一些探究演唱、音韻及評價作家、演員的著作，諸如燕南芝庵的《唱
論》、周德清的《中原音韻》、夏庭芝的《青樓集》、鍾嗣成的《錄鬼簿》等。
明代則又出現朱權專談北劇的《太和正音譜》與徐渭專論南戲的《南詞敘錄》，
王驥德側重聲律的集大成的體系性著作《曲律》等等。重「曲（指曲詞，包
括音樂性）」輕「戲（故事、情節）」，偏重於詩歌本體論範疇內的「歌曲詞章」。

〔註39〕王子一，誤入桃源，王季思主編，全元戲曲（第五卷），〔M〕，北京：人民文
　　　　學出版社，1999，544。
〔註40〕譚帆，中國戲劇敘事學淵源考析，〔J〕，華東師範大學學報（哲社版），1990，
　　　　2。

對此有些學者認爲，中國傳統戲劇尤其元雜劇，是由詩詞曲發展而來，似乎更側重於抒情，而不是講故事。一些學者因此稱之爲「戲曲」而不是「戲劇」，強調它「將歌曲置於故事情節、戲劇衝突之上」，是一種「曲本位」〔註41〕。也有一些學者指出，很多元雜劇非常缺乏戲劇成分，甚至認爲元雜劇嚴格說來「尚未成熟」。〔註42〕故而欣賞中國傳統戲劇，在很大程度上故事只是一個背景，觀眾更多欣賞的乃是演員的「唱、念、做、打」。許多流傳下來的元雜劇劇本僅僅是唱詞的集合，沒有賓白及提示舞臺表演動作的科介。即使那些比較完整保留下來的劇本，雖有賓白及科介，也是非常簡略的，唱詞佔據主要篇幅。而唱詞與傳統的詩詞歌賦類似，具有很強的抒情性。還有的學者從三個方面分析並強調古典戲曲重「曲」而輕「事」，即忽視「敘事性」問題。〔註43〕其一，中國戲曲批評的焦點與核心標準：古典戲曲不以故事爲主，而以歌舞爲主，以「曲」爲主的特性在戲曲批評中表現得非常清楚。古人評價戲曲作品之優劣，談論劇作家成就之高低，一般不從戲曲作品的敘事技巧與劇作家的敘事才能著眼，而是從戲曲作品之文采詞華、劇作家之曲詞風格著眼，表現出重「曲」輕「事」的強烈傾向。「曲」成爲古典戲曲批評的焦點，「曲」之優劣成爲戲曲成就高低的首選標準。其二，戲曲創作中對「曲」的刻意追求：古典戲曲創作對曲詞表現出強烈的興趣，劇作家們對於作曲孜孜以求、嘔心瀝血。「曲」成爲創作的藝術核心，它甚至可以不依附於劇中人物的個性，跨越劇情的需要（即脫離劇情）而達到一種獨立自足的狀態。古代戲曲曲詞創作的理想，體現爲駢綺（無限追求詞華才藻，炫耀劇作家的自我才情）、本色（講求曲詞通俗易懂、淺顯流暢）、格律（刻意追求曲詞的音樂性）三大流派。三大流派彰顯出對戲曲語言的刻意追求（或文學性或音樂性），爲實現曲詞的詩意或格律的完美，甚至可以脫離劇情與人物性格。其三，戲曲故事情節的弱化現象：古典戲曲創作總體而論，對於「敘事」因素較爲忽視，具體表現爲題材的因襲、情節的雷同化、情節發展中的「漏洞」現象、情節的淡化等諸多「情節弱化」現象，集中而又典型地反映出古典戲曲敘事意趣之不足甚至匱乏。

如果遵循上述一些學者關於中國傳統戲劇重在抒情的思路來理解，或許

〔註41〕 鍾濤，元雜劇藝術生產論，〔M〕，北京：北京廣播學院出版社，2003，4。
〔註42〕 洛地，戲曲與浙江，引自李修生，元雜劇史，〔M〕，南京：江蘇古籍出版社，1996，1。
〔註43〕 錢久元，中國戲曲本體論質疑，藝術百家〔J〕，1999，3。

可以得出某種推論：既然不側重敘事，也就談不上對故事結構及敘事方式等敘事性問題的關注了。但事實恐怕並非如此。王國維在《宋元戲曲考》中指出：「戲曲者，謂以歌舞演故事也。……必合言語、動作、歌唱，以演一故事，而後戲劇之意義始全。」﹝註44﹞強調戲曲的本質特徵在於「演故事」。換言之，戲曲首先看重的是故事──戲曲從其誕生之日起，即以三教九流、五行八作的廣大市民爲主流觀眾，而處於文盲或半文盲的文化素養的廣大平民觀眾，對故事視聽格外喜歡。這種戲曲審美心理與欣賞習慣，勢必要求並引導戲曲家們在如何投其所好地演述故事上有所用心。戲曲藝術從宋元雜劇與南戲發展至明清時代而演變爲「傳奇」，顧名思義即述說世間之奇人奇事也。所謂「無奇不傳」、「無傳不奇」，單從名稱上便不難見出對「故事」的刻意追求。退一步來講，即使中國傳統戲劇不關注敘事，也並不能表明絕對沒有敘事。因爲戲劇畢竟屬於敘事類文體，而並非單純詩詞那樣的抒情作品。即使我們肯定中國戲曲主要構成因素在於詩性的曲詞，但也必須承認勾連、整合曲詞的框架仍然是某一或某些故事，敘述故事應當是其本質屬性與基本特徵之一。只不過作爲一種時空綜合性藝術，戲劇需要採用「戲劇化」（「戲劇性」）的敘事方式，除了一般意義上的人物、情節之外，更多涉及場景、時空等舞臺性因素，從而在敘事特徵上與小說文體構成明顯區別。因此，儘管中國古典戲曲理論長期滯陷於詩歌本體論範疇內的「歌曲詞章」，但對戲劇敘事性的認識仍以難以遏制之勢潛滋暗長與朦朧發展。元明時期的戲劇家習稱戲曲作品的故事情節、情節結構爲「關目」。例如《元刊雜劇三十種》標有「大都新刊關目的本《東窗事犯》」、「古杭新刊關目的本《李太白貶夜郎》」等名目；﹝註45﹞明初賈仲明爲《錄鬼簿》所作補詞中，每每以「關目奇、關目嘉、關目眞」﹝註46﹞等字眼品評元雜劇，其所謂「關目」涵意，便指涉故事情節或情節結構。明中葉李贄、毛允遂將敘事性要求提升至第一位。如李贄在點評張鳳翼《紅拂記》傳奇的《雜述・紅拂》時，將「關目」列爲戲劇諸藝術要素之首：「此記（指《紅拂記》）關目好，曲好，白好，事好。」﹝註47﹞稍晚一些的王驥德好友毛允燧品評戲曲作品：「每種列爲關目、曲、白三則，自一至十，各以分

﹝註44﹞ 王國維，王國維戲曲論文集，﹝M﹞，北京：中國戲劇出版社，1984，29。
﹝註45﹞ 徐沁君校點，新刊元雜劇三十種，﹝M﹞，北京：中華書局，1980，6。
﹝註46﹞ 鍾嗣成，錄鬼簿（外四種），﹝M﹞，上海：上海古籍出版社，1980，14～17。
﹝註47﹞ 李贄，焚書（卷4），﹝M﹞，北京：中華書局，1961，196，李贄是將「關目」
　　　　與故事之「事」相提並論，顯然係指情節結構──筆者注。

數等之，功令犁然，錙銖畢析」，同樣將「關目」列居首位。〔註48〕臧懋循論及「作曲三難」時，則將「關目緊湊之難」列爲第二。〔註49〕此外，值得注意的是以李贄、陳繼儒爲代表的戲曲評點，主要從人物、情節、思想意義著眼，超出了以詞釆、格律談論戲劇（戲曲）的固有框架。此情形顯示出明代已經產生審視戲劇的另一種本體論，即不再把戲劇當作曲，而是視爲一種敘事文學了。只不過它未能成爲主流話語，還遠未得到普遍認可。明末祁彪佳可謂第一位從根本上轉變戲劇本體論之重心的戲劇批評家。他在《遠山堂曲品》中較爲明確地提出其批評標準：音律、詞釆、敘事三者並重。其中首先推重「構局」即人物和情節的總體結構，在整體戲劇藝術形象中又強調「境」與「意」的統一；次重「詞華」即曲詞的文釆；再次重音律。此即所謂：「作南傳奇者，構局爲難，曲白次之。」〔註50〕如果說祁彪佳還只是在戲劇批評中實現了某種突破與轉移，那麼從理論上眞正完成這一突破和轉移的人物，無疑當屬清代初期的李漁。中國古典戲曲理論發展至此，可謂步入「別有洞天」的一個新階段。李漁劇論集中見於《閒情偶寄》中的「詞曲部」與「演習部」，劇本論與演出論構成其戲劇研究的理論框架。在中國戲劇發展史上，李漁第一次明確提出「結構第一」的理論命題：「塡詞首重音律，而予獨先結構。」〔註51〕在李漁看來，戲曲文學要素的合理次序應當爲結構、詞釆、音律。〔註52〕在「戲」與「曲」之間李漁偏重於「戲」，認爲故事情節是戲劇產生娛樂作用的關鍵因素，「敘事性」因而在其戲劇理論與創作實踐中，獲得了在傳統戲曲理論與創作中從未有過的顯赫地位；標誌著李漁的戲劇創作從理論到實踐，實現了由戲曲之曲詞至上的「抒情中心」，向著戲劇的情節地位首當其衝的「敘事中心」的轉移。換言之，李漁的《閒情偶寄》以自身多年的

〔註48〕 王驥德，曲律・雜論下，中國戲曲研究院編，中國古典戲曲論著集成，（四），
　　　　〔M〕，北京：中國戲劇出版社，1959，170。

〔註49〕 臧懋循，元曲選・序二，秦學人、侯作卿編著，中國古典編劇理論資料彙輯，
　　　　〔M〕，北京：中國戲劇出版社，1984，96，這裏臧懋循所謂「作曲三難」，
　　　　具體指的是情詞穩稱、關目緊湊、音律諧和。

〔註50〕 祁彪佳，遠山堂曲品，中國戲曲研究院編，中國古典戲曲論著集成，（六），
　　　　〔M〕，北京：中國戲劇出版社，1959，102。

〔註51〕 李漁，閒情偶寄，中國戲曲研究院編，中國古典戲曲論著集成（七），〔M〕，
　　　　北京：中國戲劇出版社，1959，10。

〔註52〕 李漁《閒情偶寄・詞曲部》中六章的寫作順序分別是「結構第一」、「詞釆第
　　　　二」、「音律第三」、「賓白第四」、「科諢第五」、「格局第六」。——筆者注。

創作經驗與舞臺實踐，豐富並發展了中國傳統戲劇（戲曲）理論，其中「結構第一」以及突出核心關目（故事情節）、強調「賓白應與曲詞等量齊觀」的嶄新理念與創作原則，充分彰顯出一種重視戲劇結構的審美趨向，對戲劇敘事理論的發展具有十分重要意義，標誌著戲劇理論史上的重要轉捩：正是這種對於戲劇「敘事性」的推重，導致元明以來傳統古典戲曲研究，開始了從「重曲」向「重戲」嬗變的深刻轉換。

　　正如西方文學的源頭為古希臘羅馬文學，西方敘述學的源頭同樣亦出自古希臘，具言之，乃淵源於希臘先哲柏拉圖與亞里士多德。敘述學試圖探究和解決的核心問題，並非「作品說了什麼（即故事內容的要素）」，而在於「作品怎樣說（即鋪敘故事的形式要素）」。正如西方敘事學家阿伯拉姆在談及敘事學之美學功能與實質時所強調的：「敘事學的主要興趣，在於敘述的『談話』是如何將一個『故事』（簡單地按時間順序排列的事件），製作成有組織的『情節』形式的。」〔註53〕遵循這一理論視角而推斷，柏拉圖已經意識到「怎樣說」的重要性，因此或許稱得上西方古代世界最早觸及敘事學問題的第一人。柏拉圖是這樣認為的：「可以把同一件事對同一批人時而說得像是，時而說得像非，他（指言說者）愛怎樣說就怎樣說」；也可以「把同一個措施時而說得像很好，時而說得像很壞。」〔註54〕鑒於「同一件事」或「同一措施」僅僅由於不同的說法（即敘述），竟會變得面目全非的敘事效果，他曾深有感慨地提醒人們：「我想應該研究語文體裁問題，然後我們就算把『說什麼』和『怎樣說』兩個問題都徹底討論過了。」〔註55〕隻言片語中透露出對形式的高度敏感，而柏拉圖美學思想體系之基石，恰恰建立於這位西方古代聖哲對「形式美」的情有獨鍾！正如柏拉圖所深信不疑的那樣：「美本身，加到任何一件事物上面，就使那件事物成其為美，不管它是一塊石頭、一個人、一個神、一個動作，還是一門學問。」〔註56〕循此推究柏拉圖理式論的精髓即在於：「美的事物」之所以美，乃因其僅僅作為美之理式的直接現實，形式亦即美的存在方式。〔註57〕由此我們不難推斷出柏拉圖理式論中，隱含著「藝術即形式」

〔註53〕　（美）華萊士・馬丁著，伍曉明譯，當代敘事學，〔M〕，北京：北京大學出版社，1990，115。
〔註54〕　柏拉圖，文藝對話集，〔M〕，北京：人民文學出版社，1963，145。
〔註55〕　柏拉圖，文藝對話集，〔M〕，北京：人民文學出版社，1963，47。
〔註56〕　柏拉圖，文藝對話集，〔M〕，北京：人民文學出版社，1963，184。
〔註57〕　趙憲章，柏拉圖理式論美學臆說，文藝理論研究，〔J〕，1992，5。

這樣一層潛臺詞；而「藝術即形式」觀念堪稱敘述學安身立命的邏輯起點。兩者之間遙相呼應的某種契合性，令人約略窺見柏拉圖與敘述學之間息息相通的血脈。不僅如此，柏拉圖還曾對「單純敘述」與「摹仿敘述」問題作出精闢闡釋：「凡是詩和故事可以分爲三種：頭一種是從頭到尾都是摹仿，像悲劇和喜劇；第二種是只有詩人在說話，最好的例子也許是合唱隊的頌歌；第三種是摹仿和單純摹仿摻雜在一起，史詩和另外幾種詩都是如此。」〔註 58〕柏拉圖在此最早提出兩個重要概念「單純敘述」與「摹仿敘述」，並給予細緻闡釋：所謂「單純敘述」，即「詩人以自己的身份在說話，不叫我們以爲說話的是旁人而不是他（指詩人）」；所謂「摹仿敘述」，即「詩人站在當事人的地位說話。」〔註 59〕敘述學理論大師熱奈特在其代表性論著《敘述話語》中屢屢讚歎柏拉圖，其本人論述敘述話語時使用的最重要概念「距離」，或許便直接得益於柏拉圖關於「單純敘述」與「摹仿敘述」的釐定。「詩人以自己的身份在說話」的「單純敘述」，與「詩人站在當事人的身份在說話」的「摹仿敘述」之區別，在於前者的文本與事件之間的關係是間接的，而後者的文本與事件之間的關係則是直接的。套用熱奈特的術語來講，即前者文本與事件之間「距離」更大，後者文本與事件之間「距離」更小。美國當代敘述學家布斯身上，同樣留有柏拉圖影響的明顯印痕：布斯劃分出「戲劇化敘述者」與「非戲劇化敘述者」，前者（即「戲劇化敘述者」）類似「站在當事人的地位說話」的敘述者；後者（「非戲劇化敘述者」）則大致等同於「詩人以自己的身份在說話」的敘述者。

倘若說柏拉圖有關敘述學問題的思考，尚多屬於某些思想的火花而顯得頗爲零碎化，那麼其弟子亞里士多德在煌煌論著《詩學》中，則將探索的腳步向著縱深處闊步邁進：已然針對敘述主體、敘述時空、敘述手法、敘述效果等問題，給予頗爲系統化的闡述。其中涉獵的某些論題及其梳理歸納的某些原則影響深遠，成爲後世西方敘述學理論中津津樂道的熱門話題。西方敘事文學發達很早，標誌著西方古代敘事文學最高成就的荷馬史詩與希臘戲劇繁榮之時，中國尚處於側重「抒情言志」的以詩歌及散文爲代表的古代抒情類文學興盛之際。史詩與戲劇較之詩歌與散文所不同的一種藝術機制，即在於其具有更多敘述故事的「敘事性」因素，使得古希臘文學藝術「敘述機制」

〔註58〕柏拉圖，文藝對話集，〔M〕，北京：人民文學出版社，1963，50。
〔註59〕柏拉圖，文藝對話集，〔M〕，北京：人民文學出版社，1963，48～49。

的孕育生發，遠比同一歷史階段的中國古代文學藝術更爲充分與完備。亞里士多德以荷馬史詩與希臘戲劇作爲研究對象和歸納演繹的依據，自然而然地在此「敘事性」營養成分頗爲豐富的藝術土壤裏萌生敘述意識。這種敘述意識主要體現於三個層面：第一，歸納出敘述手法，並進而認爲敘述主體對於敘述手法的選擇使用一定的自由度。亞里士多德在《詩學》第三章中這樣強調：「假如用同樣媒介摹仿同樣對象，既可以像荷馬那樣，時而用敘述手法，時而叫人物出場，也可以始終不變，用自己的口吻來敘述，還可以使摹仿者用動作來摹仿。」〔註60〕繼而還列舉出四種具體的敘述手法：其一爲「像荷馬那樣」，即荷馬史詩中常用的第三人稱全知敘述模式；其二爲「時而叫人物出場」（由事件主人公展示自我言行），相當於第三人稱客觀敘述模式；其三爲「始終不變地以自己的口吻來敘述」，屬於創作主體（即劇作家）與敘述者合而爲一的第一人稱敘述模式。這種敘述手法在荷馬史詩與希臘戲劇中罕見使用，因此在很大程度上不妨可以視爲亞里士多德一種前瞻性的大膽構想；其四爲「摹仿者以動作來摹仿」，即通過演員的動作「現身說法」式直觀展示的戲劇特有的敘述法，堪稱亞里士多德推崇的戲劇敘述主導方式：「（悲劇的）摹仿方式是借人物的動作來表達，而不是採用敘述法」。〔註61〕亞里士多德總結歸納的上述敘述手法即使今天看來，也已是相當全面而多樣化了：既有第一人稱敘述，亦有第三人稱敘述，還有戲劇式敘述。而在第三人稱敘述中，又包含了全知敘述、限知敘述、客觀敘述等不同類型。第二，提出敘述主體對於敘述客體的選擇與處理問題。亞里士多德在《詩學》中尤其強調「一樁不可能發生而可能成爲可信的事，比一樁可能發生而不可能成爲可信的事更爲可取；但情節不應由不近情理的事組成；情節中最好不要有不近情理的事；如果有了不近情理的事，也應該把它擺在佈局之外（如《俄狄浦斯王》劇中

〔註60〕 亞里士多德著，羅念生譯，詩學，〔M〕，北京：人民文學出版社，1962，9，陳中梅譯本中將這段話譯爲「人們可用同一種媒介的不同表現形式摹仿同一個對象：既可憑敘述——或進入角色，此乃荷馬的做法，或以本人的口吻講述，不改變身份——也可通過扮演，表現行動和活動中的每一個人物。」參見：亞里士多德著，陳中梅譯，詩學，〔M〕，北京：商務印書館，1996。7，42。

〔註61〕 亞里士多德著，羅念生譯，詩學，〔M〕，北京：人民文學出版社，1962，19，陳中梅譯本中將這段話譯爲「它的摹仿方式是借助人物的行動，而不是敘述」。參見：亞里士多德著，陳中梅譯，詩學，〔M〕，北京：商務印書館，1996。7，63。

俄狄浦斯不知道拉伊俄斯是怎樣死的），而不應把它擺在劇內。」〔註62〕他以荷馬史詩爲範例，詳盡解讀文學作品必須對事件時間加以妥當的分割與整合：「史詩的情節也應像悲劇的情節那樣，按照戲劇的原則安排，環繞著一個整一的行動，有頭，有身，有尾……史詩不應像歷史那樣結構，歷史不能只記載一個行動，而必須記載一個時期，即這個時期內所發生的涉及一個人或一些人的一切事件，它們之間只有偶然的聯繫。（在時間的順序中，有時候一椿事隨另一椿事而發生，但沒有導致同一個結局，正如薩拉彌斯海戰與西西里的卡耳刻多戰爭同時發生，但沒有導致同一個結局。）幾乎所有詩人都這樣寫作。惟有荷馬，……沒有企圖把戰爭整個寫出來，儘管它有始有終。因爲那樣一來故事就會太長，不能一覽而盡；即使長度可以控制，但細節繁多，故事就會趨於複雜。荷馬卻只選擇其中一部分，而把許多別的部分作爲穿插。」〔註63〕亞里士多德上述思想見解之精髓在於，作爲敘事藝術的史詩在其故事時間（屬於文本虛構時間）上與現實時間（屬於眞實生活時間）截然不同：史詩儘管是對生活（無論現實還是歷史）的模仿，但不應當並且也不可能全然或機械照搬現實或歷史的時間進程，創作主體（即作家）以及敘述主體需

〔註62〕亞里士多德著，羅念生譯，詩學，〔M〕，北京：人民文學出版社，1962，86，陳中梅譯本中將這段話譯爲「不可能發生但卻可信的事，比可能發生但卻不可信的事更爲可取。編組故事不應用不合情理的事——情節中最好沒有此類內容，即便有了，也要放在佈局之外，比如俄底浦斯對拉伊俄斯的死因一無所知。此類事不應出現在劇內，比如在《厄勒克特拉》裏，有人居然講述發生在普希亞運動會上的事……」參見：亞里士多德著，陳中梅譯，詩學，〔M〕，北京：商務印書館，1996。7，170。

〔註63〕亞里士多德著，羅念生譯，詩學，〔M〕，北京：人民文學出版社，1962，79〜80，陳中梅譯本中將這段話譯爲「和悲劇詩人一樣，史詩詩人也應編製戲劇化的情節，即著意於一個完整劃一、有起始、中段和結尾的行動。……史詩不應像歷史那樣編排事件。歷史必須記載的不是一個行動，而是發生在某一時期內的、涉及一個或一些人的所有事件——儘管一件事情和其它事情之間只有偶然的關聯。正如薩拉彌斯海戰和在西西里進行的與迦太基人的戰爭同時發生，但沒有引向同一個結局一樣，在順序上有先後之別的情況下，有時一件事在另一件事之後發生，卻沒有導出同一個結局。然而，絕大多數詩人卻是用這種方法編作史詩的。……和其他詩人相比，荷馬眞可謂出類拔萃。儘管特洛伊戰爭本身有始有終，他卻沒有試圖描述戰爭的全過程。不然的話，情節就會顯得太長，使人不易一覽全貌；倘若控制長度，繁蕪的事件又會使作品顯得過於複雜。事實上，他只取了戰爭的一部分，而把其他許多內容用作穿插，比如用『船目表』和其它穿插豐富了作品的內容。」參見：亞里士多德著，陳中梅譯，詩學，〔M〕，北京：商務印書館，1996。7，163。

要依據特定的審美理想——創作主體（即作家）對生活「或然律」和「必然律」的理解來切割與整合現實與歷史，對敘述客體（即故事事件）的原有時空予以重新安排。亞里士多德在此難能可貴地從選擇、使用敘述材料和調度、重塑敘述時間的雙重視角，首肯敘述主體駕控敘述客體的靈活度與能動性。第三，對敘述效果提出的合理性構想。亞里士多德在解讀悲劇觀賞效果時，提出由四要素環環相扣的因果鏈構合而成的一個「公式」：發現（或突轉）→突轉（或發現）→苦難→驚奇。突轉指戲劇情節出人意料地朝相反方向突然轉變（「由順境至逆境或者從逆境到順境」）；發現則是劇情中某種特定人物關係以及事件內幕為人物角色（當事人一般多為主人公）以及觀眾所知曉；由此引發悲劇主人公遭遇「或毀滅或痛苦的行動」等苦難；誘導觀眾對人物不幸結局產生諸如恐懼與憐憫等的情感「驚奇」，最終獲得淨化觀眾心靈的社會教化功用。這一頗富創意的公式，可謂亞里士多德對於戲劇藝術敘事規律的敏銳體察與精闢概括，堪稱其對戲劇敘述理論所做出的值得稱道的一個貢獻。

四、戲劇敘事學發展概況與研究現狀掃描

提及戲劇敘事學，有必要先簡要談一談敘事學。

在 20 世紀眾多文藝理論和批評方法中，敘述學無疑佔有重要的一席之地。華萊士・馬丁在 1986 年慨歎敘述學日益成為一門顯學的事實：「在過去 15 年間，敘事理論已經取代小說理論成為文學研究主要關心的論題。」〔註 64〕敘事學作為一門獨立學科，脫胎於 20 世紀二、三十年代的俄國形式主義，60 年代末得以確立，其標誌為 1969 年法國學者托多羅夫在《〈十日談〉語法》一文中正式提出「敘事學」這一術語。敘述學的根本出發點在於：並非通過敘事作品來總結外在於敘事作品的規律，而是從敘事作品內部去發掘關於敘事作品自身的規律。通俗而言，敘述學要探究和解決的並非「作品說了什麼」的問題，而是「作品怎樣說」的問題。半個世紀以來西方學者取得了不少重要研究成果，諸如蘇聯學者普羅普的《民間故事形態學》、法國學者托多羅夫的《敘事美學》、熱奈特的《敘事話語・新敘事話語》、美國學者布斯的《小說修辭學》、荷蘭學者米克・巴爾的《敘述學：敘事理論導論》等。然而，由於長期圍於神話、民間故事、小說的研究範疇，束縛與影響了敘事學的縱深發展。20 世紀 80 年代伴隨美國學者華萊士・馬丁《當代敘事學》的問世，愈

〔註64〕華萊士・馬丁，當代敘事學，〔M〕，北京大學出版社，1990，1。

來愈多的西方學者開始意識到，並努力追求敘事學發展的多元化，普遍認同敘述性（或敘事性）乃爲與小說同屬敘事文類的戲劇、影視等共同具備的藝術品格。因此，戲劇領域內的敘述性（或敘事性）問題，逐漸被納入敘事學研究對象的視野與範疇。總體說來，國外戲劇敘事學方面的研究一直沒有得到足夠的重視，尤其同神話學、民間故事、小說方面敘事學研究業已取得的顯赫成就相比，更顯出某種寂寥乃至滯後。20 世紀 70 年代後期帕維爾《高乃依悲劇的敘述語法》問世，算得上屈指可數的一部戲劇敘事學論著。

敘事學研究自 20 世紀 80 年代在我國興起，90 年代形成一股研究熱；至今人們從敘事學視角進行的文學研究仍熱情未減，開展得有聲有色：一方面是積極譯介西方敘事學著作，另一方面則是研究者在借鑑西方敘事理論之際，結合中國文學與中國文論的成就，努力建構中國的敘事學理論及其體系。回眸二十餘年以來敘事學在中國的發展歷程，大致可以將其概括爲：「西方敘事理論的譯介、敘事學的文學批評和中國敘事理論建設；其總體特徵表現爲詮釋到互動的遞進，移植與創化的並舉。」〔註65〕

譯介的西方敘事學論著主要有：張寅德編選的《敘述學研究》（中國社會科學出版社 1989 年）、王泰來等編譯的《敘事美學》（重慶出版社 1986 年）、羅蘭・巴爾特的《符號學原理──結構主義文學理論論文選》（李幼蒸譯，三聯書店 1986 年）、布斯的《小說修辭學》（華明等譯，北京大學出版社 1987 年）、熱拉爾・熱奈特的《敘事話語・新敘事話語》（王文融譯，中國社會科學出版社 1990 年）、華萊士・馬丁的《當代敘事學》（北京大學出版社 1990 年）、雷蒙・凱南的《敘事虛構作品：當代詩學》（廈門大學出版社 1991 年）、希利斯・米勒的《解讀敘事》（申丹譯，北京大學出版社 2002 年）、戴衛・赫爾曼主編的《新敘事學》（馬海良譯，北京大學出版社 2002 年）、米克・巴爾的《敘述學：敘事理論導論》（譚君強譯，中國社會科學出版社 2003 年）等，不一而足。國內學者借鑑西方敘事學理論研究中國古典敘事的論著，則主要有：陳平原的《中國小說敘事模式的轉變》（上海人民出版社 1988 年）、趙毅衡的《苦惱的敘述者──中國小說的敘述形式與中國文化》（北京十月文藝出版社 1992 年）、傅修延的《講故事的奧秘──文學敘述論》（百花洲文藝出版社 1993 年）、董乃斌的《中國古典小說的文體獨立》（中國社會科學出版社 1994 年）、羅綱的《敘事學導論》（雲南人民出版社 1994 年）、浦安迪的《中國敘

〔註65〕施定，近 20 年餘年中國敘事學研究述評，〔J〕，學術研究，2003，8。

事學》（北京大學出版社 1996 年）、楊義的《中國敘事學》（人民出版社 1997年）、楊義的《中國古典小說史論》（人民出版社 1998 年）、趙毅衡的《當說者被說的時候——比較敘述學導論》（中國人民大學出版社 1998 年）、傅修延的《先秦敘事研究——關於中國敘事傳統的形成》（東方出版社 1999 年）、鄭鐵生的《三國演義敘事藝術》（新華出版社 2000 年）、申丹的《敘述學與小說文體學研究》（北京大學出版社 2001 年）、王平的《中國古代小說敘事研究》（河北人民出版社 2001 年）、羅小東的《話本小說敘事研究》（學苑出版社 2002年）等。上述學者主張參照西方敘事學的相關成果，結合中國古今敘事典籍，以建構中國的敘事學理論。比如楊義的《中國古典小說史論》、《中國敘事學》立足於中國的敘事經驗和文化成規，結合中國古典小說名著進行敘事分析，「意象篇」與「評點家篇」彰顯中國敘事的特點。董乃斌的《中國古典小說的文體獨立》，著重探討了唐傳奇的文體及其敘事模式；傅修延的《先秦敘事研究——關於中國敘事傳統的形成》，則追根探源地針對先秦敘事予以系統性研究；羅綱的《敘事學導論》儘管旨在介紹西方敘事學成果，但對中國敘事作品不乏列舉分析；王平的《中國古代小說敘事研究》參照西方敘事學理論範疇，細緻探究了中國古代各類小說的敘事特徵。這些卓有成效、成就斐然的研究成果，無疑從一個側面推動並深化了中國文學尤其是小說領域的研究。

　　國內學界從敘事學視角對戲劇藝術開展的研究，大致始於 20 世紀 80 年代末 90 年代初。其學術背景在於，伴隨著敘事學研究領域的不斷拓寬與延伸，人們越來越清晰地意識到戲劇藝術並非純粹的代言體，難以避免地兼容「敘事體」。這是戲劇作為綜合性藝術的表徵之一，「敘事性」問題不僅與戲劇藝術密切相關，甚至堪稱戲劇藝術亟待挖掘且大有可為的一個研究領域與學術空間。於是不少學者對戲劇中的敘事性予以關注與探討，認為「戲劇性因素不是構成戲劇作品的唯一元素，構成戲劇作品藝術生命力的元素是多方面的，其中戲劇性因素和敘事性因素是最主要的元素。敘事性因素雖然在戲劇理論研究中常常被忽視，但是在戲劇創作實踐中卻發揮著它極大的功能，因此戲劇理論也應對此進行研究。」﹝註 66﹞或者說，「敘述性是中、西方戲劇初始形態共有的美學特徵。」「從語言上講，古希臘戲劇均為押韻合轍的詩體語言，是敘述體與代言體的混合體。前者體現在歌隊的唱詞上，後者體現在劇中人物的表演上。這種戲劇形式直到莎士比亞戲劇中還能尋到它留下的痕

﹝註 66﹞孫潔，試論戲劇中的敘事性因素，戲劇，﹝J﹞，1998，1。

迹」;「可見，戲劇藝術的敘述性特徵並非中國戲曲藝術所特有的，它是戲劇藝術形成初期共有的美學特徵。只是隨著戲劇藝術的進一步發展，受東、西方元典文化精神及文化心理結構的影響，西方戲劇逐漸向寫實方向邁進，終於脫離了敘述性而形成了一種獨特的戲劇文體——代言體。」〔註 67〕相比之下，「西方戲劇發展和成熟的過程在某種意義上可謂是戲劇性（代言體）排斥敘述性（敘事體）並逐漸取代的過程。而中國戲曲自金元時期與敘述性的民間講唱文學『結緣』後，在長期的發展演變中則始終未能分離。」〔註 68〕饒芃子主編的《中西戲劇比較教程》（廣東高等教育出版社 1989 年）、藍凡的《中西戲劇比較論稿》（學林出版社 1992 年）、李萬鈞主編的《中國古今戲劇史》（廣東高等教育出版社 1997 年）等論著，則從比較視角審視中外戲劇藝術，在探究某些論題時均對戲劇的敘事性問題有所涉及。

　　近年來的中國古典戲曲敘事研究中，郭英德、劉彥君、徐大軍等學者關於中國戲曲敘事性、早期東西方戲劇敘事的相近特性、元雜劇主唱人的變換原則等問題的一系列論文，周寧、陳建森、郭英德、董上德、王建科等學者探究諸如戲劇話語模式、元雜劇演述形態、明清傳奇敘事方式、戲曲與小說敘事的共通性、元代家庭家族題材雜劇敘事藝術等問題的一些論著，頗有新意與創見，因此值得關注。前一類研究成果，諸如郭英德的《敘事性：古代小說與戲曲的雙向滲透》（《文學遺產》1995 年第 4 期）；劉彥君的《早期東西方戲劇的相近特性》（《藝術百家》2003 年第 1 期）；徐大軍《元雜劇主唱人的變換原則》（《中華戲曲》第 25 輯）等。後一類研究成果，諸如周寧的《比較戲劇學——中西戲劇話語模式研究》（上海社會科學院出版社 1993 年）；陳建森的《元雜劇演述形態研究》（南方出版社 1999 年）；郭英德的《明清傳奇戲曲文體研究》（商務印書館 2004 年）、王建科的《元明家庭家族敘事文學研究》（中國社會科學出版社 2004 年）、蘇永旭主編的《戲劇敘事學研究》（中國戲劇出版社 2004 年）、董上德的《古代小說戲曲敘事研究》（廣東高等教育出版社 2007 年）等。周著《比較戲劇學——中西戲劇話語模式研究》針對敘述與對話（即代言）之於中西戲劇不同話語模式（即代言）的比較，便牽涉戲劇

〔註 67〕 陳友峰，簡論戲曲藝術的敘述性及其對戲曲審美特徵之影響，戲曲藝術，〔J〕，2004，4。

〔註 68〕 陳友峰，審美機制的局限與人物的弱化：論戲曲藝術的審美機制對戲曲人物塑造之影響，戲劇，〔J〕，2001，1。

藝術的代言體與敘述體、戲劇中的敘事性問題。他認為「戲劇是劇作家、演員與觀眾之間的儀式化交流。其交流話語中包含兩個系統：1、臺上虛構時空內劇中人物之間對話構成的內交流系統；2、臺上臺下、演員與觀眾之間、虛構時空與現實時空之間的外交流系統。內交流系統的話語遵循代言原則，對話在自足自主的戲劇幻覺中進行。外交流系統的話語遵循的則是敘述原則，由劇情之中的人物或超出劇情之外的演員，直接向觀眾進行史詩性陳述。西方戲劇傳統追求以內交流系統為主導的代言性戲劇模式，典範之作是現實主義戲劇。……中國戲曲則始終開放內外交流系統之間的中介性渠道，保留大量的史詩性敘述因素。代言因素與敘述因素在戲劇交流系統中的功能關係，決定著戲劇模式的特徵。西方代言性的戲劇模式，建立在封閉自足的內交流系統中，中國戲曲充分敘述化的戲劇模式，則以史詩性的外交流系統為主。」〔註69〕循此分析得出結論：西方戲劇的話語模式很早就完成了從敘述到對話的轉變，以對話為主導性話語；中國戲曲則始終綜合敘述和對話兩種因素，以敘述為主導性話語。〔註70〕這種觀點就其對中西方戲劇的宏觀把握而言無疑是恰當的，但若具體到古典戲劇範疇則不宜一概而論，更不能漠視作為戲劇初始形態的古希臘戲劇與中國古典戲曲在話語模式上的很多明顯相似性。周文亦強調指出這一點：「中國戲曲畢竟與古希臘戲劇在話語模式上有著某種『驚人的相似』：它們都保留著大量的敘述因素」；「對於古典悲劇來說，對話只是諸種話語形式之一，猶如中國古典戲曲的體制。古希臘悲劇，尤其是埃斯庫羅斯的悲劇，在今天看來大多是不易上演的案頭劇，其中歌隊詠唱與輪流對白平分的文本，既像戲劇又像史詩。……除了歌隊之外，每個人物都佔據大段獨白性的詩句，一段接一段地往下朗誦。在埃斯庫羅斯的悲劇中，代言性的敘述因素多於戲劇性對話，即使是對話，也缺乏交流的直接性（即指許多情形下，表面看是人物之間的對話，但其實質卻屬於某一事件由兩個人物以臺下觀眾為接受對象而分別說給觀眾聽的）。臺上的演員是雙重身份的，既是劇中人物，又是劇外敘述者；臺下的觀眾也有雙重身份，既是悲劇觀眾，又是史詩聽眾。這種情況在中國戲曲中也比比皆是。對話成為一種虛設的形式，只用來聯繫不同人物的敘述。」〔註71〕陳著《元雜劇演述形態研究》從

〔註69〕周寧，敘述與代言：中西戲劇模式比較，戲劇，〔J〕，1992，2。
〔註70〕周寧，敘述與代言：中西戲劇模式比較，戲劇，〔J〕，1992，2。
〔註71〕周寧，敘述與對話：中西戲劇話語模式比較，中國社會科學，〔J〕，1992，5。

元雜劇如何解決文學性（側重於「述」人物的故事）與舞臺性（側重於「演」故事中的人物）的矛盾切入，由劇作家、行當、腳色、演員、人物之間複雜微妙的關係入手，探究元雜劇如何從「述」到「演」，認為元雜劇劇場主要存在著「行當」與觀眾、「人物」與「人物」、「人物」與觀眾的三層交流語境；為適應瓦舍勾欄觀眾的文化水平與滿足平民化主流觀眾群體的審美娛樂需求，元雜劇將宋金說唱文學中的「旁言性演述干預」轉變為「代言性演述干預」，讓「行當」和劇中「人物」分別「代」劇作家「言」，在此演述過程中及時向觀眾預述、指點、解釋、說明劇情與品評劇中人物及相關事件，引導觀眾的觀賞趣味與審美取向。此乃元雜劇演述形態最突出的民族特色，是王國維主張的元劇為「代言體」或者「敘述說」所無法籠統取代的。郭著《明清傳奇戲曲文體研究》以「寓言與虛構」、「開放與內斂」兩章篇幅，針對明清傳奇戲曲的敘事方式予以全面深入的探究。郭著認為，抒情趣味與敘事趣味相互交織、相互滲透，從而孕育出明清時期傳奇戲曲獨特的敘事方式，具體包括如何構置生動感人的故事情節與如何展開曲折有致的情節結構兩個方面。前者表現為一種富於特色的以「寓言」為表現形態的虛構意識，後者表現為開放與內斂相結合的敘事結構。戲曲作為有別於史傳文學、小說等文學樣式的戲劇藝術，其敘事方式上獨具一種內斂敘事的特點，即要求衝突集中、線索簡捷、節奏明快、血脈相連；而長篇戲曲體裁相比短篇戲曲體裁而言，則具有一種開放敘事的特點，即戲劇場面轉換自如、人物形象豐富多彩、情節內容包羅萬象。明清傳奇恰恰屬於一種長篇戲曲體裁，因此融內斂敘事與開放敘事與一體。如何營構既豐富多彩有簡捷明快、既曲折有致有井然有序的敘事結構，亦即怎樣恰當把握內斂敘事與開放敘事之間的藝術之「度」，這一創作難題既不斷地嚮明清時期傳奇作家的敘事能力提出嚴峻挑戰，同時也不斷地培養和塑造著明清時期傳奇作家的敘事能力。王著《元明家庭家族敘事文學研究》，屬於一部從敘事學、家庭社會學、主題學及歷史文化批評的角度，針對元明家庭家族敘事文學的內容及其藝術形式進行系統研究的論著。其中有相當多篇幅的內容涉及元雜劇（儘管限於家庭家族題材的一類元雜劇），借鑒西方敘事學與中國古代敘事理論，探討了元代家庭家族劇的敘事藝術和文體特徵。董著《古代小說戲曲敘事研究》，由戲曲、小說共通的敘事層面入手，將它們視為一個敘事的「共生體」，就戲曲、小說敘事若干主要的共通性——諸如敘事的流動性、互文性、虛擬性、重釋性等，予以理論表述；

透過故事人物的歷時性演化與共時性塑造等敘事現象，探究一個個故事得以世代傳播的心理因素，揭示故事的流傳與不同時代人們心態之間的對應關係。

　　這裏有必要對作為 1996 年度國家哲學社會科學基金青年資助項目《戲劇敘事學》之結項成果的論著《戲劇敘事學研究》，稍予評述。該課題由青年學者蘇永旭領銜，幾位年輕博士共同參與，近年來課題組在《戲劇》、《藝術百家》、《北京大學學報》、《河南教育學院學報》等刊物上，陸續發表了作為階段性研究成果的數十篇系列性文章。〔註 72〕這些階段性研究成果，以「文本敘述」和「舞臺敘述」之戲劇雙重敘述特性為理論基點，以戲劇的敘述性和敘事規律為主要研究對象，以「潛在敘述」、「顯在敘述」和「反戲劇式的意象敘述」三種基本敘述方式為理論構架，梳理吸納並總結概括具有一定普遍意義的古今中外戲劇藝術有關敘事問題的思想養料與理論遺產，在學術界產生了一定的反響。北京大學劉安武與王文融、華中師範大學王忠祥先生分別認為：「該課題的提出具有重大意義，是對敘事學原有研究空間的一個很大的拓展，在學術上具有較強的開創性」；「該課題將彌補敘事學研究中的空白與不足，有助於總體敘事學的建立，而且必將對我國的戲劇創作產生積極的影響」；〔註 73〕「『戲劇敘事學』的理論體系構建工程，確實可以衝破敘事學原有的研究範圍（小說、神話與民間故事），具有拓展敘事學『研究空間』和彌補敘事學『研究空白』的積極作用，並將促進戲劇敘述理論的系統化、深化和總體敘事學的建立、發展」。〔註 74〕總的說來，該課題組的研究視角較為新穎、涉獵範圍十分廣泛，既有對古今中外經典戲劇作品敘事藝術的具體分析，更多則屬於對戲劇敘事問題的整體俯瞰與宏觀描述；並且注意運用比較方法

〔註72〕諸如：蘇永旭，戲劇敘事學芻議，河南教育學院學報，〔J〕，1997，1，韓麗霞，宋元南戲的顯在敘事探略，河南教育學院學報，〔J〕，1999，2，韓麗霞，從元雜劇體制看中國戲曲顯在敘述模式的若干基本特性，河南教育學院學報，〔J〕，1997。。韓麗霞，試論明清傳奇的顯在敘述特性和敘事策略，河南教育學院學報，〔J〕，1998，3，韓麗霞，中國古代戲曲的敘述性特徵，藝術百家，〔J〕，2000，4，李雲峰，論古希臘悲劇的敘事模式，河南教育學院學報，〔J〕，1997，1，李雲峰，古典主義戲劇敘事話語模式的特殊意義，河南教育學院學報，〔J〕，1998，2，楊國政，試論法國古典戲劇中的顯在敘事，河南教育學院學報，〔J〕，1998，年 1，蘇永旭，莎樂美：反戲劇式意象敘述的始作俑者，河南教育學院學報，〔J〕，2000，年2。

〔註73〕引自蘇永旭，戲劇敘事學芻議，河南教育學院學報，〔J〕，1997，1。

〔註74〕王忠祥，世紀末提出「戲劇敘事學」這一研究課題意義重大，引自筆談戲劇敘事學研究，河南教育學院學報，〔J〕，1998，1。

對中外戲劇敘事理論加以橫向對照，對古代與現當代戲劇作品予以縱向考察，努力探尋古今中外戲劇敘事的主要特徵與基本規律，予以既具有一定理論深度、又時時顯露某些創新之見的概括與總結。其較爲主要的突破與建樹體現在許多方面，諸如界定戲劇藝術「文本敘述」與「舞臺敘述」雙重敘述特性，突破了亞里士多德以來「戲劇是行動的藝術，摹仿的藝術，而不是敘事藝術」的傳統戲劇觀念；界定並揭示戲劇藝術三種基本敘述方式的核心實質，超越了「戲劇沒有敘述者，只是一種代言體」的傳統理論框架。「潛在敘述」（戲劇展示或藝術直觀，間接敘述）通過「演員演故事」方式完成戲劇敘事，具有較強「代言體」性質（西方話劇大多如此）；「顯在敘述」（直接敘述，間接展示）通過「演員講故事」完成戲劇敘事，「代言體」性質較弱而「敘述體」性質較強（如中國戲曲大多如此）；「反戲劇式的意象敘述」一反傳統戲劇情節結構劇的敘述模式，重在通過各種複雜的心理情緒和內心意念的具象外化和舞臺直喻，傳遞內在的精神追求，通過近於「劇作家自己講故事」完成戲劇敘事，其「代言」性質甚弱，「直喻體」性質較強，更多屬於一種舞臺直喻（西方現代主義戲劇大多如此）。〔註 75〕

敘述學理論也啓迪學者們對戲劇中有無敘事者問題的深入探討，打破了過去一直以爲戲劇不存在「敘述者」的先入成見。〔註 76〕與小說中隱遁其後而又無處不在的作家成爲全知全能敘述者的敘事模式相比，戲劇由於以人物在舞臺上的直觀表演爲特徵，屬於第一人稱敘事，而無所謂作者全知敘事。從理論上推測無所謂敘述者，戲劇中一般不存在敘述者。但事實並非如此，試以中國戲曲爲例。戲曲中的人物作爲敘述者，最常見的是借助敘事的方式介紹事件、展示性格。例如戲曲中幾乎所有人物（尤其正、反面的主要人物）上場時均有一段「自報家門」，向觀眾講述自己的生平與性格。這種自報家門雖然用的是第一人稱口吻，但講出的並非都是人物在大庭廣眾之下可能說、可以說或應該說的話。換言之，它不屬於純粹的角色敘事，實質上往往是一種第一人稱的全知敘事。戲曲中的人物作爲敘述者，有時還體現爲展示場景的方式來敘事。戲曲的敘事特性決定戲曲故事展開的因果鏈中每一重要環

〔註 75〕蘇永旭，戲劇敘事學研究的五個重要的理論突破，大舞臺，〔J〕，2003，2。

〔註 76〕諸如：馬建華，論中國戲曲文學的敘述者，文藝研究，〔J〕，2003，3，楊再紅，論中國古典戲劇中的敘述者，新疆大學學報，〔J〕，2002，4。、劉佳，敘述者與敘述時間的多數——布萊希特戲劇藝術性初探，藝術百家，〔J〕，2002，1。

節，往往需要直接展示出來，由此形成戲曲結構中以敘事性而非戲劇性爲主的某些場景。處於這些場景中的人物角色往往具有雙重身份：既是劇中的人物，又是作者的化身。換言之，這種場景採用的是人物的代言式敘事，人物或者成爲劇作家的代言人，或者充當故事敘述者的代言人。

　　上述諸多頗具特色的研究成果，從研究的思路、內容、方法諸方面，爲戲劇敘事學的深入研究提供了重要的啓迪意義與借鑒價值。

　　由於本書著力以敘事技巧爲具體探究對象，因此在簡要梳理了戲劇敘事學發展概況與研究現狀基礎上，還有必要就敘事技巧問題予以一番梳理。敘事技巧隸屬於戲劇敘事學的一個有機組成部分，中西方對於敘事技巧的探究由來已久，只不過在敘事學興起於西方社會並傳入中國的 20 世紀之前的漫長歲月裏，人們對此問題的探討多囿於如何安排情節、結構佈局的「編劇法」範疇。西方早在古希臘時代的亞里士多德那裏，便有對戲劇結構佈局即情節安排的再三強調，以及關於「發現」與「突轉」等手法的系統性闡釋；清代李漁「結構第一」的創作主張，及其對「巧合」與「誤會」等手法的刻意追求，堪稱中國古代戲曲家、曲論家推崇結構佈局、重視編劇法之戲劇傳統的一位典型代表。西方在採用結構主義方法的經典敘事學誕生以前，對敘事結構與技巧的研究一直從屬於文學批評、美學或修辭學，尚無自身獨立的地位。20 世紀 60 至 80 年代，伴隨經典結構主義敘事學的興起與迅速發展，關於敘事作品結構規律及敘事技巧的研究佔據了日益重要的地位，並由此開拓了研究的廣度與深度，從而深化了人們對於敘事作品的結構形態、運作規律、表現方式、審美特徵等諸多問題的認識；同時，還大大提升了讀者或觀眾品評敘事藝術的鑒賞水平。美國敘事文學研究協會成立伊始，便將其會刊直接命名爲《敘事技巧雜誌》〔註77〕，其格外推崇敘事技巧的傾向性不難窺斑見貌。

〔註77〕20 世紀 60 年代興起的西方結構主義敘事學，以敘事作品尤其小說爲其研究對象，針對敘事文體的結構特點、時空方式、敘事邏輯、敘事角度、敘事者和角色模式等諸多問題予以探究，旨在建立敘事學之理論體系，力圖使得敘事作品批評科學化。不過，這種研究自身明顯存在著一定的局限性：過分強調形式主義的批評，一定程度上割斷了敘事作品與社會、歷史、文化環境的內在關聯性。有鑒於此，20 世紀 70 年代之後所產生的解構主義批評，對結構主義敘事學採取了全然排斥的態度。至 80 年代初期，西方小說研究者逐漸把文學與歷史、社會、政治等諸問題聯繫起來，將注意力轉向文化意識形態分析，反對小說的形式研究或審美研究，敘事學研究備受責難而一度陷入某種危機。在此背景下，美國敘事文學研究協會會刊受其感應，曾於 1993 年將刊名

專題性地探討戲劇技巧的影響頗大的西方論著，主要有美國約翰・霍華德・勞遜的《戲劇與電影的劇作理論與技巧》（中國電影出版社 1961 年）、美國喬治・貝克的《戲劇技巧》（余上沅譯，中國戲劇出版社 1961 年）、英國威廉・阿契爾的《劇作法》（中國戲劇出版社 1964 年）、前蘇聯霍洛道夫的《戲劇結構》（李明錕、高士彥譯，華東師範大學出版社 1981 年）等。這些論著內容上非常駁雜，並未對戲劇技巧作出十分明晰準確的分類與界定；而且爲闡釋某些戲劇理論所舉出的例證，涉及古典戲劇很少，幾乎都是西方現代戲劇作品。比如貝克《戲劇技巧》主要章節的目錄爲：戲劇的要素──動作與情感；從主題到情節安排──分配材料，幕數及其長度；性格描寫；對話；劇作者與觀眾等。阿契爾《劇作法》的主要目錄爲：「序曲」部分包括了主題的選擇、戲劇性與非戲劇性、佈局的常規、人物表等幾章；「開端」部分包括了補敘──它的目的和手段、第一幕、好奇與興趣、要預示，不要預述等幾章；「中部」部分包括緊張與緊張的懸置、準備──指路標、必需場面、突轉、可信、機緣與巧合、邏輯、保守秘密等幾章；「結尾」部分則包括高潮與倒高潮、轉變、死胡同的主題及其他、結局四章。其中像補敘、預示、突轉、巧合等議題直接涉及幾種具體的編劇技巧，但其他許多內容則爲編劇範疇結構佈局的宏觀性問題甚至屬於編劇問題之外的泛論，並且絕大部分例證都出自西方現代劇作。中國古典戲劇創作實踐中，同樣不乏編劇理論的豐富思想養料。比如清代喜劇大家與著名理論家李漁，就曾提出「立主腦、密針線、減頭緒、脫窠臼」的戲曲結構原則，以及偶然巧合、錯認誤會等戲曲結構技法。國內學界自 20 世紀 50 年代至今，一定數量的梳理、挖掘古典戲曲編劇理論與編劇技巧的文獻輯錄及相關論著陸續問世。其中主要的研究成果，諸如顧仲彝著的《編劇理論與技巧》（中國戲劇出版社 1981 年）、黃士吉著的《元雜劇作法論》（青海人民出版社 1983 年）、秦學人、侯作卿編著的《中國古典編劇理論資料彙輯》（中國戲劇出版社 1984 年）、陳衍編著的《中國古代編劇理論初探》

由《敘事技巧雜誌》而更換爲《敘事》，並把關注的視域投向文本與社會、文本與意識形態之間的關係研究，同時，還涉及繪畫、電影等其他非語言文字媒介的敘事。步入 21 世紀以來，越來越多的西方學者已然深切意識到，純粹的文化批評和政治批評帶來相當大的局限性，因而再度重視對於敘事形式和敘事結構的研究，贊成小説的形式審美研究必須與社會歷史研究有機結合、相互補充，而不應當彼此排斥，在一定程度上彰顯出敘事理論研究興趣的某種回歸。

（湖北人民出版社 1984 年）、陳竹著的《中國古代劇作學史》（武漢出版社 1999
年）、劉奇玉著的《古代戲曲創作理論與批評》（中國社會科學出版社 2010 年）
等等。另外，還有見諸各類學術刊物的論述關漢卿、李漁等古典戲曲家某些
劇作及其創作特色之類的論文。上述諸多論著中，或多或少涉及古典戲曲的
編劇問題，但總體說來較爲零散細碎，缺乏系統化與專題性的研究。比如：顧
仲彝《編劇理論與技巧》「第四章戲劇結構」部分「第四節戲劇結構中的一些
重要手法」中，曾談及懸念、吃驚、突轉與發現等幾種編劇技巧，不乏細緻的
文本解讀與深入的理論闡釋，值得稱道。相比之下，黃士吉所著《元雜劇作法
論》，從開端方式、情節線索、主角出場、高潮處理、場面安排、戲劇藝術、
道具運用、夢境措置、穿插人物、節奏設計、團圓結局、悲劇終場、臨去秋波、
長亭送別等十四個方面展開論述；其中很多內容，顯然並非單純屬於編劇技巧
的範疇。再比如劉奇玉所著《古代戲曲創作理論與批評》「第六章結構論」之
「第三節戲曲結構技法論」中，以 30 頁碼的很短篇幅，簡要梳理和介紹了古
代戲曲的敘事方法與技巧。較爲具體闡述的敘事方法與技巧主要有六種：神龍
戲珠法、草裏眠蛇法、移堂就樹法、羯鼓解穢法、鄭五歇後法、錯認巧合法。
此外，在本節「餘論」部分還簡明扼要地摣及其他十種敘事技巧，具體包括閒
處著眼法、問色出奇法、史家附傳法、存花去泥法、那碾法、抑揚頓挫法、意
此筆彼法。區區 30 頁碼篇幅裏，談及到的中國戲曲敘事技巧多達 13 種。這是
筆者目前能夠看到的探究中國戲曲敘事技巧問題最直接且種類最多的一部相
關論著，難能可貴，給人頗多啓迪與教益。然而，這種劃分也存在某些明顯的
局限性與美中不足：涉獵範疇雖頗爲廣泛，論及的敘事技巧種類繁多，但僅限
於蜻蜓點水的泛泛而論與粗略掃描。加之以頗具華夏文化色彩的詞彙、術語所
概括歸納出的某些敘事技巧，是否準確妥當，尚且值得進一步的斟酌與商榷。
總之，無論元明清時期的曲論家還是今人，對中國古典戲劇編劇技巧問題的探
究比較籠統寬泛，缺乏更爲科學性、體系化的整體觀照。正如有些學者指出的
那樣：中國古典戲曲之「戲劇作法學」，涵蓋了「情節論、結構論、人物論、
曲詞論、賓白論」等五個方面內容，〔註78〕一般是在論及戲劇結構時，才或多
或少地牽涉諸如巧合、誤會、懸念、砌末（即道具）等某些編劇技法的探究。
但這種探究往往止於浮光掠影式的點評，未能展開清晰詳細、完整深入的闡

〔註78〕趙山林，中國戲劇學通論，安徽教育出版社，〔M〕，合肥：安徽教育出版社，
　　　　1995，3。

釋。至於專門針對中西方古典戲劇敘事技巧的比較研究，則更如鳳毛麟角。此狀況即使是在新近面世的一些中西戲劇比較論著中，似乎仍然沒有得到根本性的扭轉與改變。例如《中西戲劇比較論稿》中，僅僅是在「第九章戲劇結構觀念」之「第三節戲劇結構的藝術手法」裏，從戲劇懸念、戲劇節奏等一些主要藝術手法，亦即從「懸而及念」、「高潮處置」、「走馬插針」、「金塔園廊」四個層面予以簡略論述。這種對中西戲劇敘事技巧的比較既不夠全面完整，亦缺乏充分的深度探究。〔註79〕《中國古今戲劇史》（下卷）〔註80〕在「第一章比較視點下的中國戲曲與西方戲劇」之「第三節關於編劇法」中，僅僅從「結構的特色」、「懸念設置、心理描寫、角色出場」兩個大的層面，並以區區十個頁碼左右的短小篇幅，寥寥數語，一筆帶過。有鑒於此，今天的人們需要進行深入細緻的挖掘、梳理工作，將編劇法提升到敘事技巧的理論高度，作出準確清晰、完整科學的界說。換言之，從某種程度而言，上述研究中存在的遺漏與缺憾，恰恰爲筆者專題性地探究中國古典戲劇敘事技巧問題，並進而展開中西古典戲劇敘事技巧的比較研究，提供了十分必要的可操作性與足資開掘的學術空間。

五、研究思路、方法及其現實意義

敘事學作爲一門獨立學科問世以來，在基本理論和批評方法上日臻成熟，取得了成績斐然的豐碩成果。但縱觀國內外戲劇領域的研究現狀，即使近年來人們日漸重視從敘事學角度探究戲劇問題，比如前述幾位青年學者對《戲劇敘事學》課題開展的有益研究等，但總體而言，偏重於對戲劇藝術整體上的宏觀把握，針對敘事技巧等更具體細微的環節較爲忽略。

有一些學者認爲：「通常認爲東西方戲劇觀念的本質性差異，是從戲劇的初始階段即已形成的。事實是，共同發源於原始祭祀儀式的文化史，規定了人類戲劇在觀念形態上最初是彼此接近的，這種接近性影響到古希臘戲劇的面貌與早期東方戲劇的靠攏，甚至一直持續影響到莎士比亞戲劇的基本性格與東方傳統戲劇的相近。」因此「東西方戲劇最初同出於原始祭祀儀式，它們的共同基礎建立在原始思維之上。這種同源關係使它們在文化性格上帶有

〔註79〕藍凡，中西戲劇比較論稿，〔M〕，上海：學林出版社，1992，438。
〔註80〕李萬鈞，中國古今戲劇史（下卷），〔M〕，廣州：廣東高等教育出版社，1997，1；38～49。

了某些共通性，具體爲：一、舞臺綜合觀；二、抽象表現觀；三、混合敘事觀；四、時空自由觀。」〔註81〕筆者甚爲贊成此觀點，並且受中西古典戲劇具有共通性「混合敘事觀」這一觀點的啓發，意欲著重探究中西方古典戲劇某些「共通性」的敘事技巧。

「敘事顧名思義即敘述故事，它構成一切敘事性文學作品的共同特徵。」〔註82〕而敘述學試圖探究和解決的核心問題，並非在於「作品說了什麼（即故事內容的要素）」，而在於「作品怎樣說（即鋪敘故事的形式要素）」。從本質上說，敘事不是故事的一種靜態的呈現和反映過程，而是故事的講述者通過故事文本而與故事的接受者之間形成的一種動態的雙向交流過程。要完成故事的敘述和傳播，必須依賴一定的媒介作爲載體，借助一定的敘事技巧，才能實現敘事的目的及其效果。雖然敘事技巧不僅僅屬於單純的形式問題，而與創作主體的創作理念與敘事追求等休戚相關，並歸根結底爲其所規約。然而，敘事技巧作爲「作品怎樣說（即鋪敘故事的形式因素）」，其本身顯然也是非常重要的。不僅如此，北京大學王文融先生在《敘事學研究前景喜人，任重而道遠》一文中曾經強調指出：「綜觀西方尤其是法國敘事學者多角度多側面的探索，我們大致可以把他們的研究分成兩個方向。一是敘事結構研究方向，即從分析敘事作品的內容入手，從中抽出放之四海而皆準的深層結構，並探尋故事情節的邏輯。代表人物是普羅普、列維—斯特勞斯、佈雷蒙、格雷馬斯等。他們著重研究的是民間故事、神話等古代初級敘事形態。二是敘事話語研究方向，即以總結故事表現方式的規律爲目標，力求說明故事、敘述行爲和敘事文本之間的關係，回答何時何地誰在講、講到什麼程度、以什麼方式講等問題。代表人物是羅蘭·巴特、托多羅夫、熱奈特、盧博克、班菲爾德等，他們主要研究的是小說等現代文學敘事形態。某些敘事學者，如查特曼、普林斯，試圖調和這兩個方向，而巴黎第四大學教授喬治·莫利尼埃則自稱開創了以敘述技巧爲重點的第三種方向。不管怎樣，這幾個方向是互有聯繫、不可截然分開的，因爲敘述性是它們共同的研究對象。」〔註83〕我們姑且不論敘事技巧是否能夠真正成爲西方敘事學的第三個研究方向，但它隱約透露出的一個重要信息卻是令人深思、值得關注的：敘事技巧堪稱敘

〔註81〕劉彥君，早期東西方戲劇的相近特性，藝術百家，〔J〕，2003，1。
〔註82〕童慶炳主編，文學理論教程，〔M〕，北京：高等教育出版社，1998，207。
〔註83〕李宗林（主持人），筆談戲劇敘事學研究，河南教育學院學報，〔J〕，1998，1。

述學研究中值得開掘的一個重要學術空間。

迄今爲止，學術界針對中國古典戲劇敘事技巧問題的專題性探究，尤其以西方古典戲劇爲參照的比較視角開展的研究尚爲匱乏。由於中西方戲劇藝術在各自歷史發展過程中沿革嬗變的情形不盡相同，很難用某一固定不變的模式來圈定。而以往人們每每自覺不自覺地在忽略處於不同歷史階段的古代戲劇與現當代戲劇之間存在許多顯著差異性的前提下，試圖將中西方戲劇作爲大一統式完整的一種戲劇形態予以對比觀照，既容易流於泛泛而論，又難免且常常產生以全概偏、草率臆測的成見與誤解。例如一談起戲劇時空問題，長期以來人們想當然地習慣於拿中國戲曲時空靈活自由之特性，與西方戲劇時空深受所謂「三一律」條規限制甚至嚴重束縛的非自由性相提並論。這是一種對西方古典戲劇不求甚解的盲視和偏見。因爲只要我們耐下性子，仔細瀏覽一番以古希臘戲劇與莎士比亞戲劇爲代表的西方古典戲劇作品，再對比一下以元雜劇與明清傳奇爲代表的中國古典戲曲，便不難發現時空敘事在古希臘戲劇與莎士比亞戲劇中，如同元雜劇一樣的靈活自由。正如有的學者所指出的：「一提到戲劇舞臺的自由轉換時空特性，人們立即就會想到中國戲曲和日本能樂。事實上，在西方舞臺上，從古希臘時期到莎士比亞時代，其時間和空間的轉換與東方舞臺一樣，也是自由的、隨意的、沒有任何限定。」〔註84〕又比如，「自報家門」一向被認定爲中國戲曲所獨有的一種「開場白」模式，然而，其實它早在古希臘時代的戲劇家歐里庇得斯悲劇中得到大量使用；只不過古希臘戲劇的這種「自報家門」，未能最終走向程序化而已。例如歐里庇得斯《赫卡柏》「開場」中，波呂多洛斯的鬼魂交代自己來自「死人的洞穴」、「黑暗的門裏」（指冥間），然後自我介紹正置身於敵軍主帥阿伽門農的營帳門前。以此「自報家門」式的臺詞，告知觀眾上場人物的身份及其處的特定環境。後世西方戲劇家對此早已予以關注：17世紀法國古典主義悲劇家高乃依曾敏銳地指出：「在亞里士多德的時代，第一場被稱爲開場。劇作家通常在這一場展示主題，把將要演出的情節開始之前發生的一切告訴觀眾，使他瞭解起碼的背景，以便於理解他將要看到的一切。隨著時代的不同，這種『交底』的方式也發生了變化。歐里庇得斯在這一點上是很不講究技巧的，有時他搬出一位天神，讓觀眾從他口中得到啓示；有時他劇中的某個主要人物自己出來給觀眾作說明，例如伊菲革涅亞和海倫，她們一上臺就給觀眾講

〔註84〕劉彥君，早期東西方戲劇的相近特性，藝術百家，〔J〕，2003，1。

自己的身世，而舞臺上則沒有其他演員聽她們講話。」〔註85〕18 世紀法國啓蒙學者、戲劇家伏爾泰，對此概括總結爲：「歐里庇得斯所有悲劇的開頭，要麼由一個主要演員向觀眾報自己的名字，給他們講述該劇的主題；要麼由一個從天而降的神明充當這個角色，例如《費德拉》、《希波呂托斯》中的阿佛洛狄忒。」〔註86〕

　　鑒於上述原因，筆者嘗試借鑒、吸納戲劇敘事學、戲劇美學等理論以及中國古代文學、外國文學的相關研究成果，運用比較參照的研究方法，注重整體把握的宏觀研究與細緻解讀戲劇文本的微觀研究有機結合，釐定中西方古典戲劇爲研究對象，具體從「停敘」、「戲中戲」、「幕後戲」、「預敘」與「延敘」、「發現」與「突轉」、「巧合」與「誤會」等幾個論題切入，以解讀大量中西古典戲劇文本爲依據，不妄加生發與臆測，就中西方古典戲劇敘事技巧問題展開一番專題性的比較研究，力求得出有的放矢、準確恰當的結論。

　　中西方古典戲劇之間存在許多相似、相近之處與相通、相同的契合點，具有一定的可比性：諸如都屬於融詩、樂、舞等多元化因素爲一體的綜合性藝術，在創作及表演上均帶有一定的虛擬化、程序化的特徵，舞臺時空敘事機制相當靈活自由，兼容「代言體」與「敘述體」而具有不可戒缺的「敘事性因素」；爲追求良好的戲劇效果而在許多敘事技巧上的心有靈犀、不謀而合及其絕妙運用等。

　　因此本論題的現實意義在於，以西方古典戲劇爲參照而進行的針對中國古典戲劇敘事技巧的專題性研究，有利於扭轉以往人們審察戲劇時一切唯「代言體」是瞻而忽略甚至漠視「敘述體」及「敘事性」的某種偏頗；而將敘事技巧鎖定爲研究對象，使得抽象的「戲劇敘事」問題具象化爲一個十分明確的探尋目標，有助於人們深入細緻地認識戲劇藝術在敘事方面的形式規律與共同特徵。同時，正如有的學者深切意識到的那樣：中國戲曲藝術形態的「一個致命的短處是，在中國戲曲藝術中，敘事能力、敘事技巧的發展很不充分。因爲在一種以曲爲本、大量採用詩歌手段的藝術樣式中，敘事手段的運用就不得不受到嚴重的妨礙。」〔註87〕筆者在此意欲稍加更正與補充的一點是，

〔註85〕高乃依，論戲劇詩的效益和組成部分，轉引自陳洪文、水建馥編選，古希臘三大悲劇家研究，〔M〕，北京：中國社會科學出版社，1986，66。

〔註86〕伏爾泰，對高乃依的《論戲劇詩》的評注，轉引自陳洪文、水建馥編選，古希臘三大悲劇家研究，〔M〕，北京：中國社會科學出版社，1986，93。

〔註87〕郭英德著，明清傳奇戲曲文體研究，〔M〕，北京：商務印書館，2004，40。

即使是敘事技巧在中國古典戲曲藝術中獲得了較爲充分的發展，但人們對敘事技巧的研究卻依舊「很不充分」！從這一層面而論，以中國古典戲曲敘事技巧爲研究對象，或許具有加強以往戲劇敘事技巧研究領域較爲薄弱現狀的糾漏補缺的學術價值，有助於爲構建戲劇敘事學尤其是中國古典戲劇敘事學提供創作實證與理論支撐點。毋庸置疑，爲追求良好的戲劇效果而在許多敘事技巧上的心有靈犀、不謀而合及其絕妙運用，這種成功藝術實踐充分彰顯出中西方古典戲劇家們在戲劇敘事學領域所取得的足以稱道的實績與成就。這些敘事技巧作爲前人戲劇創作的成功經驗，值得重視開掘與梳理總結，從而爲當下戲劇藝術的創作及其繁榮提供有益的啓迪與借鑒。同時，正如有些學者所強調的那樣：「儘管古今中外的敘事文學具有不同的文化淵源和表現形式，但不少結構技巧是相通的，比如『視角』的應用在古今中外的敘事文學中就有較大的的相通性，這爲中外敘事學的相互促進和相互溝通提供了一種平臺。」〔註88〕加強中西方古典戲劇敘事技巧的比較研究，從一定程度而言，無疑能夠爲中外戲劇敘事學的相互促進與相互溝通搭建一種平臺，有助於中國敘事學研究逐步與國際敘事學研究的對接與融通，使兩者日漸形影難離、互通有無，在一種具有很強的兼容性及其可操作性的平等對話的語境中暢達無阻。

〔註88〕申丹，敘事學研究在中國與西方，外國文學研究，〔J〕，2005，4。

第一章　中國古典戲劇中的「停敘」

一、「停敘」概念界說

　　敘述從廣義而言，即是一種交流或通訊，指傳送者通過某種媒介向接受者傳遞某種信息。文學敘述的媒介則是語言文字，其傳遞的信息即為文學作品中具體描繪的許多大大小小的虛構性事件。由此我們可以說，通常人們所謂的「故事」，便是由從敘事性作品中攝取出來、并按照一定邏輯關係（如因果律等）和時間順序重新排列組合的一系列事件構成的。根據故事發生、持續的時間與文本（即作品）敘述故事所用篇幅多少之間的關係，我們可以從理論上劃分出三種敘述類型：其一為均速敘述，指故事發生、持續的時間與文本敘述故事所用篇幅在單位上勻稱對等。例如故事發生、持續的時間為十個小時，文本便分出十個章節（或者幕、場），各個章節（或幕、場）敘述每一小時內發生的事件內容。其二為加速敘述，指文本以較少篇幅敘述發生、持續時間較長的故事。如人物幾年乃至幾十年的生活經歷與遭際，被寥寥數行概括性語言一筆帶過。加速敘述若加速至極限點，就會變成「零敘」，亦即某些故事因微不足道、不足掛齒而在作品中被省略不提。其三為減速敘述，指文本耗用較多篇幅來敘述發生、持續時間較短的故事。比如人物不過須臾瞬間的意識閃念，文本卻耗費了數頁甚至幾十頁篇幅深挖精掘、細細道來。減速敘述若減速至極限點，便成為「停敘」，意即停下來敘述，此時故事時間滯固不動，惟有文本在花費一定篇幅進行敘述。〔註1〕換言之，故事時間此時

〔註 1〕這裏我們不妨以一個生活實例來比喻：一輛行駛中的汽車因有人搭車或交通堵塞之故而戛然停止，雖然汽車不復移動，但它顯然不是完全靜止（停止）

發生或出現暫時性地中斷與休止，敘述時間則無限延長；當故事重新啓動，其中故事時間並未消遁軼去。「在議論和描寫段落中，被敘述的故事時間停止了。」〔註2〕在敘事學理論中，是將故事時間與敘事（敘述）時間長短的比較，或者更確切地說，是將所敘述的故事中事件時間的長短與事件在整個敘事文本中所佔篇幅長短之間的關係，稱爲敘事時距（或曰敘事跨度）。這一關係構成敘事作品的節奏：如果事件時間長而敘事篇幅短，其節奏較快；如果事件時間短而敘事篇幅長，其節奏則較慢。敘事學理論家將敘事作品中的時距劃分爲四種：一是省略，即故事時間無限長於敘述（或曰敘事）時間；二是概略，即故事時間長於敘述（或曰敘事）時間；三是場景，即故事時間約等於敘述（或敘事）時間；四是停頓（或譯爲「休止」），即敘述（或敘事）時間無限長於故事時間。諸如國內外學者米克·巴爾在其《敘事學導論》、查特曼在其《故事與話語》、胡亞敏在其《敘事學》、羅綱在其《敘事學導論》等敘事學論著中，均指出敘事（敘述）速度的五種類型爲平敘、快敘、慢敘、零敘和停敘。〔註3〕然而，究竟如何界說「停敘」，尤其是「停敘」與戲劇創作之間具體存在著怎樣的關係，學術界一直語焉不詳和鮮少問津。「停敘」堪稱西方敘述（敘事）學理論中的一個重要概念術語，同時也是筆者在本章裏試圖著重探究的核心問題。當然，無論是使用均速敘述、加速敘述還是減速敘述，在劇作家那裏，最終應當依據所表現內容的具體需要而定。

事實上，如果換一個角度來審視上述所謂文本篇幅的多少，其實也就是語言文字的疏密、繁約問題。因此，加速敘述與減速敘述又分別可以用「約敘」與「密敘」相稱謂。在「密敘」區域內還存在一種「平敘」，即故事發生、持續的時間與文本敘述所用篇幅達到吻合日常生活時間節奏的協調一致性，特指文學作品中的人物「言語」；具體就戲劇藝術而言，即包括獨白與對話在內的所謂「臺詞」。這是因爲，儘管舞臺上的人物對話雖帶有一定的表演（誇

的；因爲司機並未熄火，汽車發動機仍在「篤篤」運轉之中，必定還在消耗著一定數量（公升）的汽油。此情形便大致類似於戲劇文本仍然花費一定篇幅進行敘述那樣。——筆者注。

〔註2〕 華萊士·馬丁，當代敘事學，〔M〕，北京：北京大學出版社，1991，149。

〔註3〕 參見：熱奈特，王文融譯，敘事話語·新敘事話語，〔M〕北京：中國社會科學出版社，1990，59～60，里蒙·凱南，敘事虛構作品，〔M〕，北京：中國社會科學出版社，1991，95～98，羅綱，敘事學導論，〔M〕，昆明：雲南人民出版社，1994，146～154。

張與作秀）成分和色彩，而與日常生活中人們的說話不能完全等同；但大體說來，一個人在舞臺上說「臺詞」同他於日常生活中的談話，在時間節奏上仍是協調一致、相差不大的。當然我們不能絕對化，因爲人物之「言語」只有處在故事發生、持續的時間進程中，方可屬於「平敘」；倘若它處在故事發生、持續的時間中斷爲零的階段，則不能再籠統地稱之爲「平敘」，而只應算作「停敘」了。

敘述是敘事性作品中最重要的本質特徵，而戲劇既爲敘事性作品中主要種類、體裁之一，也就必然離不開敘述。戲劇通過舞臺人物的行動與對話搬演世態人情，臺詞一般說來在劇本中佔據著大部分篇幅——當然要求這些臺詞應儘量富有某種「動作性」。所以，戲劇總體上採用的是一種「平敘」。劇本中還常有簡短的舞臺提示、布景說明、「話外音」、劇情簡介和出場人物介紹等，則屬於「約敘」；而篇幅較長未被打斷的人物獨白，則可算作「密敘」。「平敘」、「約敘」、「密敘」在戲劇中被慣常運用，並不給人以陌生感。那麼，「停敘」在中國以及西方古典戲劇創作中是否也得到使用？其使用情況又究竟如何呢？

二、中西古典戲劇話語模式比較

由於中國古典戲劇與西方古典戲劇就其總體而言，分別屬於戲曲與話劇〔註4〕截然不同的世界兩大戲劇體系，因此在探討「停敘」之前，有必要將中西古典戲劇的話語模式及相關問題予以簡要比較。戲劇作爲劇作家、演員與觀眾三者之間的儀式化交流，其交流話語集中表現爲兩種模式：其一是敘述，這種話語關係體現於劇作家、演員與觀眾之間，處於現實時空中；其二是對話，這種話語關係體現於劇中人物之間，處於虛擬時空中。兩種話語交流方式，決定了與之對應的兩個交流系統。其一爲臺上與臺下、演員與觀眾、虛構時空與現實時空之間的外交流系統，此系統話語遵循「敘述」原則，即由劇情之中的人物或者超出劇情之外的演員，直接向觀眾鋪陳述說；其二是臺上虛擬時空裏劇中人物之間構成的內交流系統。此系統話語則遵循「對話」原則，其顯著特點在於：「對話」必須在封閉自足的戲劇「幻覺」中進行——假設存在對觀眾而言透明、但對演員卻是不透明的的所謂「第四堵牆」，將虛

〔註 4〕古希臘戲劇的文本體制特點在於不僅有大量人物對話，還有相當篇幅的歌隊演唱，所以還不屬於嚴格意義上的話劇。——筆者注。

擬世界與現實世界截然劃分開來，盡最大限度地阻斷內、外兩個交流系統之間可能存在的溝通渠道，嚴格追求內交流系統的封閉自足，確保舞臺上的人物角色「生活」於「幻覺」（即虛擬）世界之中。敘述與對話這兩種話語交流方式最鮮明突出的差異性，由此可見一斑：「敘述」中信息的發送者與接收者，分別是外交流系統中的演員和觀眾；而「對話」中信息的發送者和接收者，則均爲內交流系統中的劇中人物。更通俗地講，戲劇中人物所說的話（即臺詞）既非針對觀眾而言，亦不是劇作家所道出，而屬於劇中人物的自我言說，並且一定是針對劇中其他人物而講的。循此原則來看，中國古典戲曲屬於以外交流系統爲主，儘管始終兼容「敘述」與「對話」兩種因素，但卻以「敘述」爲其主導性話語的戲劇話語模式；西方古典戲劇則屬於以內交流系統爲主、以「對話」爲主導性話語的戲劇話語模式。對此特點，我們不妨列舉兩部中西古典戲劇經典性劇作——王實甫的愛情喜劇《西廂記》與莎士比亞的悲劇力作《奧賽羅》爲例稍予說明。

《西廂記》中〈佛殿奇逢〉（第一本第一折）一場戲裏，青年書生張君瑞與相國小姐崔鶯鶯邂逅佛殿而一見鍾情，但彼此間只有近在咫尺的脈脈對視，並無一句對話。鑒於當事人身處男女有別且素不相識的中國古代封建社會環境，因此審察此特定情景彼此沒有對話，姑且還算得上合乎情理。該場戲由張生主唱，以第三人稱「她」稱謂鶯鶯，從音容笑貌、步態動作等諸方位，將她作爲描述對象介紹給觀眾。諸如：

〔元和令〕他（指鶯鶯）那裏盡人調戲軃著香肩，只將花笑拈。

〔上馬嬌〕我見他（指鶯鶯）宜嗔宜喜春風面，偏宜貼翠花鈿。

〔勝葫蘆〕則見他（指鶯鶯）宮樣眉兒新月偃，斜侵入鬢雲邊。

（末云）未語人前先靦腆，櫻桃紅綻，玉粳白露，半晌恰方言。

〔么篇〕恰便似嚦嚦鶯聲花外囀，行一步可人憐。解舞腰肢嬌又軟，千般媕娜，萬般旖旎，似垂柳晚風前。〔註5〕

再看〈賴婚〉（第二本第四折）一場戲中，張生與鶯鶯二人喜沖沖赴宴，席間老夫人吩咐道：

（末見旦科）（夫人云）小姐近前拜了哥哥者！（末背云）呀，

〔註5〕王實甫，西廂記，王季思主編，全元戲曲（第二卷），〔M〕，北京：人民文學出版社，1999，220。

聲息不好了也！（旦云）呀，俺娘變了卦也！（紅云）這相思又索害也！〔註6〕

值此老夫人忽然變卦的「突變」情境下，當事人張生與鶯鶯以及知情者紅娘的驚訝意外，觀眾可想而知：三個人物角色對老夫人的失信賴帳之舉，肯定會心生不滿與抱怨！但饒有趣味的是，他（她）們僅以敢怒不敢言的「背云」（即面向觀眾的自言自語）形式，徒勞無益地分別哀歎了一聲「聲息不好」、「俺娘變卦」和「相思索害」，一人一句各表心事，彼此間沒有直接的交流溝通。隨後臨近劇情末尾的〈長亭送別〉（第四本第三折）一場戲裏，老夫人以「三代不招白衣秀才」為由，逼迫張生進京趕考。從人之常情的一般邏輯來推論，昨夜才新婚燕爾的恩愛小夫妻張生與鶯鶯，該會有著怎樣的戀戀不捨？又自當有多少綿綿情愫需要傾訴呢？觀眾對於這段劇情是了然於胸的：由於鶯鶯的深夜探望且與張生「私合」，造成兩人事實婚姻的客觀存在；一向家教甚嚴的老夫人出於家醜不可外揚的避諱，只得無奈地默許張生「崔府女婿」的身份。然而此番劇情之中，卻半是敘述、半是對話，且摻雜於唱念之中。縱覽《西廂記》全劇，這場戲裏的人物對話居多；然而屈指算來不過寥寥十幾句！詳見崔、張之間的一番臨別之言：

> （旦唱）〔四邊靜〕霎時間杯盤狼藉，車兒投東，馬兒向西，兩意徘徊，落日山橫翠。知他今宵宿在那裏？有夢也難尋覓。張生，此一行得官不得官，疾便回來。（末云）小生這一去白奪一個狀元，正是：『青霄有路終須到，金榜無名誓不歸』。（旦云）君行別無所贈，口占一絕，為君送行：『棄擲今何在？當時且自親。還將舊來意，憐取眼前人。』（末云）小姐之意差矣，張珙更敢憐誰？謹賡一絕，以剖寸心：人生長遠別，孰與最關親？不遇知音者，誰憐長歎人？〔註7〕

上述劇情出現敘述多而對話少的原因，乃由中國戲曲自身特點所決定：以曲辭為主，賓白為輔，曲辭大多為抒情敘述，屬於演員與觀眾之間的直接交流；賓白中不僅只有對白，對話遠不能構成戲曲的主導性話語。因此該劇中諸人物的動作及思想性格的某種衍變、發展過程，多由人物以自家聲口或

〔註6〕王實甫，西廂記，王季思主編，全元戲曲（第二卷），〔M〕，北京：人民文學出版社，1999，254。

〔註7〕王實甫，西廂記，王季思主編，全元戲曲（第二卷），〔M〕，北京：人民文學出版社，1999，296。

其他劇中人物的視角向觀眾娓娓道來，對話充其量只能起到輔助性功用。

《奧賽羅》的情形則與《西廂記》迥然不同。該劇帷幕從某一天夜晚開啓，地點則是位於威尼斯貴族元老勃拉班修府邸附近的一條街道上。出身摩爾人（屬於黑人種族）的將軍奧賽羅的旗官伊阿古，夥同遭到貴族小姐苔絲德蒙娜拒絕的求婚者羅德利哥，正躲在街道某一角落竊竊私語。伊阿古是一個陰險奸詐的僞君子，因奧賽羅提拔勇猛善戰的凱西奧卻沒有提拔他做副將而耿耿於懷，更對奧賽羅獲得美貌賢淑的貴族小姐苔絲德蒙娜愛情而氣急敗壞。他唆使羅德利哥吵醒勃拉班修，通告其女兒跟隨奧賽羅私奔的秘密，[註8] 企圖假借勃拉班修之手拆散奧賽羅同其女兒的姻緣。勃拉班修聞訊急忙率兵丁家僕，由羅德利哥帶路趕至旅館，與奧賽羅拔刀相見。恰在此時，威尼斯公爵獲悉一支土耳其艦隊大舉進犯塞浦路斯的軍情，當夜召開會議，緊急召見奧賽羅。針對勃拉班修「用魔法騙到他的女兒」的指控，奧賽羅向眾人坦陳自己與苔絲德蒙娜眞誠自由的戀愛故事。出庭作證的苔絲德蒙娜亦同樣表白了愛慕奧賽羅的心迹，於是這場婚姻風波得以平息。臨危受命擔任塞浦路斯總督負責鎭守的奧賽羅即刻動身開赴前線，臨行前將新婚妻子苔絲德蒙娜託付旗官伊阿古，請他委派妻子愛米莉亞多方照料，方便之際再護送苔絲德蒙娜遠赴塞浦路斯。眾人離去後獨自一人的伊阿古不甘心失敗，又盤算出一條既能竊取凱西奧副官之職、又能使奧賽羅疑心妻子不貞的毒計。隨後四幕的劇情地點均挪移到塞浦路斯，由伊阿古護送的苔絲德蒙娜與奧賽羅歡聚於這座海島……劇作家莎士比亞幾乎取消了一切敘述性因素（諸如人物介紹、交代劇情的開場白，或者人物自身的獨白、旁白，以及事件中幾位相關人物的未來結局如何等），預先不向觀眾透漏底細，僅僅有些語焉不詳的說明與朦朧模糊的暗示——如第一幕末尾伊阿古的一番獨白：「等過了一些時候，在奧賽羅的耳邊捏造一些鬼話，說他（指凱西奧）跟他的妻子（指苔絲德蒙娜）看上去太親熱了；他（指凱西奧）長得漂亮，性情又溫和，天生一種媚惑婦人的魔力，像他這種人是很容易引起疑心的。那摩爾人（指奧賽羅）是一個坦白爽直的人，他看見人家在表面上裝出一副忠厚誠實的樣子，就以爲一定是個好

〔註 8〕私奔信息的提供者是伊阿古，因爲苔絲德蒙娜從離家出走，到與奧賽羅去教堂舉行秘密婚禮，再到夫妻暫居馬人旅館的前後經過，伊阿古是始終不離奧賽羅左右的貼身隨從。所以伊阿古是一位知情者和見證人，有獲取奧賽羅個人隱私的最便利條件——筆者注。

人；我可以把他像一頭驢子一般牽著鼻子跑。」〔註9〕那麼，苔絲德蒙娜到達塞浦路斯後命運究竟如何？伊阿古會採取怎樣的計策？伊阿古所謂「一舉兩得的陰謀」能否得逞？英勇蓋世的奧賽羅將軍果真會落入「像一頭驢子一般（被他人）牽著鼻子跑」的罪惡陷阱嗎？……諸如此類的疑惑觀眾一概無從知曉，只能從劇情中相關人物隻言片語的臺詞裏，借助想像力的發揮，點點滴滴地去猜測劇情隨後的可能性發展，以及令人惴惴不安的可怕結局，朦朧含混地去揣摩人物各自的性格特徵及其行為背後的動機……一切均發生在特定時空中的另外一個世界裏，這個虛擬世界封閉自足，所有戲劇人物的言語及其行為，發生在威尼斯或塞浦路斯的特定時空內，囿於將軍奧賽羅、貴婦苔絲德蒙娜、旗官伊阿古、女僕愛米莉亞、副將凱西奧、威尼斯公爵、元老勃拉班修、紳士羅德利哥等各類人物之間盤根錯節的關係網絡中。即使偶有出現的少數幾段人物獨白，亦純然不是與觀眾直接溝通的那種交流性話語。臺上人物與臺下觀眾之間不曾有過直接交流關係，觀眾彷彿是偶然經過的旁觀者或者湊巧駐足的看客；內、外兩個交流系統賴以串接的，僅僅在於直觀的舞臺形象。

三、中國古典戲劇中「停敘」之運用及其探源

既然如上所述，中國古典戲劇乃是以外交流系統為主，其戲劇情節結構無疑屬於開放型，而並非以內交流系統為主的西方古典戲劇那樣的封閉型情節結構。那麼從理論上講，戲劇故事情節時常發生中斷，故事發生、持續的時間每每會出現間斷式停歇與休止，便是顯而易見、自然而然的事情。由此我們認定「停敘」存在於中國古典戲劇（戲曲）之中，便是順理成章的了。對此，隨後筆者將以元雜劇為例證予以詳盡解析。

推究而論，導致「停敘」在中國古典戲劇（戲曲）創作中運用的司空見慣，還與中國古典戲劇的兩種內在特性密切相關。

其一，從戲劇文體特徵來看，作為敘事文學與抒情文學相結合的文學體裁，中國古典戲劇（戲曲）深受古典詩詞的薰染、影響而更接近於抒情文體，注重以情動人，使抒情而不是單純敘事成為中國戲曲手法之要領。即如湯顯祖在《牡丹亭題詞》中所言：「從來傳奇家非言情之文，不能擅場」、「曲中高

〔註9〕（英）莎士比亞著，朱生豪譯，奧賽羅，莎士比亞全集（9），〔M〕，北京：人民文學出版社，1978，320。

手，持一『情』字而已」；「情」到極處，甚至可以超越理性現實，「情不知所
起，一往而深，生者可以死，死可以生。生而不可與死，死而不可復生者，
皆非情之至也。……第云理之所必無，安知情之所必有耶？」〔註 10〕是故戲
曲中除了少量篇幅的一般性背景介紹、交代情節、爲製造或烘託戲劇規定情
境、氛圍的摹景狀物等代言性敘述外，更多的則是臧懋循所稱道的，以「能
使快者掀髯，憤者扼腕，悲者掩泣，羨者色飛」〔註 11〕的抒情詩篇領挈各個
場景，呈現出斑駁絢爛的詩化色彩。劇中以詩筆所抒發的人物情感激越澎湃
之時，使劇中人物時常游離甚至掙脫情節的固有框架，及其自身角色的束縛
——即人物言辭與劇情中業已表現出的原先一貫的思想、性格、出身、素養
等特徵有所悖逆和不符，人物語言已「不似其人、不肖其口」了。對此，我
們不妨可以稱之爲「角色越位」現象。茲舉兩部元雜劇《貶黃州》與《竇娥
冤》爲例。

　　費唐臣的士人題材雜劇《貶黃州》，以宋代文豪蘇軾遭受政治迫害——因
「烏臺詩案」被貶黃州的一段史實爲故事內容。劇情主要演述蘇軾因賦詩譏
諷新法，遭到政敵王安石爲首的變法派彈劾而遠貶黃州。貶居期間歷經艱難
困厄，飽嘗世態炎涼。三年之後朝廷頒旨召其回朝，但此時的蘇軾早已下定
決心辭官歸隱，「閉草戶柴門，做一個清閒自在人。」劇中主人公蘇軾的最後
歸宿，彰顯出不與當政者同流合污的果敢決絕態度。如果對照一下史料，我
們不難看出其明顯超越歷史真實層面上的蘇軾其人其事，更多寄寓了元代文
人及劇作家費唐臣自身對於社會現實一腔憤懣的心緒。劇中第二折鋪陳蘇軾
風雪交加之夜趕赴貶居地的經過，生動刻畫出一位懷才不遇的困厄士人的藝
術形象。大量唱詞不僅表達出身爲劇中人物的詩人蘇軾對於無辜遭貶的滿腔
怨憤；而世道之不公、仕途之險惡，尤令這位文豪萌生避遁山林的歸隱思想：

　　　　〔五煞〕我情願閒居村落攻經典，誰想悶向秦樓列管絃，枕碧
　　水千尋，對青山一帶，趁白雲萬頃，蓋茅屋三間。草舍蓬窗，苜蓿
　　盤中，老瓦盆邊，樂於貧賤，燈火對床眠。

　　　　〔四煞〕從教頭上青天鑒，不願腰間金印懸。受他冷冷清清、

〔註10〕（明）湯顯祖著，徐朔方、楊笑梅校注，牡丹亭，〔M〕，北京：人民文學出
　　　　版社，1963，3。
〔註11〕臧懋循，元曲選後集序，引自隗芾、吳毓華編，古典戲曲美學資料集，〔M〕，
　　　　北京：文化藝術出版社，1992，145。

多多少少，避是是非非、萬萬千千。或向林皋聲裏，舴艋舟中，霍
索溪邊，一壺村酒，白眼望青天。〔註12〕

　　上述兩支曲辭早已超越劇中人物蘇軾的特定視界，抒發的全然是元代士
人及劇作家牢騷不平的心境。具言之，劇作家賦予筆下人物蘇軾以「代言人」
的地位與身份，借助蘇軾的懷才不遇和仕途坎坷，曲折地反映元代士人的落
魄困窘，以及由此產生的憤世之情和避世心緒，從而傳達出劇作家的抑鬱與
不平，所謂「借他人之酒杯，澆胸中之塊壘」。

　　關漢卿《竇娥冤》第三折裏竇娥赴刑前，道出這樣一番話：

〔正宮端正好〕沒來由犯王法，不提防遭刑憲，叫聲屈動地驚
天！」、「〔滾繡球〕天地也，只合把清濁分辨，可怎生糊突了盜跖顏
淵。為善的受貧窮更命短，造惡的享富貴又壽延。天地也，做得個
怕硬欺軟，卻原來也這般順水推船。地也，你不分好歹何為地？天
也，你錯勘賢愚枉作天！」、〔註13〕〔一煞〕這都是官吏每無心正
法，使百姓有口難言。〔註14〕

　　這些話語可謂鏗鏘有力、擲地有聲，但若細細推敲一下，觀眾可能馬上
就會感覺有些不對勁。換言之，此番豪言壯語，與從小淪為童養媳、鮮少接
受規範化教育、隸屬中國古代封建社會中身處底層的一位極其普通的年輕寡
婦竇娥的思想境界、出身閱歷、文化修養等，存在一段明顯的距離與出入。
此時此刻的竇娥，已被「改頭換面」，或者更確切地說是發生了一次「角色越
位」──暫時掙脫「寡婦」的劇中人物之身份，搖身變為劇作家意欲表達的
思想的忠實代言人。劇作家讓其超越自身平凡的人生，而昇華為具有某種普
遍性意義的人類共同情感的象徵，凌駕於現實生活的邏輯之上；在相對獨立
的抒情氛圍中，盡情宣泄其內心深處洶湧激蕩、難以平息的情感浪潮，誘導
觀眾進入深受感染、為之動容、物我兩忘的藝術審美境界。上述蘇軾與竇娥
的曲詞，顯然均屬於運用「停敘」的情形。

　　第二，從中國古典戲劇創作主體的視角而論，古典戲曲家們大多染有濃

〔註12〕費唐臣，貶黃州，王季思主編，全元戲曲（第三卷），〔M〕，北京：人民文學
　　　　出版社，1999，220。
〔註13〕關漢卿，竇娥冤，王季思主編，全元戲曲（第一卷），〔M〕，北京：人民文學
　　　　出版社，1999，198。
〔註14〕關漢卿，竇娥冤，王季思主編，全元戲曲（第一卷），〔M〕，北京：人民文學
　　　　出版社，1999，200～201。

鬱的「主觀詩人」的色調，其創作意旨有時並非在於以一位全知的、中立的故事敘述者身份，毫無主觀介入地爲觀眾「搬演一個故事」；而似乎更著意於事件中人物的情感體驗，以及劇作家本人的情感渲泄與道德評價。有鑒於此，古典戲曲家們在戲劇創作過程中，不太刻意追究所敘述的戲劇故事本身的完整性與連貫性，或者外在事件起承轉合諸推移、演變環節上的密針細線、絲絲入扣，亦不把「戲劇性」過分依賴於戲劇外部矛盾衝突（主要是動作衝突）的那種緊張曲折性和完全植根於因果律基礎上的邏輯必然性；而是將敘事作爲抒情的一種手段或媒介，把主要的藝術視域投注於著力展示人物內心複雜詭秘的情感意識方面，充分運用詩意化的筆調，建構出一個又一個情眞意切、跌宕起伏的心理漩渦。這種篇幅很長的大段式的抒情性曲詞，常常能夠暫時游離甚至索性掙脫戲劇敘述層面上的某一具體規定情境，逾越戲劇故事本身的固有框架，富有了很大程度上相對獨立的審美意蘊與戲劇演出效果。外國戲劇評論家斯特拉斯堡曾將這種中國戲曲別具一格、富有相對獨立性意蘊與戲劇演出效果的詩意境界，形象地比喻爲「抒情密室」：「它位於劇中的一個封閉式領域。在此，通常的時空以及人們的社會關係皆告暫停。它不在於表現固有的具體情境和形象，而在於揭示人物內心世界的形象。」〔註15〕國內有些學者則將這一特點概括爲：「當矛盾衝突達到尖銳化程度，戲劇衝突進入高潮時，劇作家往往讓事件的發展速度減慢甚至『暫停』，用大段的演唱或表演動作抒發人物的內心感受，瞬間的心理活動可以延展爲長時間的精彩表演。」〔註16〕試以兩部元代雜劇——關漢卿的悲劇力作《竇娥冤》與馬致遠的歷史劇《漢宮秋》，以及明代李開先的傳奇《寶劍記》〔註17〕爲例說明。

《竇娥冤》一劇的整個故事情節並不怎麼複雜，甚至可以說是非常簡單明瞭的：所敘述的不過是一位孤弱無助的年輕寡婦蒙冤屈死的人生悲劇。然而該劇在揭露元代社會邪惡當道、草菅人命的黑暗腐敗世相，表達劇作家爲無辜屈死的小人物鳴不平方面，無疑具有異乎尋常的撼人心魄的藝術效果。

〔註15〕理查德・斯特拉斯堡，十七世紀戲劇中的雅典元素，泰康評論〔J〕卷8；紐約：1977，61。

〔註16〕鄭傳寅，中國戲曲文化概論，〔M〕，武漢：武漢大學出版社，1998，415。

〔註17〕國內有些學者將該劇視爲明代南戲，另有一些學者則將該劇確定爲明代傳奇。分別參見李修生主編，古本戲曲劇目提要，〔M〕，北京：文化藝術出版社，1997，（目錄）8，蔣星煜、齊森華、趙山林主編，明清傳奇鑒賞辭典（上冊），〔M〕，上海：上海辭書出版社，2004，176。

單純從戲劇外在故事情節發展的角度看，第三折竇娥被押赴刑場問斬，僅僅為第二折結尾部分故事情節的重複性再現，似乎沒有多大意義。倘若換成一位西方劇作家尤其西方古典戲劇家來處理，很可能會把它視為與故事事件無甚關礙的「蛇足」而棄之不寫。然而，在關漢卿筆下，恰恰是該劇第三折中那一段又一段感人肺腑、令人迴腸蕩氣的抒情性曲詞，將悲劇主角竇娥對元代社會現存秩序的懷疑、憤懣與巨大的心理悲痛，化作強烈的情感投射，堪稱全劇一瀉千里、酣暢淋漓的「情感」高潮。我們不妨看看竇娥問斬之前獨特的銜恨伸冤方式——三次下跪、三次請願和四次吟唱，發下三樁奇誓，反駁監斬官質疑，以及囑託婆婆見證：

> （正旦跪科）（正旦云）要一領淨席，等我竇娥站立；又要丈二白練，掛在旗槍上。若是我竇娥委實冤枉，刀過處頭落，一腔熱血休半點兒沾在地下，都飛在白練上者。……（正旦唱）〔耍孩兒〕不是我竇娥罰下這等無頭願，委實的冤情不淺；若沒些兒靈聖與世人傳，也不見得湛湛青天。（正旦再跪科，云）太人，如今是三伏天道，若竇娥委實冤枉，身死之後，天降三尺瑞雪，遮掩了竇娥屍首。……〔二煞〕你道是暑氣暄，不是那下雪天，豈不聞飛霜六月因鄒衍？若果有一腔怨氣噴如火，定要感的六出冰花滾似錦，免得我屍骸現；……（正旦再跪科，云）大人，我竇娥死的委實冤枉，從今以後，著這楚州亢旱三年！……（正旦唱）〔一煞〕你道是天公不可期，人心不可憐，不知皇天也肯從人願。做甚麼三年不見甘霖降？也只為東海曾經孝婦冤，……（正旦唱）〔煞尾〕浮雲為我陰，悲風為我旋，三樁兒誓願明題遍。（做哭科，云）婆婆也，直等待雪飛六月，亢旱三年呵，（唱）那其間才把你個屈死的冤魂這竇娥顯。〔註18〕

《漢宮秋》第三折中王昭君離別漢宮的劇情之後，劇作家緊緊扣住「惜別」與「眷戀」情結，讓戲劇情節的發展至此戛然中止，故事發生、持續的時間被定格、凝固，任憑劇中男主角漢元帝盡情抒發揮淚送別王昭君前後悵然若失、鬱悶無奈等百感交集的複雜心緒。諸如：

> 「〔雙調·新水令〕錦貂裘生改盡漢宮妝，我則索看昭君畫圖模樣。舊恩金勒短，新恨玉鞭長。本是對金殿鴛鴦，分飛翼怎承望！」；

〔註18〕關漢卿，竇娥冤，王季思主編，全元戲曲（第一卷），〔M〕，北京：人民文學出版社，1999，199～201。

「〔駐馬聽〕……尚兀自渭城衰柳助淒涼，共那灞橋流水添惆悵。偏您不斷腸。想娘娘哪一天愁都撮在琵琶上」；「〔落梅風〕可憐俺別離重，你（指王昭君）好是歸去的忙。寡人心先到他李陵臺上。回頭兒卻才魂夢裏想，便休提貴人多忘」；「〔殿前歡〕說甚麼留下舞衣裳，被西風吹散舊時香。我委實怕宮車再過青苔巷，猛到椒房、那一會想菱花鏡裏妝，風流相，兜的又橫心上。看今日昭君出塞，幾時似蘇武還鄉」；「〔梅花酒〕……他、他、他（指王昭君）傷心辭漢主，我、我、我攜手上河梁。他部從入窮荒，我鑾輿返咸陽。返咸陽，過宮牆；過宮牆，繞迴廊；繞迴廊，近椒房；近椒房，月黃昏；月黃昏，夜生涼；夜生涼，泣寒螿；泣寒螿，綠紗窗；綠紗窗，不思量」；「〔收江南〕呀！不思量除是鐵心腸。鐵心腸也愁淚滴千行……」；「〔鴛鴦煞〕……唱道行立多時，徘徊半晌；猛聽的塞雁南翔，呀呀的聲嘹亮。卻原來滿目牛羊，是兀那載離恨的氈車半坡裏響。」〔註19〕

　　而在明代戲劇家李開先的傳奇《寶劍記》第三十七齣〈夜奔〉裏，沒有任何戲劇情節，除了男主角林沖夢幻之中短暫出現的伽藍神外（大概因爲此夢境牽涉迷信之嫌，建國以後的該劇各種演出本均取消了伽藍託夢這個細節），只有林沖獨自一人在舞臺上載歌載舞。劇作家以此表現主人公林沖得知高俅奸黨追殺自己的消息後，從柴進莊院逃出，擬逃往水滸梁山參加義軍途中的複雜心緒與感情波瀾，由其盡情抒發內心深處「丈夫有淚不輕彈，只因未到傷心處」的悲憤情懷。除了少數幾段賓白，劇作家主要且精心安排林沖演唱了〔點絳唇〕、〔新水令〕、〔駐馬聽〕、〔水仙子〕、〔折桂令〕、〔雁兒落〕、〔得勝令〕、〔沽美酒〕、〔收江南〕共九支曲子的大段唱詞。不妨可以說，整齣戲其實就是林沖一人的內心獨白，慷慨悲壯，眞切動人，催人淚下。諸如：

〔點絳唇〕數盡更籌，聽殘銀漏。逃秦寇，好教我有國難投，那搭兒相求救？……〔新水令〕按龍泉血淚灑征袍，恨天涯一身流落。專心投水滸，回首望天朝。急走忙逃，顧不的忠和孝。……〔雁兒落〕望家鄉去路遙，想妻母將誰靠？我這裏吉凶未可知，他那裏生死應難料。……〔收江南〕呀！又只見烏鴉陣陣起松梢，數聲殘

〔註19〕（元）馬致遠，漢宮秋，王季思主編，全元戲曲（第二卷），〔M〕，北京：人民文學出版社，1999，120～123。

角斷漁樵。忙投村店伴寂寥。想親悼夢杳，空隨風雨度良宵！故國
徒勞夢，思歸未得歸。此身無所託，空有淚沾衣。〔註20〕

顯而易見，關漢卿、馬致遠與李開先三位中國古典戲劇家，正是憑藉精
心營造的一個又一個「抒情密室」，使劇情發展超越故事框架，以濃鬱的浪漫
情致渲染出一個或令人憤慨的冤案世界或感人至深的愛情天地！觀眾從中不
難見出，上述幾部劇中人物盡興抒情之時，恰恰就是戲劇外在故事情節發展
之步履戛然停滯、休止，故事發生、持續的時間出現跳躍式間斷，彷彿一隻
電力不足的石英鐘表不得不靜止下來那樣的被予以定格和凝固之際。它們同
樣屬於中國古典戲劇中運用「停敘」的範例。

筆者以為，中國古典戲曲還具有的一大顯著特徵，體現為以「假定性」
為藝術前提，無論演員還是文本中的人物，並非始終與其擔當的角色合而為
一，時常會掙脫、跳出戲劇情節而與觀眾進行直接交流。當著兩個或更多人
物活動於舞臺之上，其中一位人物角色在面向觀眾言說（或道白或演唱）而
又假設其他同臺人物角色聽不到的「背躬」，當屬古典戲曲中運用「停敘」的
一種典型例證了。在此不妨予以一番詳盡探究。

「背躬」堪稱以元雜劇為代表的中國古典戲劇藝術所獨具的一種演述形
式。「背躬」作為中國古典戲曲舞臺重要表演程序之一，從宋元時期便開始應
用於戲曲舞臺上了。如果從類型上劃分，包括背躬白、背躬唱與背躬動作，
其中尤以「背躬白」和「背躬唱」兩種形式最為常見。「背躬」又被俗稱為「打
背躬」。作為一個戲曲術語，「背躬」在中國古典戲曲裏，亦有「背供」、「背
恭」、「背工」、「背云」、「背唱」、「旁云」等多種稱謂。〔註21〕茲列舉幾種代
表性的解釋為例。《辭海》解釋為「打背躬」：「打：習慣性的各種動作。背：
背著。躬：身體。供：受審者的陳述，如口供、供詞等。即角色的自述。」
方問溪在《梨園話》中亦解釋為「打背供」：「打背供，背人之表示，謂之打
背供。……打背供之背字講解，係對同場演者而言。因劇中情節，有必須背
彼後方述語，而又不能不述於觀者。背彼方講話，向臺下道白，或背地白語，
即謂之打背供。」「凡劇中人以袖障面，或以手中所持之物，對臺下觀眾做種

〔註20〕（明）李開先，寶劍記，王起主編，中國戲曲選（中），〔M〕，北京：人民文
學出版社，1998，589～592。
〔註21〕有的學者認為，從形意對應角度來看，應該寫為「背工」為事。筆者仍取「背
躬」之稱謂。參見《中國古典戲曲概念範疇研究》，趙建偉主編，文化藝術出
版社2010年版第108頁。

種表示者，名曰『打背供』，蓋劇中之重要關鍵也。」「戲劇中於二人對立或對坐時，欲避他人而表自己之意旨，或設法以行事時，輒用此法。」〔註22〕齊如山先生指出：「背供者，背人供招也，乃背人自道心思之意。」〔註23〕《戲曲辭典》「背供」條則是：「身段名。謂背人招供也。即背人自道心思也。故在背供時，須用袖子遮隔。例如《武家坡》……供亦作工。」〔註24〕《京劇文化詞典》「打背躬」條如是說：「戲曲術語。劇中人物暫時脫離規定情景，跳出角色，面向觀眾作內心獨白，近似西方古典戲劇的旁白。……打背躬對揭示人物內心世界有獨特的表現作用。」〔註25〕

「打背躬」是在戲劇情節發展進程中出現的某一（或幾個）人物背對同臺角色而直接面對觀眾的念白或歌唱，其中念白被稱爲「背躬白」，歌唱則被稱爲「背躬唱」。具體外化和體現於戲曲舞臺表演之中，其情景即爲演員通常平舉一手，以衣袖從旁遮住臉部，假設同臺其他人物未曾聽見，面向觀眾進行表述，類似於西方古典戲劇中的旁白。「背躬」作爲表演程序，彰顯出戲曲表演的「假定性」原則，以及戲曲表演與觀眾之間的微妙關係。一方面，演員在舞臺上所做的一切，均染帶明顯的假定性，允許演員飾演的劇中人物可以隨時脫離劇情，同臺下觀眾進行無阻礙式的交流，觀眾對此假定性早已約定俗成、心知肚明；另一方面，當劇中人物之間在虛擬的舞臺時空裏對話或對唱時，觀眾只是置身於外的觀賞者；而一旦劇中人物以某一戲劇角色或者演員身份直接面對觀眾說唱之際，觀眾便不復純然與己毫無關涉的一位旁觀者，變成劇情中相關人物與事件的參與者、知情者與評判者了。由此而論，背躬可謂中國戲曲藝術獨特舞臺觀念的一種精妙表達！

但我們且不可操之過急，也就是說還不能急於求成、籠而統之地得出，只要是「背躬」便必定屬於「停敘」的結論。筆者以爲中國古典戲曲中符合「停敘」的「背躬」，應至少具備以下兩方面的基本特徵：

其一，首先在篇幅上須有相當可觀的一定的長度，如果僅爲隻言片語，恐怕明顯欠缺足以跳出劇情之外的那種游離度與疏遠感。

其二，「背躬者」言說的受聽對象，必須是排除劇中其他人物角色在內的

〔註22〕方問溪著，梨園話，〔M〕，臺北：傳記文學出版社，1974，24～29：115。
〔註23〕齊如山著，國劇藝術彙考，〔M〕，瀋陽：遼寧教育出版社，1998，77。
〔註24〕王沛綸編著，戲曲辭典，〔M〕，臺北：臺灣中華書局，1975，289。
〔註25〕黃鈞、徐希博主編，京劇文化詞典，〔M〕，上海：世紀出版集團漢語大詞典出版社，2001，179。

端坐於舞臺之下的觀眾一方。如果「背躬者」的一番話語（無論道白還是唱詞），既是言說給觀眾聽的，同時又以某一或某幾個處於同一舞臺之上的相同甚或不同演述時空的其他劇中人物為交流對象；換言之即也是說給某些劇中人物聽的，那麼從根本上講就不可能完全掙脫劇情固有框架而跳出情節之外。由此，造成故事發生、持續時間停滯、休止的情況，便成了一種無稽之談。茲舉幾部元雜劇為例。

先看長度不夠的例子。

元雜劇《西廂記》〈賴婚〉一場戲中，張生設計搬請好友白馬將軍杜確出面，化解了普救寺賊兵圍困，早已允諾將女兒鶯鶯許配「退賊兵者」的老夫人宴請張生，吩咐鶯鶯作陪。酒席上一番寒暄之後，張、崔二人正對這樁如意姻緣充滿熱切憧憬之際，孰料老夫人特地吩咐鶯鶯對張生「以兄妹相稱」。此時此刻，毫無思想準備的張生情不自禁地來了一次「打背躬」：「（末背云）呀，聲息不好了也！」面對老夫人「賴婚」之舉，張生僅僅只有這樣一句「聲息不好了」的「背云」，作了被動的心理反映。況且此區區一句背云，還是夾雜於其他人物的對話或獨白之中。「一石難激千層浪」，顯然難以且也無法撼動劇情發展的步履由動態驟然叫停。這種「背躬」對劇情的「疏離」充其量僅是可以忽略不計的一瞬間而已，與觀眾的直接交流相應地很不充分（甚至可以說是根本還沒來得及展開某種交流），不足以使故事發生、持續的時間暫時休止、停頓下來。因此，這種情形下的「背躬」，不應當屬於「停敘」。

劇中面臨被賊首孫飛虎劫掠為妻險境的鶯鶯小姐，看到張生挺身而出、甘願獻計相救時，同樣也只有一句「背云」：「（夫人云）計將安在？（末云）重賞之下，必有勇夫；賞罰若明，其計必成。（旦背云）只願這生退了賊者（夫人云）恰才與長老說下，但有退得賊兵的，將小姐與他為妻。（末云）即是恁的，休唬了我渾家，請入臥房裏去，俺自有退兵之策。（夫人云）小姐和紅娘回去者！」〔註26〕鶯鶯的這句「背躬」與張生上述「背躬」情形完全相仿，故而可予不屬於「停敘」的同理類推。

再看既是說給臺下觀眾聽、同時也是說給臺上其他劇中人物聽的「背躬」的實例。

無名氏的元雜劇《陳州糶米》楔子中，演述由於陳州遭受嚴重旱災而驚

〔註26〕王實甫，西廂記，王季思主編，全元戲曲（第二卷），〔M〕，北京：人民文學出版社，1999，241。

動朝廷，范仲淹奉旨召集眾公卿於中書省議事堂，緊急商議委派欽差前往陳州糶米賑災事宜。因權豪勢要的劉衙內出面保薦自己的兒子小衙內與女婿楊金吾，會議遂敲定此二人爲賑災大員，即日啓程。當小衙內與楊金吾拜別眾公卿而「做出門科」後，陰謀得逞的劉衙內緊跟出來，對兒子和女婿來了一番「背云」：

> （小衙內同楊金吾做拜科，云）多謝了眾位大老爺抬舉。我這一去冰清玉潔，幹事回還，管著你們喝綵也。（做出門科）（劉衙內背云）孩兒也，您近前來。論咱的官位可也勾了，止有家財略略少些。如今你兩個到陳州去，因公幹私，將那學士定下的官價，五兩白銀一石細米，私下改做十兩銀子一石。米裏面再插上些泥土糠粃，則還他個數兒罷，斗是八升的斗，秤是加三的秤。隨他有什麼議論到學士根前，現放著我哩，你兩個放心的去。〔註27〕

劉衙內的此番「背云」，是以假設同一舞臺上中書省議事堂內眾公卿一概聽不見，只有其兒子和女婿以及臺下觀眾可以聽見爲基本前提的。鑒於「背云」其實是劉衙內交代兒子和女婿如何利用公差之機搜刮民財的一種面授機宜，所以我們可以認定此番「背云」的主要收聽者，無疑應當是身爲當事人的劇中人物小衙內和楊金吾，觀眾則屬居於次要地位的第二號收聽者。此情形顯示出「背云」並不單純限於以觀眾一方爲言說對象。既然如此，此番「背云」便不會亦不可能完全跳出劇情之外，故事發生、持續的時間仍然處於向前持續推進的動態之中。因此，它自然也不應當屬於「停敘」，便是不言而喻的了。

再比如元雜劇《盆兒鬼》裏張憨古答應盆兒鬼的申冤哀求，帶其向開封府包待制告狀。第一次在公堂上盆兒鬼沒有說話，包公命張千將告狀人張憨古趕出公堂。此時，張憨古不禁埋怨起盆兒鬼來：「（正末云）你恰才在那裏去？（魂子云）我恰才口渴的慌，去尋一鍾兒茶吃。……」張憨古帶盆兒鬼再次來到公堂上，但令他氣惱與尷尬的是，盆兒鬼這回依然沒有配合他的要求而開口講話，害得自己再次被衙役們驅逐出門。於是，張憨古頗爲惱怒地質問盆兒鬼道：「（正末云）你又在哪裏來？（魂子云）我害饑去吃了個燒餅。」上述張憨古與盆兒鬼的兩次對話，觀眾均能聽見，但公堂上的包公以及衙役們卻聽

〔註27〕 無名氏，陳州糶米，王季思主編，全元戲曲（第六卷），〔M〕，北京：人民文學出版社，1999，90。

不見。有的學者指出這種情況屬於「繁複的背供」，這類「繁複的背供」發生在劇情虛構域演述時空之中（筆者以爲此即封閉自足的虛擬世界之戲劇故事情節進程中），與劇場觀眾構成間接的交流關係。〔註28〕即使此類情況屬於「背供」，但由於構成了代言體制下的一種眞正意義上的人物對話（鑒於盆兒乃鬼魂附體，如果非要咬文嚼字的話，或許稱之爲「人鬼對話」更爲確切）；雖然針對包公等劇中人物的內交流話語系統有所封閉，但面向觀眾的外交流話語系統的那堵「牆」，似乎也還遠未被推開，無從談起對劇情的掙脫與跳出。有鑒於此，參照前述劉衙內的「背云」，我們可以做出同理類推：此種「背云」仍難以算得上「停敘」。

　　非常符合「停敘」的「背云」當然是存在的，比如《陳州糶米》第三折中包公的一段「背云」及其「背唱」。該折劇情主要是前往陳州途中的「欽差大臣」包公微服察訪，喬裝成一個「莊稼老兒」。行至陳州城門南郊外時，包公適逢妓女王粉蓮，被其叫伴聲忙牽驢，並小心翼翼地攙扶她騎驢而行。此時的包公對自己的舉止心生滑稽好笑之感，來了一番「背云」：

　　　　「（旦兒云）老兒，你吃飯也不曾？（正末云）我不曾吃飯哩。（旦兒云）老兒，你跟將我去來，只在那前面，他兩個安排酒席等我里。到的那裏，酒肉盡你吃。扶我上驢兒去。（正末做扶旦兒上驢子科）（正末背云）普天下誰不知個包待制，正授南衙開封府尹之職。今日到這陳州，倒與這婦人籠驢也，可笑哩。（背唱）〔牧羊關〕當日離豹尾班多時日，今日在狗腿灣行近遠，避甚的馬後驢前？我則怕按察司迎著，御史臺撞見。本是個顯要龍圖職，怎伴著煙月鬼狐纏？可不先犯了個風流罪，落的價葫蘆提罷俸錢。」〔註29〕

　　這段連說帶唱的「背躬」，明顯具有一定長度的篇幅，並且較爲完整而非支離破碎。從交流語境的視角來看，「正末背云」之前的包拯與王粉蓮之間的一番對話，處於劇情中兩個人物角色之間的內交流話語系統；而「正末背云」之際，則迅速轉換進入劇中人物與臺下觀眾之間的外交流話語系統之中。舞臺上儘管只有包公與王粉蓮兩個人物角色，但在「場」的王粉蓮此時此刻，

〔註28〕陳建森，元雜劇的「背供」及其美學意蘊，廣東農工商管理幹部學院學報，〔J〕，2000，4。

〔註29〕無名氏，陳州糶米，王季思主編，全元戲曲（第六卷），〔M〕，北京：人民文學出版社，1999，110。

絲毫聽不見身邊這位不知從哪裏冒出來的一個「莊稼老兒」背躬裏的唱白。換言之，「背躬」時的包公，其交流對象乃是臺下觀眾，而非與其同臺的王粉蓮。無論「背云」還是「背唱」的內容，作爲包公的心理活動或曰內心隱秘，是專門「說唱」給觀眾聽的。人物與觀眾交流之際，包公與王粉蓮之間的交流暫時停止，直至這段「背躬」結束，人物與人物之間的內交流方重新開始。筆者以爲，此種「背躬」，使得包公與王粉蓮相遇而衍生的故事，在其發生、持續的時間上，出現具有相當一段長度或者說一定時間單元間隔的暫時停頓與休止。包公的感歎雖由邂逅妓女、無奈爲之牽驢服侍的特定戲劇情節所引發，但這番感歎色彩十足的「背躬」，因其無視劇中人物的存在（即假設同在舞臺上的王粉蓮無法聽見近在咫尺的包公之人生感喟），而完全就是說給臺下觀眾聽的，自然而然地會在一定時間單元的間隔中跳出劇情之外。由此，「停敘」便出現了。

四、「停敘」與西方古典及現代戲劇關係之審察

考察完中國古典戲劇（戲曲）使用「停敘」的情況之後，我們不妨再來探究一番西方古典戲劇以及現代戲劇。

眾所週知，西方古典戲劇的創作原則，是經希臘先哲亞里士多德理論歸納，被後世共同認可並高度自覺地予以遵循的。第一，極其強調對人物動作（尤其是外部形體動作）的摹仿，對人物內心活動總是借助於相應的外部動作或者頗具「動作性」意味的臺詞，予以外化式的凸顯。正如亞里士多德所指出的，「悲劇是對於一個嚴肅、完整、有一定長度的行動的模仿；……它的模仿方式是借助人物的行動，而不是敘述」；「模仿通過行動中的人物進行」；「情節是對行動的模仿……事件的組合（即情節）是成分中最重要的，因爲悲劇模仿的不是人，而是行動和生活〔人的幸福與不幸均體現在行動之中；生活的目的是某種行動，而不是品質；人的性格覺得他們的品質，但他們的幸福與否卻取決於自己的行動。〕……此外，沒有行動即沒有悲劇，但沒有性格，悲劇卻可能依然成立」。「因此，情節是悲劇的根本，用形象的話來說，是悲劇的靈魂。……悲劇是對行動的模仿，它之模仿行動中的人物，是出於模仿行動的需要。」〔註30〕從亞里士多德上述不厭其煩的強調中，我們不難見出在亞里士多德那裏，「情節」即經過佈局的行動，情節與行動其實乃是同

〔註30〕亞里士多德著，陳中梅譯，詩學，〔M〕，北京：商務印書館，1996，63～65。

義語，一部戲劇的情節就是一個完整的行動體系。此即西方傳統戲劇「情節」的要義和精髓。第二，特別推崇戲劇故事情節中因果關係的重要性，亦即人物的言與行、事件與事件之間，必須嚴格依據必然律或可然律來串接貫通。恰如亞里士多德特別申辯的那樣：「詩人的職責不在於描述已經發生的事，而在於描述可能發生的事，即按照可然或必然的原則可能發生的事」；「如果一樁樁事件是意外地發生而彼此間又有因果關係，那就最能產生這樣的效果；這樣的事件比自然發生，即偶然發生的事件更爲驚人，這樣的情節比較好。」〔註31〕

由於現實生活中發生的事件雖不乏巧合的機緣，但在最普遍意義上講卻往往是偶然發生的，事件之間的順承或碰撞並非一定受著因果律的牽繫和制約。所以，西方傳統戲劇理論所推重的「因果律」，在很大程度上不啻爲一種理想化的藝術建構，意在使原本繁雜無章的現實生活顯得井然有序、合乎規律。

受上述戲劇理論的「導向」作用，西方古典戲劇家在進行創作時，一般都非常注意篩選、濾取存在因果聯繫的一些事件，苦心孤詣地將它們串接成爲一個有頭有尾的故事，組構出包括開端、發展、高潮和結局的嚴密推演的完整情節。我們不禁要問，亞里斯多德爲何如此這般地推崇「因果律」在戲劇故事情節中的重要性呢？推究而論，筆者以爲或許主要是基於對引起審美效果的觀衆心理方面的審愼考慮；同時也是對異於「史詩」創作（「史詩」類似於現代長篇小說，大體上可視爲一種小說創作了）而追求「戲劇性」的古希臘戲劇（主要指悲劇）藝術特徵的精闢概括、準確把握與科學界定。戲劇既然被限制在幾個小時內演出，又主要依賴摹仿人物動作而非像荷馬史詩那樣的語言敘述；還須想方設法讓觀衆始終保持濃厚的觀賞興趣。其局限性與困難度，顯然要遠比「史詩」創作大得多。故此，劇作家們才格外講究事件之間緊密聯繫、環環相扣的因果關係，以便令觀衆信服，而不至於覺得有悖情理而產生「厭看」心理；同時借助於使用各種行之有效的敘事技巧，設置層層懸念的生動曲折的故事情節，來確保觀衆觀賞興趣的持續性。

嚴格說來，任何敘事類作品中的故事情節均或多或少帶有懸念成分；但相比之下，戲劇中的故事情節對設置懸念的要求尤其高。故而我們會清楚地發現，設置懸念的「延宕」（或稱「延敘」）手段，在西方古典戲劇創作中備

〔註31〕亞里士多德著，陳中梅譯，詩學，〔M〕，北京：商務印書館，1996，81～82。

受重視，並因此得到大力使用。所謂「延宕」（或稱「延敘」），即指劇作家在敘述所發生事件、安排故事情節和設計人物言行時，抓住觀眾急於獲知內情的「破謎」心理，故意放慢敘述節奏，延緩事件進程。如剛剛敘述至某一事件的「興奮點」時轉向對另一事件慢條斯理的追溯；在中心情節發展過程中穿插其他次要情節線索以造成「戲中戲」；在矛盾衝突難分難解的高潮階段設計上一段人物的抒情性獨白，或者出人意料的滑稽行爲，來沖淡、緩解緊張的戲劇氛圍等等。藉此強化觀眾迫切期待的情結，從而巧妙設置出戲劇懸念。從某種程度上講，「延宕」（或稱「延敘」）起到了近似於「停敘」的敘述功能，但它本身並不能與「停敘」劃上等號。這是因爲「延宕」（或稱「延敘」）儘管拖延了故事發生、持續的時間，干擾了劇情發展的直線式遞進順承，卻並未使故事時間戛然中斷、停滯不動。而且由「延宕」（或稱「延敘」）擴充出來的篇幅，其實都是與劇情有著內在因果聯繫的有機組成部分，隸屬於整個封閉式「圓環」情節結構上不可分割的某一段「圓弧」。故此我們可以說，「延宕」（或稱「延敘」）乃是介於「停敘」與「平敘」之間的一種密敘。

例如莎士比亞悲劇力作《哈姆雷特》中伶人進宮獻藝的「捕鼠機」（亦譯爲「貢扎果之死」）一場戲，其戲謔性與全劇沉重壓抑的氣氛不相協調，同劇情的聯結似乎也不怎麼緊湊。然而，它正是哈姆雷特所能利用的，試探國王、確證鬼魂所言「殺兄篡權」真相的最有效途徑。缺少此環節，哈姆雷特堅定的復仇心理（儘管在採用何種復仇手段上屢犯躊躇）就難以解釋清楚。莎士比亞使用獨白的「延宕」（或稱「延敘」）也很成功，其借助內心獨白展露人物的隱秘靈魂，可謂達到鞭闢入裏、卓絕可歎的藝術深度。其筆下人物的內心獨白往往不是三言兩語，而是篇幅很長，常常單獨構成某一場景。譬如哈姆雷特身處與國王劍拔弩張的嚴重對立態勢，可莎翁偏偏讓他深陷於抒發憂鬱乃至近乎癲狂的獨白的神思恍惚之中，遲遲拿不出復仇的具體行動和舉措。乍看那些大段的內心獨白，抑制了劇情發展的急驟節奏，隔開了事件之間環環相扣的「時間」紐帶，觀眾彷彿一下墜入到只需以耳聆聽劇中人物痛切肺腑或憤激若狂的靈魂鳴響的心境，沉醉其中而忘記了自己是在看戲。然而實際上，那些獨白恰恰是全劇情節發展結構中不可缺失的一條重要的因果鏈，它標示出哈姆雷特面對復仇任務，由疑惑、痛苦到躊躇以至決斷的完整心理流程。假若從演出的實際觀賞效果來講，那些內心獨白則無疑成爲劇情中最扣人心弦、撼人心魄的精彩場面。

　　西方古典戲劇一般在人物對話上力求簡約得當，視臺詞的冗長拖沓為創作之大忌。但也有某些富有獨創性的古典戲劇家採用「延宕」（或稱「延敍」）闖此禁區：對白篇幅極多，幾乎將人物動作淹沒掉，似乎明顯缺乏戲劇性動作。法國古典主義喜劇大師莫里哀的諷刺喜劇《妻子學校》〔註32〕，就是一個典型例證。該劇幾乎通篇為一對年輕戀人奧拉斯與阿涅絲向第三者阿洛爾夫分別講述自己戀愛經過的對白，舞臺動作甚少，卻仍被人們公認為一部喜劇佳作。推究起來，莫里哀的成功之處在於，通過巧妙設置的特殊喜劇情景，賦予了對白（語言敍述）以強烈的戲劇性動作。具體說來就是，奧拉斯出於信任而把邂逅阿涅絲並一見鍾情的隱情透露給父親的朋友阿洛爾夫，並央求他幫助自己對付那個糾纏阿涅絲的「討厭的老頭」拉蘇奢先生〔註33〕；天真無邪的阿涅絲同樣也將自己遭遇愛情、墜入情網的秘密稟告給「監護人」拉蘇奢（即阿洛爾夫先生），因為除了身邊可以接近和交談的這位監護人，孤單寂寞的阿涅絲委實沒有其他任何沾親帶故、關係更為密切的人了。這裏需要注意的一個重要細節在於：阿洛爾夫礙於自己與阿涅絲之間存在著老少懸殊的年齡差異，暫時尚未向阿涅絲公開祖露準備娶她為妻的如意算盤，為遮人耳目而仍然以「監護人」身份自居，特地安排阿涅絲住在一所僻靜之處，並且對阿涅絲使用「拉蘇奢」這個名字。說起來阿涅絲是阿洛爾夫當年從鄉下買來的一個 4 歲女孩，買來後便被他送進了修道院。阿洛爾夫此舉可謂煞費苦心，意在藉此途徑將她培養成一個「如意太太」，其具體標準便是「非常無知」、「只會向上帝禱告」、「只會幹針線活」、對未來丈夫絕對服帖順從且「永遠不會給丈夫戴綠帽子」而惹丈夫備遭他人恥笑的「傻女人」式的妻子。此擇偶觀無疑彰顯出這位老夫子滿腦子迂腐落後甚至滑稽可笑的封建夫權思想！如今他剛剛把呆在修道院十年的阿涅絲接回家中，籌劃著不久擇日娶親。令人忍俊不禁的是，奧拉斯根本不知道阿洛爾夫正是那個「討厭的老頭」拉蘇奢——由於奧拉斯剛從居住的其他城市，謹遵父命來到此地，專程拜訪身為父親故交的阿洛爾夫先生。因此，他並不知道也不可能事先知曉阿洛爾

〔註32〕肖熹光譯，莫里哀戲劇全集（2），〔M〕，北京：文化藝術出版社，1999，1，李健吾將此劇本譯為《太太學堂》，可參見李健吾譯，莫里哀喜劇六種（修訂版），〔M〕，上海：上海譯文出版社，2008。

〔註33〕這是阿洛爾夫為自己新近更換的一個別名，以其暴富後買下的一座貴族莊園裏一棵老樹椿命名，李健吾譯本《太太學堂》裏，將阿洛爾夫這一別名直譯為「德·拉·木椿」——筆者注。

夫還有「拉蘇奢」這樣一個稀奇古怪的別名；況且阿洛爾夫不曾主動向他講明「改名換姓」這件事；而阿涅絲全然不知監護人既有娶她的念頭——依循劇情而言，也許這位不諳世事的少女對監護人給予自己「特別的」關愛甚至殷勤，有一定的感知，但對其所流露出的那份「特殊情意」卻顯然懵懂無知。在她的心目中，阿洛爾夫主要是一位年長盡心、值得尊敬與報恩的監護人，她的心裏從來未曾產生過願將終身託付的那種眷戀與愛意，必定會想方設法從中作梗——倘若她知道這一點，是決不會那樣不加絲毫戒備地向他吐露心機的。她的泄密，一方面是其天眞無邪之本性使然，另一方面則是出於對監護人的不設防心理。而更爲饒有趣味的是，阿洛爾夫本人深陷於知情卻又不能亦無法挑明，被迫煞有介事地裝作蒙在鼓裏的尷尬境地——因爲一旦明言，「阿洛爾夫」「拉蘇奢」其實就是他一人的秘密自然也就露餡了。這一特定喜劇情境，便把劇中人物之間那些解說戀愛經過的大段敘述，轉化成「語言」動作：不知內情的兩個年輕人敘述愈是認眞詳盡，對阿洛爾夫其人的刺激愈是強勁有力；由此反彈力所激活、誘發出的人物動作性（指阿洛爾夫採取的種種阻攔舉措），也便愈發強烈。在這裏，「延宕」（或稱「延敘」）的使用，同樣取得了巧妙設置懸念、引人入勝的良好喜劇效果。

值得注意的是，西方古典戲劇雖然竭力推崇基於因果關係之上的故事情節，但並未由此就否認存在那種由一系列缺乏因果聯繫的事件所組成的故事情節。在亞里士多德那裏，是把它稱作「最差的情節」的。在這類被古典戲劇理論家、劇作家們看來乃屬於敗筆的戲劇作品中，因爲事件之間缺乏因果性的銜接貫通，所以很有可能在有意無意之中使用了「停敘」。鑒於古希臘戲劇中歌隊佔有相當重要的地位，歌隊一方面可以充當人物進入劇情，另一方面又能時常跳出劇情，成爲劇作家評價戲劇人物、品評劇中事件等的代言人。因此，古希臘戲劇有別於以莎士比亞以及莫里哀爲代表的西方古典戲劇那種純粹以對話爲特徵的代言體及其以內交流系統爲主導的封閉型情節結構，而是敘述體與代言體兼容並蓄，既有大量限於舞臺之上、發生於人物之間的對話，處於自我封閉虛幻世界裏的內交流系統之中；但同時又有爲數不少的游離於劇情之外的歌隊或者某些劇中人物直接面對觀眾的大段抒情性唱詞或獨白，一定程度上已然帶有中國古典戲劇以外交流系統爲主的開放型情節結構的特徵。因此，爲避免一概而論，我們這裏不妨把西方古典戲劇予以細化，具體劃分爲古希臘戲劇與以莎士比亞以及莫里哀爲代表的西方傳統戲劇兩大

類型。據此筆者認為，將敍述體與代言體融於一身的古希臘戲劇中，存在著使用「停敍」的情形；而就以莎士比亞以及莫里哀為代表的西方古典戲劇而言，鑒於其刻意追求由因果鏈串接連綴的封閉式情節結構，遂決定了其創作中對於「停敍」高度自覺的規避、漠視以至鄙棄，使得在「停敍」的使用上僅僅達到微不足道的程度。因此，我們可以從總體範圍內和在一般意義上得出這樣的一種推論：「停敍」在古希臘戲劇之後的西方古典戲劇中並不存在。

這裏先來具體探究一下古希臘戲劇中使用「停敍」的問題。

亞里士多德在《詩學》第七、八章中，格外強調可然律或必然律與戲劇故事情節之間的有機聯繫，亦即戲劇故事情節的安排，應當遵循可然律或必然律。循此思路出發，亞里士多德在《詩學》第九章中，非常反對戲劇家堆砌一些意外發生但卻缺乏因果關係的事件，亦即反對那種所謂的「穿插式情節」：

> 在簡單的情節與行動中，以『穿插式』的屬最次。所謂『穿插式』，指的是那種場與場之間的承接不是按可然或必然的原則連接起來的情節。拙劣的詩人寫出此類作品是因為本身的功力問題，而優秀的詩人寫出此類作品則是為了照顧演員的需要。由於為比賽而寫戲，他們把情節拉得很長，使其超出了本身的負荷能力，並且不得不經常打亂事件的排列順序。〔註34〕

例如埃斯庫羅斯的悲劇《被縛的普羅米修斯》。該劇故事情節中河神的訪問與伊俄的出現，這兩個事件之間並沒有什麼必然的聯繫；而伊俄的出現與隨後神使的前來，這兩個事件之間同樣不發生密不可分的直接聯繫。換言之，該劇作明顯在因果邏輯上缺乏將河神訪問、伊俄出現、神使前來等幾椿事件，串聯成為一個有機完整、環環相扣的藝術整體的那種可然律或必然律。既然如此，劇情中在強力神、暴力神和火神兼匠神赫淮斯托斯完成了押解、捆綁普羅米修斯任務走後，舞臺上只留下了普羅米修斯獨自一人。此時，這位人

〔註34〕亞里士多德著，陳中梅譯，詩學，〔M〕，北京：商務印書館，1996，82，這段話的意思大體是說戲劇家為拉長情節而使用很多插曲，而這些插曲過多，容易造成彼此間不銜接，勢必違反須有機整一的情節安排原則——筆者注，羅念生將這段話譯為：「在簡單的情節與行動中，以『穿插式』為最劣。所謂『穿插式的情節』，指各穿插的承接見不出可然的或者必然的聯繫。拙劣的詩人寫這樣的戲，是由於他們自己的錯誤，優秀的詩人寫這樣的戲，則是為了演員的緣故，為他們寫競賽的戲，把情節拉得過長，超過了佈局的負擔能力，以致各個部分的聯繫必然被扭斷。」參見亞里士多德著，羅念生譯，詩學，〔M〕，北京：人民文學出版社，1962，30。

類恩神發出了對自身遭受迫害的處境及其原因的大段富有濃厚抒情色彩的申訴式獨白：

　　啊，晴明的蒼穹，翅膀迅捷的和風，
　　江河的源泉，遼闊大海的萬頃波濤
　　發出的無數笑語啊，眾生之母大地
　　和普照的太陽的光輪，我向你們呼籲，
　　請看看我身爲神明，卻遭眾神迫害！

　　請你們看哪，我正在忍受
　　怎樣的凌辱，需要忍耐，
　　需要忍耐千萬年時光。
　　這就是神明們的新主宰
　　爲我構想的可恥的禁錮。
　　啊，啊，我爲這眼前的和未來的
　　苦難悲歎，應該何時，又該在何方，
　　這些災難才會有盡頭？
　　然而我爲何嗟歎？我能夠清楚地預知
　　一切未來的事情，決不會有什麼災難
　　意外地降臨於我。我應該心境泰然地
　　承受注定的命運，既然我清楚地知道，
　　定數乃是一種不可抗拒的力量。
　　然而無論是訴説我的遭遇，或者緘默，
　　都是何等難啊，只因爲我把神界的寶物
　　贈給人類，才陷入如此不幸的苦難。
　　我曾竊取火焰的種源，把它藏在
　　茴香杆裏，這火種對於人類乃是
　　一切技藝的導師和偉大的獲取手段。
　　我現在就由於這些罪過遭受懲罰，
　　被釘在這裏，囚禁在這開闊的天空下。
　　………… 〔註35〕

〔註35〕埃斯庫羅斯著，張竹明、王煥生譯，被縛的普羅米修斯，古希臘悲劇喜劇全
　　　集（1），〔M〕，南京：譯林出版社，2007，149～151。

此時故事發生、持續的時間中斷爲零，整個劇情處於一種停滯和休止狀態，其受聽對象顯然不是哪位劇中人物——因爲根本就沒有其他什麼戲劇人物呆在場上，而是舞臺下面的觀眾。這無疑屬於「停敘」的情形。

再比如「喜劇之父」阿里斯托芬的諷刺喜劇，在戲劇情節結構上有兩大顯著特徵：一是對駁，指對立雙方在舞臺上進行針鋒相對、唇槍舌劍的激烈辯論（有時甚至夾雜不僅動口、而且動手的插科打諢），以彰顯劇作的主題意蘊或者某一深刻道理。它屬於阿里斯托芬劇作的核心內容與主體部分，人物對話封閉於舞臺虛構世界特定時空的內交流話語系統之中；另一個則是插曲。所謂「插曲」的希臘文涵義，是指演員暫時退場後歌隊走向前臺直接向觀眾講話的一段戲，其中包括大量獨白或唱詞（即有說又有唱）。這些「插曲」在內容上大都與劇情本身無關〔註36〕，它往往代表劇作家說話，大到縱論天下大事，小到抱怨評委不公而使自己未能在上次戲劇競賽節獲獎。「插曲」的這種嵌入，同樣對劇情的發展帶來某種中斷，故事發生、持續的時間因此而會出現相當一段時間單元的暫停、休止，歌隊說唱的接收對象是舞臺下的觀眾，一方說唱而一方視聽，明顯處於現實世界中開放式的外交流話語系統之中。顯然此類「插曲」，也屬於「停敘」。例如阿里斯托芬的喜劇代表作《阿卡奈人》「第三場對駁」中，主要情節爲主戰派的代表人物軍官拉馬科斯與主和派的代表人物農民狄凱俄波利斯，在公眾大會上展開激烈爭辯，甚至不惜大打出手，鬧得簡直不可開交。隨後的「插曲」，則是歌隊長以及歌隊的長短不一的歌唱及賓白。唱白內容轉換爲對於劇作家本人（即所謂「詩人」）以及某些事件和人物（既可以與劇情裏某一事件或某一人物有關，但也可以毫無牽涉）的評價。諸如該劇中的「（六）插曲」部分：

　　歌隊長

　　（短語）

　　這人在辯論中獲勝，在議和問題上說服了人民。

　　讓我們脫去外套，按抑抑揚格音步歌唱吧。

　　歌隊長

　　（插曲正文）

〔註36〕根據筆者研究與統計，現存阿里斯托芬 11 部喜劇中，僅有《鳥》和《呂西斯特拉特》兩部劇作裏的插曲內容與劇情緊密相關，從而構成爲劇情的有機組成部分，其餘劇作中的插曲多游離於故事情節之外。

自從詩人〔註37〕指導我們歌隊演出他的喜劇以來，

從沒對觀眾說過他自己是多麼正確。

但由於他的對頭在輕信的雅典人中中傷他，

說他諷刺我們的城邦，侮辱我們的人民，

他現在要在從善如流的雅典人面前爲自己辯護。

詩人斷言，他應該得到你們多多的感謝，

是他教導你們不要聽信外邦人的謊言，

不要喜歡聽奉承話，誤了國家大事。

……

正是詩人的這一規勸，使你們得到了許多的好處。

他還向你們指出過，盟邦人民怎樣受我們民主的統治。

因此今天他們從那些城邦給你們帶著貢品前來，

正是熱心地想看看這位最優秀的詩人——

他敢於在雅典人中說出眞話。

……

你們決不可放棄他：他將在喜劇裏宣揚眞理。

他說，他要教你們許多美德，讓你們永遠幸運，

他不拍馬，不行賄，不詐騙，

不要賴，不糊弄人，而是教你們美德。〔註38〕

　　亞里士多德在《詩學》中，是將埃斯庫羅斯《普羅米修斯》中的情節編排，以及阿里斯托芬喜劇中所慣用的「插曲」，作爲不符合可然律或必然律的那類情節，亦即所謂「拙劣式穿插的情節」的典型而予以貶責與批評的。因此，我們雖然承認「停敘」實際存在於古希臘戲劇的創作實踐中，但成功與失敗並存，在一定程度上甚至可以說其中以失敗成分居多（亞里士多德的觀點無疑便是貶斥大於褒揚）。由此而論，對「停敘」的運用還顯然算不上古希臘戲劇創作的一種主流意識。所以，此情形仍明顯有別於中國古典戲曲對於「停敘」自覺與大力運用的創作實踐。

　　爲求更深入地說明西方古典戲劇創作對「停敘」的規避、漠視以至鄙棄

〔註37〕所謂「詩人」這裏指劇作家本人——筆者注。

〔註38〕阿里斯托芬著，張竹明、王煥生譯，阿卡奈人，古希臘悲劇喜劇全集（6），〔M〕，南京：譯林出版社 2007。4：53～54。

的特點，我們不妨將探究的筆觸予以延伸與拓展，即置身西方戲劇發展的坐
標系上，從古今對照的歷史縱向視角，考察一下二十世紀西方現代派戲劇與
「停敘」之間存在怎樣的關係？眾所週知，西方現代派文學的一大鮮明突出
特徵，在於其對傳統的大膽反撥即反傳統性，戲劇創作概莫例外。傳統戲劇
的一切固有模式受到衝擊，劇作家們不願再把由「因果鏈」串接成的理想化
藝術建構，套加在現實生活之上；而力求再現日常生活中的偶發性事件。偶
然性替代了因果律，因而打破了包括開端、發展、高潮、結局的封閉式情節
結構，營造出事件不連貫完整、故事無明顯結尾的開放型情節結構。由於深
受弗洛伊德精神分析學說等西方現代非理性主義哲學、心理學思潮的影響，
加之對兩次史無前例、空前慘烈的世界大戰導致現代西方人傳統道德規範、
倫理價值觀念發生極大動搖的嚴重精神危機的身感體同，現代派劇作家大都
將藝術視域、焦點投向人物的心靈世界，認為戲劇性主要應當在於人物內心
而非其外部形體動作。如象徵主義戲劇最重要的代表性作家梅特林克就認
為，「真正的悲劇通常是內在的，是潛藏於內心深處的，幾乎很少外部動作。
心理活動要無可比擬地高於純粹外部的動作」〔註39〕。因而他主張劇作家應
當著力刻畫人物隱秘的內心活動，將內心生活稱之為「靜態的生活」，並創造
出一種「靜態戲劇」予以展現。〔註40〕相比之下，表現主義劇作家們更是強
調描寫人物的心理變化，展示人物的主觀情結。比如美國現代戲劇之父——
奧尼爾的表現主義劇作《瓊斯皇帝》與《毛猿》等，即側重於對人物心靈世
界和精神狀態的細微剖析。從主要表現人物內心活動的內容需要出發，人物
外部動作必然受到弱化，內心獨白躍升為戲劇情節的主要內容和刻畫人物的
一種非常重要的手段。這裏需要特別指出的是，由於現代派劇作家筆下的主
人公一般都是些憂鬱型、內向型或變態型人物，他們的性格較模糊，感情不
輕易外露，多耽於沉思默想，甚至思維紊亂。所以現代派劇作家與傳統劇作
家使用的內心獨白已然具有某些質的差異：著重描寫人物的某些無意識、潛
意識、直覺和夢幻等，完全依照這些人物非理性心理活動本身實際帶有的非
邏輯性、不合正常時序的隨意跳躍性的自然模式予以披露；因而人物心理活

〔註39〕外國文學研究資料叢刊編委會編，外國現代劇作家論劇作，〔M〕，北京：中
　　　　國社會科學出版社，1982，56。
〔註40〕外國文學研究資料叢刊編委會編，外國現代劇作家論劇作，〔M〕，北京：中
　　　　國社會科學出版社，1982，57。

動所呈示出的軌跡往往是一幅雜亂無章、繁複多變的「心電圖」。這種內心獨白較之傳統戲劇中的內心獨白，能更恰當而眞實地反映出人物憂鬱型、內向型或變態型等複雜詭祕的心靈世界。現代派劇作家們所注意選取的事件，往往只是展現人物日常生活的某些片斷，僅僅成了引發人物心理反應和意識流動的偶然契機。由這樣一些瑣碎零散的事件構成的故事，已不復爲劇本的骨架，故事發生、持續的時間零零碎碎、斷斷續續，惟有人物意識流動所持續的心理時間依稀可辯。現代派劇作家對故事事件的安排、組合也只能構成迥異於傳統戲劇情節的另一類「情節」：其特點在於「無變化」和「偶然性」；以展示人物（處於某種特殊精神狀態中的）爲目的，無法構成任何演變，（而非傳統戲劇那樣總有基於因果關係之上的完整連貫的某一推變過程）；如果說有戲劇高潮，那也不再是傳統戲劇那樣以故事情節的轉折點爲標誌的邏輯高潮，而只存在以人物情感的強烈表現或宣泄爲制高點的感情高潮。劇作家僅僅用人物生活中偶然發生的一些瑣事，來引發人物內心的活動，展示人物的性格。

　　西方現代派劇作家們正是以這種毫不遮掩的反撥傳統的大膽創新精神，掙脫了戲劇創作傳統模式的羈絆。他們不再循規蹈矩、亦步亦趨地精心選用一個首尾連貫的完整故事串接全劇，圍繞事件之間順承因果關係的嬗變承續以構設情節；而是依賴人物的心理活動總攬全劇，憑藉人物心理的衍變軌迹串構情節、安插場面；順應戲劇表現內容所發生的由外在故事情節轉到人物內心活動的偏移，在創作中儘量淡化事件本身的戲劇性，使故事情節的發展變化時有時無、若隱若現，退居到舞臺一角，只構成爲人物心理活動的某種淡遠背景。由此，在他們的劇作中，很少有貫穿始終的中心事件、有頭有尾的故事，整個劇情由一連串大都互不相關的生活事件、場景片斷、人物之間難以溝通的對話，或者人物莫名其妙、不知所云的自我囈語乃至沉默寡言等等組成。儘管從實質上看，劇作家們乃是以人物的某種思想情緒、精神意念或特殊內心動作爲線索，來選取事件、編排情節和刻畫人物的。所以，那些貌似互不相關的事件、缺乏因果聯繫的情節場景、不合情理的人物關係與近乎荒唐的人物臺詞，也並非東拼西湊而成的一盤散沙，而都統一在人物情感意識這條深層、內隱的結構線上；何況人物心理意識的流動嚴格說來同樣需要經歷一個時間過程。但因心理意識活動（尤其非理性意識活動）本身所具有的非規則性、間斷跳躍性和不合因果的非邏輯性，造成了由人物心理意識

活動構成的那種「心理時間」難以整合，決定了心理意識活動這根情節線索只能是一條「虛劃」的間斷式曲線，故而給觀眾（讀者）的感覺便是：故事發生、持續的時間經常停留在某一點上停滯、凝固不動，劇本只在花費篇幅讓人物自身作「內心意識的流動」而已。如此說來，在西方現代派戲劇作品中常常出現的，故事發生、持續時間出現間斷跳躍，只存在展示人物內心意識活動的大量篇幅的獨白的情形，非常符合筆者對「停敘」所下的定義。換言之，「停敘」存在於西方現代派戲劇作品中。

試以奧尼爾的表現主義劇作《瓊斯王》為例。故事「發生於西印度群島一個尚未由白人海員主持民族自決的海島上，當地政府的形式暫時為皇朝。」場景設置為「第一場在瓊斯皇帝的宮殿內。下午。」「第二場在大森林的邊緣。黃昏。」「第三場」至「第七場」均為「在森林內。夜晚。」「第八場與第二場同——在大森林的邊緣。黎明。」〔註41〕全劇共八場，第一場出場人物有「皇帝」瓊斯、一個「土著老太婆」和「一個倫敦佬氣派的商人」斯密澤斯，第八場裏出場人物則有斯密澤斯、「土著部落的頭頭」蘭姆及其擁護者的一群士兵（瓊斯以死屍形象出現於劇末），其他六場全是主人公瓊斯一人的獨角戲（地點始終在大森林邊緣，時間上是從黃昏到夜晚）。該劇有一個比較複雜的「前史」，亦即劇情開始之前曾經發生過的對主人公產生過重大影響的某些事件：主人公瓊斯是一位剛果黑人，作為奴隸被販賣到美國，在火車上當了十年差役。因一次賭博殺人而被捕入獄。獄中服役時又殺死一個白人看守，畏罪越獄後逃離至西印度群島某一小島。島上有位英國商人史密斯專以欺詐當地土著黑人為生，拉攏瓊斯入夥。瓊斯很快取而代之，史密斯反淪為其助手。一次瓊斯與土著居民發生衝突，由於槍彈走火，土著居民雖然向瓊斯開槍，卻未能將其打死。瓊斯借機大做文章，向土人謊稱自己乃神靈附體、刀槍不入，善施魔法，迷信心理作祟的土人因此擁戴其當了皇帝。與此「前史」相比，該劇搬演的故事情節本身卻相當簡單：土人在山上邊擊鼓邊趕製子彈，得知土人暴亂消息的瓊斯倉皇出逃。驚恐萬分之下迷了路，在森林與平原交界處奔波一夜後，竟然又回到原地，最終被土人擊斃。劇作家奧尼爾構思了頗為複雜的「前史」與相對簡單的情節，將藝術關注目光投注於對「前史」的處理。二十世紀初葉崛起的弗洛伊德和榮格的心理分析學派，不僅確定了人類潛（無）意識的存在，而且明確了潛意識的兩種外化形式：夢境和幻覺

〔註41〕《奧尼爾劇作選》，歐陽基等譯，人民文學出版社 2007 年第 79～80 頁。

（包括幻聽、幻象等等）。奧尼爾顯然積極吸納了心理分析學派的這一研究成果，鍥而不捨地在戲劇創作實踐中尋求和探索外化人物潛意識的藝術手段，以期揭示人物潛意識領域內的深層心理。《瓊斯王》便是這樣一部成功之作。逃亡途中的瓊斯，被恐懼、懺悔、負罪和絕望的心理鉗制，所以「前史」中的往事並非以意識層面的回憶出現，而以潛意識層面的幻覺逐一呈現於其眼前：先是被他殺死的那個黑人活靈活現地蹲在地上擲骰子（幻覺，潛意識）；瓊斯驚恐萬狀地向他開槍（動作，意識）；繼而是白人看守押著一群犯人突然出現在瓊斯面前，看守揮舞皮鞭濫施淫威，瓊斯鬼使神差般地躋身於囚犯隊伍（幻覺，潛意識）。瓊斯向白人看守開槍（動作，意識）；繼而出現了奴隸市場，瓊斯作爲奴隸猶如牲畜一樣遭到拍賣的情景（幻覺，潛意識）；瓊斯開槍（動作，意識）；再隨後出現的是瓊斯呆在奴隸船上的幻覺——黑奴們赤身裸體而鐵鏈纏身，身體伴隨晃動的船體而不停搖擺（幻覺，潛意識）；最後浮現出故鄉剛果河的情景——巫醫在河邊念咒驅鬼，還以魔杖指使瓊斯犧牲自我、以身祭獻河神……一隻巨大鱷魚探頭上岸並逼近瓊斯（幻覺，潛意識），瓊斯向鱷魚開槍（動作，意識）。《瓊斯王》中的「前史」，被劇作家奧尼爾破天荒地全部採用幻覺—潛意識的外化形式，逐一呈現在瓊斯面前，從而構成了該人物之潛意識—意識、意識—潛意識的循環往復的深層心理嬗變歷程。恐懼使瓊斯產生幻覺，而幻覺更加劇了瓊斯恐懼與負罪心理，直至將其精神意志推向崩潰邊緣。劇作家並未將筆墨付諸展現黑人造反——瓊斯出逃——飲彈身亡這一驚險「追捕」的外在事件的發展變化過程，假如換成一位傳統現實主義劇作家，完全可以按部就班、駕輕就熟地在此方面不吝筆墨、大做文章，而且足以寫就一部扣人心弦的相當出色的戲劇佳作。但奧尼爾卻獨闢蹊徑，借助牽涉瓊斯身世的複雜「前史」，營造出主人公的潛意識和意識交替、交融的意識流結構（或稱深層心理結構），使其在劇情中佔據絕對的主導地位。由此構成該劇戲劇性的便是瓊斯的大段內心獨白，劇作家藉此凸顯深陷絕境之中的主人公瓊斯苦苦掙扎的恐懼絕望心理。

在奧尼爾的另一部劇作《奇異的插曲》中，似乎沒有什麼動作，而幾乎全都是女主人公——亨利·利茲教授女兒尼娜·利茲的內心獨白。該劇運用心理分析解剖人物的內心隱秘，下意識或曰潛意識構成故事情節發展的主線。透過女主人公尼娜·利茲與數位男性（包括父親、丈夫、情人、兒子）之間的錯綜複雜關係，深刻披露尼娜·利茲的極端自私與放縱情慾——憑藉

其妖豔嫵媚的女性魔力，吸引不同類型的男人，不擇手段地利用或佔有她所遇到的所有男人，以滿足個人的私欲！劇本具有暴露金錢罪惡的某種潛在意蘊——即金錢可以買到愛情、買到科學的萬能魔力。但因劇作家奧尼爾濃墨重彩於人物強烈隱秘的情慾方面，明顯沖淡了其社會內涵。雖然該劇為劇作家第三次贏得普利策獎，但因涉及流產、通姦、同性戀等當時尚屬美國社會敏感話題的題材，又頗受爭議，並曾在波士頓一度遭遇禁演。這部九幕劇（上部包括第一至第五幕，下部包括第六至第九幕）上演需耗時五個小時，被其時之西方評論界形象比喻為「戲劇形式的意識流小說」。顯而易見，奧尼爾筆下所使用的內心獨白，類似於西方現代派「意識流小說」對人物心理意識活動所作的描述，篇幅很長，不構成情節上某種明顯的起承轉合、演變推進，故事發生、持續的時間完全停頓下來，惟有主人公怡然自得地沉醉於「自我意識的流動」之中。

　　鑒於西方現代派戲劇品種繁雜與藝術手法的多元化，所以對「停敘」的使用情況自然也會有所不同。但我們至少可以肯定的是，在諸如奧尼爾《瓊斯皇》、《奇異的插曲》之類採取類似「意識流」手法、以人物內心獨白為主要內容的劇作中，使用「停敘」的情形最為多見。總地說來，「停敘」這一獨特敘事技巧到了西方現代派劇作家手中，才真正開始受到重視與格外青睞，並且使用日益廣泛化。這種態勢從敘事學角度清晰透視出，西方戲劇創作從注重外在動作模仿（展示）到刻意追求表現（披露）「內心生活」的由「外」轉「內」的某種嬗變軌跡。

第二章　中國古典戲劇中的「戲中戲」

　　所謂「戲中戲」，是指一部戲劇之中套演該戲劇本事（指中心事件）之外的其它戲劇事件。由於「戲中戲」具有直觀性與雙關意味，往往能夠適當擴充並拓深戲劇作品固有的內涵意蘊；而且其新奇別致的「橫插一檔、節外生枝」的獨特形式，可以大大激活觀眾的觀賞興趣，從而獲得出人意料、引人入勝的獨特戲劇審美效果。因此，「戲中戲」成為了戲劇家筆下經常運用的一種重要敘事技巧。當然，這一敘事技巧並非隨手拈來、放在哪兒都行得通的靈丹妙藥；惟有那些富有獨創構思與深刻哲理思考的戲劇家們，方能做到有的放矢、遊刃有餘地駕馭它，使之綻放出璀璨耀目的藝術光澤來。本章這裏即以西方古典戲劇為參照，針對中國古典戲劇中的「戲中戲」這一話題予以一番探究。

一、「戲中戲」在中西古典戲劇中的運用

　　如果瀏覽一番中西古典戲劇，我們可以很容易發現運用「戲中戲」敘事技巧的大量成功劇作。它們的存在，毋庸置疑地驗證了「戲中戲」在中國及西方古典戲劇藝術中得到廣泛運用的客觀事實。

　　中國古典戲曲中不乏描寫「戲中戲」的名劇佳作，試以幾部元代雜劇與明清傳奇為例。

　　元雜劇《貨郎旦》（無名氏作）敘述秀才李彥和迷戀妓女張玉娥而娶回家中。張玉娥將李妻劉氏活活氣死，勾結姦夫魏邦彥合謀貪財害命。張玉娥放火燒掉李宅，僥倖生還的李彥和畏罪於火災連帶燒毀了幾間官房，攜子春郎及其乳母張三姑連夜逃至渡口，假扮艄公的魏邦彥在此等候多時。眾人上船

後魏邦彥將李彥和推入洛河，正欲勒死乳娘張三姑與春郎，恰逢女真人拈各千戶狩獵經過，魏邦彥與張玉娥倉促逃走。千戶收留春郎爲義子，由路過河邊的以唱「貨郎兒」謀生的張憨古代立賣子文書。好心的張憨古將孤獨無靠的張三姑收爲義女，後來曾將李家遭遇編成「貨郎兒」說唱；李彥和落水未死，以替人牧牛爲生。十三年後張三姑遵從張憨古「骨殖送歸老家」的遺言，前往洛陽河南府途中問路時認出李彥和，從此李彥和跟隨三姑一起以流浪賣唱度日。千戶病故前告知春郎實情，已身爲官的春郎不久前往洛陽河南府尋父。春郎留宿館驛時，爲娛樂喚來路經館驛的藝人張三姑與李彥和賣唱助興。李彥和無意中發現春郎丟棄的一張廢紙，竟然是當年賣身給千戶的文書，得以知曉春郎的真實身份。因不便冒失相認，張三姑與李彥和靈機一動，吟唱以李家遭遇爲故事內容的「貨郎兒」。春郎聽後恍然大悟，認出父親和乳母，飽受磨難的李家父子終得團圓。劇中第四折裏，張三姑與李彥和以藝人身份向春郎等客官演唱篇幅相當長的「貨郎兒」，便屬於一段精彩的「戲中戲」表演。明初雜劇家朱有燉的雜劇《神仙會》第二折中，有一段「戲中戲」：呂洞賓邀請藍采和、韓湘子、張果老、李岳四人裝扮成樂官，表演了金院本《獻香添壽》。從該劇這段「戲中戲」所起到的功能而言，「戲中戲」在明初戲曲中還大多屬於增強演出娛樂性和觀賞性的一種插曲形式。明代中葉以後，具有「戲中戲」因素的劇作逐漸增多。如徐渭的雜劇《漁陽弄》〔註1〕裏，便夾雜「禰衡復罵曹操」的一段「戲中戲」：禰衡、曹操死後，由陰間判官主持，請禰衡在閻羅殿上將生前擊鼓罵曹的情狀重新演述一遍。於是禰衡脫掉舊衣，換上錦巾繡服，面對已扮裝舊日丞相模樣的曹操鬼魂擊鼓痛罵。這一次斥罵比起生前那次更痛快淋漓，即如禰衡所言：「小生罵座之時，那曹瞞罪惡尚未如此之多，罵將來冷淡寂寥，不甚好聽。今日要罵呵，須直搗到銅雀臺分香賣履，方痛快人心。」通通鼓聲、曲曲狂詞，直罵得昔日狠毒虛僞、借刀殺人的曹操無地自容，求饒不迭。「痛罵」結束後曹操仍被收監陰曹地府，禰衡則爲玉帝召喚、昇天赴任了。稍晚於徐渭的王衡的雜劇《真傀儡》，演述北宋退隱閒居的當朝宰相杜衍，終日逍遙於市井，日子過得好不快活自在。時值春日，他來到桃花村觀賞春社傀儡戲。因爲身著便服，有商員外等幾位鄉紳對其怪

〔註1〕《漁陽弄》又名《漁陽三弄》、《狂鼓史》，全名《狂鼓史漁陽三弄》，爲明代徐渭創作的雜劇《四聲猿》中的一折短劇，《四聲猿》包括的其餘三部單折雜劇分別爲《翠鄉夢》、《雌木蘭》、《女狀元》。

異可笑的穿戴，還曾予以一番戲謔。傀儡戲裏先後搬演了歷史上三位宰相逸聞趣事的三段「戲中戲」——西漢丞相曹參痛飲中書堂、東漢丞相曹操修建銅雀臺、當朝太祖趙匡胤雪夜走訪丞相趙普的故事。舞臺上正演到熱鬧之處，忽有朝廷使臣奉旨前來向杜衍賜賞，一直尋到戲場上。未穿朝服的杜衍倉促慌亂之際，只好借用戲場上的傀儡衣冠領旨謝恩。

明代沈自晉的傳奇《望湖亭記》，敘述吳江紈絝子弟顏秀不學無術且相貌醜陋，偶遊洞庭山時邂逅貌美若仙的富家之女高白英，遂託人前去求婚。白英父親高贊欲親見未來女婿一面，方肯酌定允婚之事。顏秀生怕自己的廬山面目敗露，於是使用了「掉包」計：讓表弟錢萬選冒名頂替自己登門求婚，高贊見到才貌雙全的錢萬選大喜過望，當即允婚。婚期將至，顏秀要錢萬選再次冒名頂替，以便前往高府迎娶新娘。錢萬選苦於家境貧寒而暫住顏家，以開館教書勉強度日。礙於情面和寄人籬下的無奈，只好再次違心同意。迎親船抵至高家後天降大雪，洞庭湖上結下厚冰阻路，導致錢萬選無法如期偕新娘返回顏家。高贊執意即日在高家完婚，錢萬選推辭不過，只能應承。新婚之夜，錢萬選入了洞房，謊稱身體不適，始終未與白英同床共眠。三日後洞庭湖冰雪融化，錢萬選偕高白英乘船返回吳江。不明就裏的顏秀誤以為錢萬選假戲真做，已與白英成婚。惱怒與責怪之下，將錢萬選痛打一頓。適逢縣令至此，勘問情由，判定白英歸屬錢萬選。可笑顏秀煞費一番苦心，到頭來只落得竹籃打水一場空。該劇中第二十三齣有一場「戲中戲」：成親喜筵上藝人們恭請賓士點戲助興，身為新郎官的錢萬選於是點了一出新編「柳下惠坐懷不亂」。此時舞臺之上便出現了一幕新穎別致、饒有趣味的喜劇性場景：一邊是參加婚宴舉杯換盞的人物、一邊是「戲中戲」裏賣力表演的藝人們。

明末清初諸如孟稱舜、李漁、李玉等傳奇大家，尤其重視並熱衷採用「戲中戲」，遂使「戲中戲」現象得以成為當時劇壇引人矚目的一大創作亮點。例如明代孟稱舜的傳奇《貞文記》，敘說表兄妹沈佺、張玉娘自幼訂有婚約，後來沈佺因父母俱亡、家道中落；加之尚書公子王狷仗勢逼婚，勢利乖張的張父意欲悔婚，但玉娘決意不從。張父逼迫沈佺入京應試，若中舉得官方能許婚。時值蒙古人統治的元朝，科舉以詞曲（側重於戲場上的表演）選拔官員，沈佺應試的科目並非其爛熟於胸的詩書經史，而是當堂演戲。於是該劇第二十一齣，便出現競選狀元與探花的一場「戲中戲」，即幾位應試舉子當場表演《女狀元》。該段出自明代徐渭雜劇《女狀元》的「戲中戲」，敘寫五代時期

女扮男裝的黃崇嘏考中狀元，丞相欲招爲婿，難以推脫的她只得講明隱情，丞相未予怪罪，將其作爲兒媳迎娶的一段曲折故事。《女狀元》演畢，皇帝根據沈佺等幾位考生的表演情況，判定沈佺中得探花，回家候選。再比如清代李漁的傳奇《比目魚》，則演述家道中衰的宦門子弟譚楚玉愛慕女伶劉藐姑，不顧劉藐姑出身卑賤，自願賣身進入戲班。二人暗中通情，但貪戀金錢的劉母卻逼迫女兒嫁給富豪錢萬貫爲妾。劉藐姑萬般無奈，決心以死相抗。〈偕亡〉一齣中，她假裝答應母親，利用在江邊演出《荊釵記》〈抱石投江〉一齣戲的機會，借劇中情節自撰新詞，以劇中人物錢玉蓮之口譴責母親貪戀富家，痛罵在場觀看的錢萬貫。在盡情傾訴了滿腔怨憤之後，劉藐姑假戲眞作，縱身跳入江中。譚楚玉見此情景，亦隨之投江殉情。二人死後化作一對比目魚被人網起，轉還人形，得以結爲夫妻。譚楚玉及第授官，攜藐姑衣錦還鄉，恰逢劉母的戲班在江邊演戲。於是他故意點了《荊釵記》〈王十朋祭江〉一齣戲，以試探岳母有無懺悔之心。劉母表演此一段劇情剛至一半，睹物傷情，情不自禁地在戲臺上喊出女兒的名字。躲在船上簾後看戲的劉藐姑哭著應答，於是母女相認，闔家團圓。該劇中劇作家李漁爲譚、劉愛情故事，精心嵌入了兩段「戲中戲」——殉情自盡前作爲人物角色登臺表演的《荊釵記》〈抱石投江〉，復活還鄉時作爲觀眾觀賞的《荊釵記》〈王十朋祭江〉。而清代「蘇州派作家」代表人物李玉的著名傳奇《清忠譜》第二折中，也曾出現眾人聚集廟堂勾欄，聆聽藝人鋪敘長篇評書《說岳全傳》中宋代愛國將士韓世忠拼力禦敵，反遭奸臣陷害的一段「說書」。這段「說書」的內容，劇作家不惜傾注一千六百字的冗長篇幅予以正面鋪陳，從而構成一出「戲中戲」。具言之，該劇第二齣〈書鬧〉敘說周文元在蘇州城中李王廟前開設書場，請來評書藝人李海泉講述《說岳全傳》。市民顏佩韋、楊念如、沈揚、馬傑等，皆來聽書。李海泉講至雄州關戰役韓世忠命兒子韓彥直救援吃了敗仗的孫浩，不料孫浩記懷舊惡而辱罵韓家父子，又麻痹輕敵而死於金兀朮斧下。孫浩的政治靠山——廣陽王童貫因此遷怒於韓世忠，進獻讒言，皇帝頒下將韓世忠解京問罪的聖旨。當藝人說到愛國將士韓世忠戴上刑具、關入囚車而被押解進京之際，早已義憤填膺的顏佩韋按耐不住地站起身來怒嚷道：「可惱！可惱！童貫這狗，作惡異常，教我哪裏按耐得定！這等惡人，說他什麼？」說罷，飛起一腳踢翻書桌，還扭打起說書藝人李海泉來。顏佩韋的情緒失控行爲，導致說書藝人李海泉辭場而去，書場因此罷演。出資人周文元蒙受了一定的經濟損

失，心中自然有些不快意，因此與「攪場者」顏佩韋爭執起來。楊念如、沈揚、馬傑等人先後加入爭執，一時間人聲鼎沸，場面十分混亂。直到顏佩韋母親趕來喝住，爲他們解釋了誤會，五人在不打不成交的一笑之中盡釋前嫌，變成甘願同生死共患難的拜把兄弟。李玉另一部傳奇《萬里圓》之故事背景，則是明末清初蘇州進士黃孔昭赴任雲南大姚縣縣尹，適逢清兵南渡、明朝覆亡的多事之秋，家人與他關山阻隔，音信杳然達九年之久。其子黃向堅決心前往探父。該劇即演述黃向堅不辭辛勞、萬里尋父的艱難旅程。劇情中同樣出現一段「戲中戲」：某除夕之夜黃向堅投宿一家客棧時，三位房客（過路商人）串演了《節孝記》〔註2〕裏「出淖泥」的一段戲。該劇鋪敍的是宋朝末年江西建昌府南城縣人黃覺經，因戰亂而與母親陳氏失散。爲此他輾轉奔波 20 年，終得母子團聚的故事。

　　西方古典戲劇中同樣不乏描寫「戲中戲」的劇作，試以莎士比亞劇作爲例。

　　莎士比亞創作早期寫就的喜劇《馴悍記》，整體上講不啻一齣完整的「戲中戲」。該劇以一位貴族捉弄酒醉不醒的補鍋匠斯賴開場，貴族派人將斯賴抬回家裏，吩咐眾僕（包括這位貴族自己）假扮爲「僕人」，吩咐男童巴索繆裝扮成斯賴的「夫人」，待斯賴醒後將其當作某「顯要貴族」服侍左右。另外，還安排前來獻藝的一個戲班爲「貴族老爺」斯賴表演一部逗人捧腹的《馴悍記》。這場「戲中戲」演述帕度亞富翁巴普提斯塔有兩個女兒，長女凱瑟琳潑辣兇悍、無人敢娶，小女卡恩比因溫柔賢淑而崇拜者雲集。巴普提斯塔堅持先行解決長女婚事，然後再考慮小女出嫁問題。正當比恩卡的眾多求婚者一籌莫展之際，來自維洛那的富有紳士彼特魯喬登門求婚，甘願娶凱瑟琳爲妻。這個聰明的男子採取「以暴制暴」的計策，最終將聲名遠揚的「悍婦」凱瑟琳馴化爲一位溫柔依順的賢良妻子。從情節結構的嚴謹性來推敲，該劇美中不足在於，「戲中戲」之後作爲引子即序幕裏的貴族與醉漢的故事並未出現——沒有最基本的交代，顯得有頭無尾，缺乏前後呼應、首尾貫通。莎士比亞另一部膾炙人口的喜劇《仲夏夜之夢》，則講述古雅典忒修斯公爵與未婚妻希

〔註 2〕《節孝記》係宋元時期無名氏所撰的一齣南戲，全名爲《黃孝子千里尋母記》。《南詞敍錄‧宋元舊篇》著錄，題爲《王（黃）孝子尋母》，《曲海總目提要》別題《節孝記》。《元史》卷197《孝友一‧羊仁傳》中，附有黃覺經尋母事。有些學者將該齣劇目定爲《黃孝子》。參見：李修生主編，古本戲曲劇目提要，〔M〕北京：文化藝術出版社，1997，254。

波里特即將舉辦婚禮,伊吉斯強迫女兒赫米婭嫁給貴族迪米特呂斯,赫米婭因另有所愛而不從。公爵判定赫米婭服從父親,赫米婭只好密約情人拉山德私奔。暗戀迪米特呂斯的海麗娜故意將好友赫米亞私奔之事泄露給迪米特呂斯,結果當晚赫米婭與拉山德逃至雅典城外一片樹林時,希望挽回赫米亞芳心的迪米特呂斯一路追蹤而來,海麗娜又緊隨迪米特呂斯蹤跡而至。以織工波特爲首的一幫業餘演員也同時來到樹林裏,商議排練準備在公爵婚禮上表演的一齣戲劇,劇名爲《最可悲的喜劇,以及皮拉摩斯和提斯帕的最殘酷的死》(第一幕第二場)〔註 3〕。兩對情侶及演員們殊不知他們已闖入精靈們的秘密家園。仙王奧布朗和仙後提塔尼婭爲一個俊童爭執不下,仙王爲愚弄仙後而命令精靈迫克尋找一種奇異的愛情花汁,順便以此花汁解決樹林裏兩對情侶的愛情煩惱。由於帕克的粗心大意,引起情人們之間的一場混亂;演員們即將結束排練,主角波特卻在精靈魔法下變成驢子,成爲受花汁作用的仙後情人而笑話迭出。混亂之後一切恢復正常,受到愚弄的仙後認輸,甘願做一個溫柔順從的妻子。仙王還幫助兩對情人獲得美滿的愛情結局。憨厚的波特則恢復人形,在公爵婚禮上率戲班進行了表演。該劇中被排演的關於皮拉摩斯與提帕斯愛情悲劇的那齣劇目,無疑屬於「戲中戲」。而在莎士比亞最負盛名的不朽悲劇《哈姆萊特》中,則有「伶人進宮獻藝」的一場「戲中戲」:在王子哈姆萊特的精心授意與策劃下,流浪藝人們專爲國王克勞狄斯及諸王公貴族,上演了名爲「貢扎果之死」(亦譯爲「捕鼠機」)的一椿「謀殺案」。此一段虛擬的「戲中戲」之故事情節,與現任國王克勞狄斯「殺兄篡位」的內幕幾齣一轍!

依據上述大量中西古典戲劇作品,我們能夠大致概括、歸納出「戲中戲」的主要類型。相對於臺下觀眾而言,戲劇本事裏的人物活動屬於戲劇文本第一個虛擬層面。而「戲中戲」的嵌入,無疑使「戲中戲」裏的人物活動構成戲劇文本第二個虛擬層面。與此相對應的現象是,原本那些被觀眾視爲戲劇人物的處於第一個虛擬層面的「角色」,轉而又會變成觀賞「戲中戲」裏人物活動的「觀眾」。倘若我們將端坐劇場觀賞戲劇表演的的觀眾稱爲「真實觀眾」,那麼某些觀看「戲中戲」的劇中人物則應稱爲「虛擬觀眾」。一方面,我們可以依據居於戲劇核心故事(即本事)情節中的主線行動與「戲中戲」

〔註 3〕 (英)莎士比亞著,朱生豪譯,馴悍記,莎士比亞全集(2),〔M〕,北京:人民文學出版社,1978,297。

裏的相關行動之間的疏密度；另一方面則可以依據戲劇文本兩個虛擬層面上人物角色之間的契合性關係，來具體劃分「戲中戲」主要有哪些類型。大致說來，主要包括六種類型：

首先，根據主線行動與「戲中戲」裏行動之間的疏密度，我們能夠劃分出三類「戲中戲」：其一，脫離主線行動的片段式的純粹「插曲」。例如明代朱有燉的雜劇《神仙會》第二折中的那一段《獻香添壽》，與劇情不發生直接的關聯，僅僅屬於為增強演出娛樂性和觀賞性的一種簡單穿插因素。其二，與主線行動構成密切對應性的「暗合」式插曲。例如王衡《真傀儡》中舞臺上演述的歷史上三位宰相的逸聞趣事，與身為觀眾的當朝退隱宰相杜衍之間，明顯構成人物身份上的「暗合」，誘使觀眾（包括具有「劇中人物」與「觀眾」雙重身份的杜衍自己）不免生發「官場如戲場」的人生感慨。再如莎士比亞《仲夏夜之夢》裏的那段「戲中戲」——「皮拉摩斯與提斯柏的悲劇」，總會讓人自然聯想到家長干涉子女婚姻的故事，此即該劇中頑固的父親伊吉斯強迫女兒赫米婭嫁給門當戶對的貴族迪米特呂斯，迫使女兒偕同情人拉山德私奔潛逃的反抗之舉。而且前者與後者充滿著激烈衝突的愛情結局形成反差：一種是悲劇性的（前者，以死亡收場），另一種是喜劇性的（後者，好事多磨，有情人終成眷屬）對比，具有明顯的「暗示」色彩。值得注意的是，此類「戲中戲」在劇情中不再只是曇花一現、無關緊要、篇幅短小的片段，而是佔據相當多的篇幅，且往往多次性地出現。例如《仲夏夜之夢》中關於「皮拉摩斯和提帕斯的悲劇」的「戲中戲」，先後出現於第一幕、第三幕和第五幕中：第一幕是在昆斯家裏商議排練事宜（主要是分配角色）；第三幕是戲班來到樹林裏繼續商議如何排練的問題；第五幕則是戲班應邀入宮，為雅典公爵忒修斯等人作正式表演。再比如李漁《比目魚》裏譚楚玉與劉藐姑追求自由愛情的劇情中，先後出現搬演《荊釵記》的兩段「戲中戲」——〈抱石投江〉與〈王十朋祭江〉。其三，壓倒主線行動甚至轉換為主線行動的喧賓奪主式「插曲」。如《馴悍記》裏，作為原本行動主線的某狩獵貴族將酒醉的下等人（身份為補鍋匠）斯賴，故意包裝成一位顯赫貴族予以取笑的惡作劇，只在序幕裏出現。作為繼續捉弄醉漢斯賴手段之一的那位貴族安排某戲班排演的《馴悍記》，卻佔據劇情的絕大部分（從第一幕一直表演到第五幕結束）。處於戲劇文本第一虛擬層面的「貴族戲弄醉漢」之核心故事與主要情節，被縮減、淡化，降格成為處於戲劇文本第二虛擬層面的「戲

中戲」（即《馴悍記》）之次要情節的某種背景與框架。這種本末倒置使觀眾感到，《馴悍記》乃劇情主體，「貴族戲弄醉漢」成了無足輕重的引子。即使莎士比亞爲該劇增添上醉漢斯賴看罷《馴悍記》而醒悟過來，恢復補鍋匠本來面目的戲劇結尾，從而一定程度上彌補了劇作有頭少尾、缺乏前後照應的情節安排、結構佈局之缺憾，但仍然改變不了該劇中「戲中戲」壓倒主線行動的性質。王衡的《眞傀儡》同樣如此。該劇核心故事與情節主線，應當是杜衍觀看社戲及其叩領聖旨，但這些僅僅構成戲劇開場與結局，佔據劇情主體性篇幅的卻是舞臺上搬演的歷史上三位宰相的逸聞趣事。這三段「戲中戲」，無疑頗具超越核心情節的喧賓奪主之勢，使核心情節縮減爲一個框架甚至只剩下一個序幕和尾聲。

其次，根據戲劇文本兩個虛擬層面上角色之間的契合性關係，我們可以大致劃分出順承上述三類「戲中戲」的另外三種基本類型。其一，「戲中戲」裏的角色與戲劇本事（即核心故事與中心情節）裏的人物毫不相干，亦即兩個虛擬層面上人物角色之間的聯繫最爲脆弱、關係極爲疏遠，不妨可以用「形同陌路、不相往來」來形容。如《馴悍記》序幕裏酩酊大醉的補鍋匠斯賴酒醒後，發覺自己享受著貴族的待遇，睡在豪華臥室，身邊一群僕人畢恭畢敬、左右侍奉，甚至專門爲他安排一場喜劇表演（即「戲中戲」《馴悍記》）。然而戲班的到來只是由僕人通報了一聲，戲班裏的幾位伶人僅僅露了一面便無影無蹤。序幕裏諸如狩獵貴族、斯賴、眾僕、伶人等所有人物，均沒有與隨後搬演的「戲中戲」《馴悍記》裏的人物發生任何糾葛。再比如明代沈自晉的傳奇《望湖亭記》裏，在冒名頂替顏秀的貧寒書生錢萬選與高白英成親喜宴上，由新郎錢萬選所點的一出新編「柳下惠坐懷不亂」，這段「戲中戲」中的人物僅僅進行增添婚宴喜慶氣氛的戲劇表演，並不與作爲核心故事與主要情節中的人物角色發生任何直接的聯繫。其二，「戲中戲」裏的人物角色以自我身份，進入戲劇本事即核心故事與主要情節中充當一個「配角」的次要角色，由此兩個虛擬層面上的人物角色便發生彼此接觸的直接關係。如《仲夏夜之夢》中一群手工藝人出身的業餘演員所表演的那段「戲中戲」，便屬於此種情況。在整部戲劇裏，他們總是在排練「關於皮拉摩斯及其愛人提斯柏的悲哀的喜劇」，波頓不僅擔當扮演故事主角皮拉摩斯的重任，而且還進入作爲行動主線的中心情節中扮演類似滑稽丑角的某一人物角色——比如他被仙童戴上驢頭的面具，成了仙後提塔尼婭迷戀的對象（分別見於第三幕第一場和第四幕第

一場）。由此波頓便成爲戲劇文本第一虛擬層面屬於主線行動範疇的仙王奧布朗與仙后提塔尼婭之間矛盾衝突的有機組成部分。其三，「戲中戲」裏的人物角色以自我或者非我身份，進入戲劇本事即核心故事與主要情節中擔任重要角色甚至主角，由此兩個虛擬層面上的角色發生疊合甚至合二爲一的最密切關係。如明代孟稱舜《貞文記》傳奇第二十一齣上演的那一段「戲中戲」，即由沈詮等幾位應試秀才當場表演《女狀元》。由於沈詮既是以非我身份參與這場「戲中戲」表演的一個人物角色，同時又是涉及沈、張追求自由愛情這一核心故事與中心情節中的男主角，因此產生兩個虛擬層面人物角色上的疊合現象。而元雜劇《貨郎擔》裏身爲賣唱藝人的張三姑與李彥和，在春郎面前演唱講述自家坎坷遭遇的那一段「戲中戲」（即「貨郎兒」曲詞），由於「戲中戲」裏被說唱的人物角色，與戲劇行動主線和核心故事裏的人物完全吻合一致，亦即李彥和、張三姑、春郎始終使用一個名字而不曾更改。有鑒於此，兩個虛擬層面上人物角色身上，便自然而然、水到渠成地發生了合二爲一的最緊密聯繫。

二、中西古典戲劇家熱衷使用「戲中戲」探因

　　爲什麼在戲劇創作中，中西古典戲劇家們對「戲中戲」的運用，會出現不謀而合的一致性？推究起來，筆者以爲乃基於中西古典戲劇家在遵循「虛擬性」（或曰「假定性」）之戲劇體裁特性的大前提下，均又努力追求「以假映眞」，辯證處理生活與舞臺、虛構（或曰想像、幻想）與現實之間關係的共同戲劇觀。

　　眾所週知，戲劇藝術因自身有限的舞臺時空的制約，決定了以摹仿現實生活的「虛擬性「（或曰「虛構性」、「假定性」），爲其最基本的藝術特徵。因此，想像（或曰「幻想」）和虛構在戲劇創作中便非常重要，不容忽視和不可或缺。這一點對於中西戲劇家們來說，乃是不言而喻、不言自明的事情。莎士比亞在喜劇《仲夏夜之夢》第五幕第一場中，曾借助劇中人物忒修斯公爵之口，生動形象地道出想像在藝術創作中的重要作用：「想像會把不知名的事物用一種形式呈現出來，詩人的筆再使它們具有如實的形象，空虛的無物也會有了居處和名字。」〔註 4〕在歷史劇《亨利五世》「致詞者」的開場白裏，

〔註 4〕（英）莎士比亞著，朱生豪譯，仲夏夜之夢，莎士比亞全集（2），〔M〕，北京：人民文學出版社，1978，352。

莎士比亞更是高度強調劇作家的想像力及其對於戲劇表演、對於觀眾的虛擬性。此番「開場白」，堪稱西方古典戲劇家針對戲劇舞臺之「虛擬性」所作出的最充分理解與最深刻闡釋：「難道說，這麼一個『鬥雞場』容得下法蘭西的萬里江山？還是我們這個木頭的圓框子裏塞得進那麼多將士？……請原諒吧！可不是，一個小小的圓圈兒，湊在數字的末尾，就可以變成一百萬；那麼，讓我們就憑這點渺小的作用，來激發你們巨大的想像力吧。……發揮你們的想像力，把他們搬東移西，在時間裏飛躍，叫古往今來多少年代的故事都擠塞在一個時辰裏。」〔註5〕

中國古典戲劇歷來都是講究想像與虛構的張揚「虛擬性」的一門綜合性舞臺藝術。在崇尚「性靈」的浪漫主義戲劇大家湯顯祖那裏，即推重想像與幻想，主張表現強烈的感情，爲此劇作家可以突破表面的生活真實，在藝術中虛構一個理想的世界。此即「情之至，使生者可以死，死可以生。……夢中之情，何必非真？」、〔註6〕「因情成夢，因夢成戲」〔註7〕。而在李漁等許多古典劇作家及理論家們看來，中國古典戲劇（即戲曲）毋庸置疑屬於一種虛擬（或稱「虛構」、「虛幻」）的藝術。所謂「世間極認真事曰做官，極虛幻事曰做戲」〔註8〕；「人皆知劇場非真境也」〔註9〕；「（傀儡戲、影戲）大抵多虛少實，真假相半。……傳奇皆是寓言，未有無所爲者，正不必求其人與事以實之也」〔註10〕；「凡爲小說及雜劇、戲文，須是虛實相半，方爲遊戲三味之筆。……戲與夢同：離合悲歡，非真情也；富貴貧賤，非真境也。」〔註11〕；「傳奇所用之事，或古、或今，有虛、有實，隨人拈取……傳奇無實，大半

〔註5〕 （英）莎士比亞著，朱生豪譯，亨利五世，莎士比亞全集（5），〔M〕，北京人民文學出版社，1978，302。

〔註6〕 （明）湯顯祖，牡丹亭題詞，引自牡丹亭，徐朔方、楊笑梅校注，〔M〕，北京：人民文學出版社，2005，3。

〔註7〕 （明）湯顯祖，調象庵集序，引自牡丹亭，徐朔方、楊笑梅校注，〔M〕，北京：人民文學出版社，2005，4。

〔註8〕 （清）周亮工編撰，尺牘新鈔，引自北京大學哲學系美學教研室編，中國美學史資料選編，〔M〕，北京：中華書局，1981，248。

〔註9〕 （清）賀貽孫，水田居遺書•答友人論文二，引自北京大學哲學系美學教研室編，中國美學史資料選編，〔M〕，北京：中華書局，1981，297。

〔註10〕 （明）徐復祚，曲論，引自中國戲曲研究院編，中國古典戲曲論著集成（4），〔M〕，北京：中國戲劇出版社，1959，240。

〔註11〕 （明）謝肇淛，五雜俎，引自隗芾、吳毓華編，古典戲曲美學資料集，〔M〕，北京：文化藝術出版社，1992，149。

皆寓言耳」〔註 12〕；「梨園戲劇所演之事，十九寓言」〔註 13〕；「傳奇家託物寄志，其爲子虛烏有者，十之七八。」〔註14〕

　　然而，戲劇的虛擬性又絕非子虛烏有，屬於無根的浮萍、純然想像的產物。戲劇與其所摹仿的對象——現實生活之間，畢竟存在著剪不斷、理還亂的內在關聯。雖然戲劇不等同於現實生活，反之亦然；但兩者之間卻時常構成一種彼此契合的對應關係——從一定意義上來講，生活何嘗不是「戲劇」？在現實人生的大舞臺上，每個人个啻一位演員，均於自覺或不自覺之中，扮演著某一種角色；生活本身與戲劇一樣充滿著怪誕與虛擬（或曰「虛幻」、「虛構」）；在現實生活裏，其實正如同在戲劇舞臺上一樣，眞實與虛擬（「虛幻」或「虛構」）每每總是相對的，難以截然將它們區分開來！這是爲許多人都曾經有所感悟到，而對戲劇家們而言或許堪稱體驗至爲深刻的某種生活哲理。此一生活哲理在戲劇家那裏，最終凝鑄、昇華成「世界即舞臺、人生乃戲劇、眾生徒伶人。」的一種相對主義世界觀和人生觀。

　　西方產生這種相對主義世界觀與人生觀，可追溯至遙遠的山希臘時代，哲學家畢達哥拉斯即爲率先持有該見解的第一人。恰如 1565 年牛津學者、戲劇家理查德・愛德華茲在其喜劇《達蒙和波斯阿思》中，借助人物之口所指出的那樣：「畢達哥拉斯說過，這個世界就像一個舞臺，許多人扮演他們各自的角色……」〔註 15〕。在文藝復興時期的英國戲劇中，此類說法屢見不鮮，其中尤以莎士比亞表露得最爲充分和典型。諸如：「全世界是一個舞臺，所有的男男女女不過是一些演員；他們都有下場的時候。一個人的一生中扮演著好幾個角色，他的表演可以分爲七個時期……」（《皆大歡喜》中傑奎斯的臺詞）；「我把這個世界不過看作一個舞臺，每一個人都必須在這個舞臺上扮演一個角色，我扮演的是一個悲哀的角色」（《威尼斯商人》中安東尼奧的臺詞）〔註 16〕；「人生不過是一個行走的影子，一個在舞臺上指手劃腳的拙劣的伶

〔註12〕 李漁，閒情偶寄•詞曲部•審虛實，引自中國戲曲研究院編，中國古典戲曲論著集成（7），〔M〕，北京：中國戲劇出版社，1959，20。

〔註13〕 （清）平步青，小棲霞說稗•花關索王桃王悅鮑三娘，引自中國戲曲研究院編，中國古典戲曲論著集成（9），〔M〕，北京：中國戲劇出版社，1959，191。

〔註14〕 （清）姚燮，今樂考證•著錄五，引自中國戲曲研究院編，中國古典戲曲論著集成（10），〔M〕，北京：中國戲劇出版社，1959，196。

〔註15〕 轉引自田民，莎士比亞與皮蘭德婁，戲劇藝術，〔J〕，1988，1。

〔註16〕 （英）莎士比亞著，朱生豪譯，威尼斯商人，莎士比亞全集（3），〔M〕，北京：人民文學出版社，1978，35。

人，登場片刻，就在無聲無息中悄然退下。它是一個癡人說夢（亦譯『它是一個愚人所講的故事』），充滿著喧嘩與騷動，卻找不到一點意義。」〔註 17〕（《麥克白》——此乃悲劇主角麥克白蛻變爲一個殺人魔王後，對人生之荒誕性、虛妄性的發自靈魂底處的大徹大悟！）

在中國古典戲曲作品尤其曲論家們的點評中，亦毫無遮掩地閃爍著相對主義世界觀與人生觀的思想火花。諸如：「世間萬緣皆假，戲中假中之假也。……且不知閻浮世界一大戲場也。世人之生老病死，一戲場中之離合悲歡也」〔註18〕；「蓋劇場即一世界，世界只一情人。以劇場假而情眞，不知當場者有情人也，顧曲者尤屬有情人也」〔註19〕；「劇者何？戲也。古今一戲場也。開闢以來，其爲戲也，多矣。……夫人生，無日不在戲中，富貴、貧賤、夭壽、窮通，攘攘百年，電光火石，離合悲歡，轉眼而畢，此亦如戲之頃刻而散場也。……今日爲古人寫照，他年看我輩登場。戲也，非戲也；非戲也，戲也。」〔註20〕

由上述相對主義的世界觀與人生觀，戲劇家們自然而然地形成其相對主義的戲劇觀。這一相對主義戲劇觀之獨特內涵在於：可以化絕對爲相對，突破戲劇世界（虛擬世界）與眞實世界（現實世界），亦即幻覺與眞實、藝術與生活之間的界限，實現「假作眞時假亦眞」的有機融合。劇作家重視運用「戲中戲」，即建立在該相對主義戲劇觀的根基之上；正是對這一相對主義戲劇觀的具體藝術實踐。筆者以爲，此或許便是古今中外的戲劇家們注重使用「戲中戲」的最爲內在、深層的本質根源所在。

對此我們不妨再通過對兩部中西古典戲劇經典之作的解讀，來體味一下中西古典戲劇家們的良苦用心。莎士比亞劇作中的「戲中戲」的存在，猶如一面鏡子，爲劇中人物廁身其間、賴以活動的那個世界提供了一種參照。像《哈姆萊特》中的「貢扎果之死」，既是戲劇前史（即克勞狄斯「殺兄篡權」內幕）的嘲諷性摹擬，同時又爲劇中的眞實世界（此是相對於虛擬的「戲中

〔註17〕（英）莎士比亞著，朱生豪譯，麥克白，莎士比亞全集（8），〔M〕，北京：人民文學出版社，1978，337。

〔註18〕（明）屠隆，曇花記序，引自隗芾、吳毓華編，古典戲曲美學資料集，〔M〕，北京：文化藝術出版社，1992，116。

〔註19〕（清）袁晉，玉茗堂批評焚香記序，引自隗芾、吳毓華編，古典戲曲美學資料集，〔M〕，北京：文化藝術出版社，1992，222。

〔註20〕（清）李調元，劇話序，中國戲曲研究院編，中國古典戲曲論著集成（8），〔M〕，北京：中國戲劇出版社，1959，35。

戲」而言），提供了一個鮮明的參照系。在這面鏡子裏，虛擬映照出的是眞實，幻覺折射出的恰恰是現實。元雜劇《貨郎擔》同樣如此。該劇中的那段吟唱李家坎坷遭遇的「貨郎兒」，既是對戲劇前邊故事情節——李彥和因將妓女出身的潑婦張玉娥娶進家門而導致家破人亡的家庭悲劇，此針對年幼無知的春郎而言的生動性模仿，不同於《哈姆雷特》的代言體的表演形式，而屬於敘述體的講唱故事；同時亦爲劇中的眞實世界（相對於虛擬的「戲中戲」而言），提供了一把解開李家隱秘的鑰匙。這面以「貨郎兒」爲載體的藝術魔鏡所折射出來的，難道不正是最眞實不過的生活本相！

三、中西古典戲劇之「戲中戲」功用探略

　　縱觀中西古典戲劇成功運用「戲中戲」的大量劇作，仔細斟酌一番，我們不難見出，「戲中戲」在勾連劇中人物之關係、推動戲劇情節發展、凸現人物性格特徵、彰顯與拓深劇作主題意蘊諸多方面，均能發揮其不容忽視的重要作用。以下試分別論述之。

　　其一，「戲中戲」在局部乃至整體情節結構上發揮巨大效用，有力推動乃至統轄、制約戲劇情節的發展演變。

　　首先讓我們來看一看在局部性情節結構上發揮其效用的情形。清代李玉的傳奇《萬里圓》裏，外出尋父的黃向堅一路之上屢遭不順；念及雲南山高路險，行程未及半途尚且如此這般的坎坷艱辛，不禁愁腸百結，對自己能否到達目的地幾乎失去了一大半信心。正在他舉棋不定、當晚投宿某客棧之際，適逢看到三位房客串演的宋元南戲《節孝記》裏「出淖泥」一段戲。深爲戲中那位千里尋母的黃覺經鍥而不捨、堅韌不拔的精神所感動，堅定了尋父決心。可以說，這段「戲中戲」顯然具有推動戲劇情節向前發展的強大作用：堪稱激勵與鞭策劇中主人公繼續前行的力量源泉和精神動力。李玉另一部傳奇《清忠譜》裏的一段「戲中戲」——說書藝人說唱《說岳全傳》中愛國將士韓世忠奮力抗敵、卻遭奸臣迫害的故事，早已激起聆聽說書的觀眾們激昂憤慨的情緒；此時適逢閹黨魏忠賢派遣錦衣校尉，前來蘇州緝拿廉潔剛正的清官——東林黨人周順昌。歷史與現實的呼應對照，不啻在一堆剛剛點燃的乾柴上澆上了汽油，極大地煽動起公眾的義憤。於是爲救護身遭誣陷、即將鎯鐺入獄的周順昌，他們包圍官衙、擊鬥緹騎。這裏藝人說書的一段「戲中戲」，實乃隨後群情激憤的預先鋪墊；它所牽引出的崇敬賢臣、嫉恨奸佞的情

結，正是激起蘇州市民大暴亂的一根重要導火線。其對公眾的巨大「煽情」作用，不應等閒視之。再比如清代李漁的傳奇《比目魚》中，劇作家李漁精心嵌入的兩段「戲中戲」——《荆釵記》〈抱石投江〉與〈王十朋祭江〉兩齣戲的搬演，從主題立意而言揭露了「父母之命」的封建婚姻制度的弊端，歌頌了生死不渝的男女癡情。而若從故事情節的構思佈局來推敲，尤顯難能可貴：「戲中戲」的設置可謂妥帖自然、天衣無縫，成爲全劇矛盾衝突展開、發展和解決的重要契機。正是由於有了它們，劇情才曲折迴旋、波瀾起伏，堪稱劇情發展鏈條上不可或缺的有機組成部分。

莎士比亞的《哈姆萊特》，在第三幕之前可謂矛盾雙方——新王克勞狄斯與王子哈姆萊特互探虛實、處於暗戰的暫時平衡狀態。當然那只是一種表面的平靜，所謂「樹欲靜而風不止」。此時湊巧有一個流浪戲班進宮獻藝，這正合乎矛盾雙方的心意：克勞狄斯試圖把王子的心思轉移到縱情娛樂方面來；哈姆萊特則想以「演戲」爲幌子驗證叔父的罪行。於是在他的精心授意、策劃之下，伶人們上演了一段名爲「貢扎果之死」的「戲中戲」：在高音笛的樂聲中，一位國王與一位王后登場，狀極親熱，互相擁抱。王后跪地宣誓，被國王扶起。國王在花坪睡下，王后悄然離去。少頃，另一人上場，自國王頭上去冠、吻冠，偷偷灌毒藥於國王耳中，然後退場……這段「戲中戲」，無疑融合著推啓情節發展的強大驅動力：哈姆萊特正是根據叔父及母后觀戲過程中的神態和反應，做出明確的判斷：母親怡然自樂、看得津津有味，顯然她與丹麥老王之死無關（即不存在她出於與克勞狄斯的姦情而參與謀殺的可能性）；而國王的如坐針氈、未及終場即倉皇離席，則證實了老王「鬼魂」所言的事情確鑿無疑，促使哈姆萊特立下復仇的決心。這段「戲中戲」，堪稱劇情發展環節上的一個重要轉折點——在此之前，由於尚未證實叔父的罪行，哈姆萊特遊移不定、消沉沮喪，甚至一度陷入「生存還是毀滅」的嚴重精神危機；而「戲中戲」之後，其頹廢低靡的心態一改而爲抖擻精神、激情澎湃，復仇的決心堅定不移。所考慮的中心問題，由原先的「向誰復仇？」變爲「如何復仇？」——採取何種策略和途徑、何時行動等。因爲其復仇的對象乃是一個十分強大、難以對付的對手：詭計多端且又大權在握的國王克勞狄斯。倘若自己稍有不愼或者失誤，就可能毀於一旦。故而這時哈姆萊特的拖沓、延宕，已不復爲茫然不辯目標的躊躇猶豫，而屬於在選擇最佳復仇方式、途徑問題上的審思多慮！

如果說《萬里圓》、《清忠譜》或者《哈姆雷特》等劇中的「戲中戲」，主要是在戲劇情節發展的某一重要環節甚至轉折點上，發揮了關鍵性作用。那麼在某些戲裏，「戲中戲」則尤顯舉足輕重：能夠起到串構全劇、牽一髮而動全身的統攝作用。像王衡的雜劇《眞傀儡》中，其主體內容就是歷史上三位宰相的三則故事。此三段「戲中戲」，構成全劇的完整情節結構。若拆除「戲中戲」，那麼該劇作勢必變成一盤散沙，不復爲一部眞正的戲劇了。

其二，「戲中戲」裏的人物與戲劇本事中的人物，往往發生相互映照、滲透、補充的內在關係，由此巧妙勾連劇中人物之關係，彰顯人物的性格特徵。

如明代傳奇《望湖亭記》中的「戲中戲」，從情節結構上來看是一種預示，預示了男主角錢萬選即將面臨柳下惠那樣的處境；而更重要的還在於它有助於刻畫錢萬選的人物性格——他挑戲不選別的，惟獨選中這齣戲，乃是其謙謙君子玉潔冰清情操的一種表現。這一性格特徵又與隨後他於「洞房花燭夜」對白英小姐相對而臥的坦蕩行爲協調一致，得到進一步的印證。再比如清代傳奇《清忠譜》裏「說書」的那一段「戲中戲」，無疑即起到使劇中人物之間發生「不打不成交」的黏連作用——全劇所描寫的轟轟烈烈的蘇州市民大暴動中的領袖，即周文元、顏佩韋、楊念如、馬傑、沈楊五位豪俠俊傑，正是在「書場」上相識；並且由顏佩韋被「說書」內容激怒，鬧了書場，遂與在旁正聽得津津有味的周文元等人發生廝打，最終結爲生死至交的！同時，劇作家通過對顏佩韋在「戲中戲」中的具體反應，亦即他對「說書」內容——「英雄報國、姦佞施害」故事的態度及其行爲舉止的細膩描摹，生動傳神地刻畫、凸現出其嫉惡如仇、剛直不阿、性如烈火、見義勇爲的精神秉性：當聽到藝人敘說《說岳全傳》裏愛國將領韓世忠奮力禦敵，卻反遭姦臣誣陷迫害之際，眼睛裏揉不進半粒沙子的顏佩韋禁不住一時火起，大罵童貫爲「惡狗」；因爲怒氣難消，他又繼而索性踢翻桌子，鬧了「書場」！顏佩韋其人其性，就在那「怒」、「罵」、「踢」、「鬧」等一連串動作中，纖毫畢現矣！

莎士比亞《哈姆雷特》中的「戲中戲」，在刻畫人物性格、尤其是揭示人物內心隱秘方面，堪稱獨異超絕。年輕的丹麥王子哈姆雷特應召從德國威登堡大學匆匆回國，他對父王的猝死滿腹疑慮：「我想到這裏面一定有姦人的惡計」。父王鬼魂顯靈，告知其死亡眞相。然而那還尚不足以成爲哈姆萊特行動的理由，他還需要找到更確鑿的證據。恰巧有一個戲班子進宮獻藝，於是哈姆雷特精心安排和導演了一齣與鬼魂所言情節相仿的「戲中戲」（即「貢扎果

之死」或曰「捕鼠機」），因爲「聽人家說，犯罪的人在看戲的時候，因爲臺上表演得巧妙，有時會激動天良，當場供認他們的罪惡」；因爲暗殺的事情無論幹得怎樣秘密，總會借著神奇的喉舌泄露出來。我要叫這班伶人在我的叔父面前表演一本跟我的父親的慘死情節相仿的戲劇，我就在一旁窺察他的神色；我要探視到他的靈魂的深處，要是他露驚駭不安之態，我就知道我應該怎麼辦。……憑著這一本戲，我可以挖掘國王內心的隱秘。」（第二幕第二場）〔註 21〕而新登基的國王克勞狄斯，也正爲了試探哈姆萊特才來觀看伶人們的戲劇演出。他做賊心虛，一心想弄清「除了他父親的死以外，究竟還有些什麼原因，把哈姆萊特激成這種瘋瘋癲癲的樣子？」矛盾對立的雙方相互窺探，都試圖借助「戲中戲」敲開對方緊緊鎖閉的心靈大門，挖掘出對方掩藏於心底的秘密。這樣，戲中戲勢必將引致人物思想感情的變化，推動人物性格發展，促使人物關係激化，在人物性格自身和敵對的碰撞中，迸發出耀目的電光火花。這裏不妨以反面人物克勞狄斯爲例證予以剖析。果然，當「戲中戲」演至琉安西納斯用毒藥灌入伶王耳中之時，必然的反應開始了：克勞狄斯情不自禁地站立起來，戲中戲在他內心掀起了驚恐的風暴，猛然扣開了這個殺人兇犯的靈魂世界：「我的靈魂上背負著一個原始以來最初的詛咒，殺害兄弟的暴行！」……不幸的處境！啊，像死亡一樣黑暗的心胸！啊，越是掙扎，越是不能脫身的膠住了的靈魂！救救我，天使們！」（第三幕第三場）〔註22〕俄國著名作家普希金曾經說過：「莎士比亞塑造的人物，……是活生生的，具有多種熱情、多種惡行的人物，環境在觀眾面前把他們多方面的多樣化的性格發展了。」〔註 23〕一方面受欲壑難塡的野心驅使，幹出慘絕人寰的殺人暴行；一方面尚未泯滅的良知、深深的負罪感，又在經受著罪惡的痛苦折磨；一方面幻想上帝的慈悲，能饒恕自己的滔天罪孽，可另一方面則貪婪地死死佔據著由罪惡攫取來的獵物（如王冠、皇后等）……克勞狄斯十分複雜而立體化的性格特質，正是經由「戲中戲」得以披露的。如果說人物的性格像一座迷宮，那麼戲中戲不啻一把開啓這座迷宮的金鑰匙。它引導觀眾步入劇中人物心靈的大門，直抵其靈魂的底處，猶如夏日傍晚的霹靂雷聲帶來萬點雨

〔註21〕（英）莎士比亞著，朱生豪譯，哈姆雷特，莎士比亞戲劇全集（9），〔M〕，
　　　　北京：人民文學出版社，1978，60。
〔註22〕（英）莎士比亞著，朱生豪譯，哈姆雷特，莎士比亞戲劇全集（9），〔M〕，
　　　　北京：人民文學出版社，1978，85。
〔註23〕馮春譯，普希金文集·文學論文，〔M〕，上海：上海譯文出版社，1999，136。

珠那樣，正所謂「一夕輕雷落萬絲」。

其三，戲中戲在表現作品思想內涵方面，也自有其獨特功用：戲中戲推動情節的發展，一般呈現在劇作的表層結構上；而在深層結構方面，戲中戲時常能夠起到生發、拓深戲劇主題意蘊之微妙效能。

如明代孟稱舜的傳奇《貞文記》裏的「戲中戲」一場，不僅堪稱戲劇情節發展中一個至為重要的環節與樞紐：科舉成敗直接牽繫沈佺與張玉娘的愛情走向，一旦沈佺名落孫山而得不到一官半職，也就意味著愛情將蕩然無存的嚴重後果；同時這場「戲中戲」更在很大程度上，彰顯出元蒙統治者視選拔人才為兒戲的荒謬性，寄寓著劇作家的一股抑鬱憤懣之情！再則，面對使士子蒙羞忍辱的滑稽荒誕的這種科考，沈佺為了愛情卻不得不為之，其行為本身構成對「父母之命」、「門當戶對」的封建婚姻制度的一種莫大反諷，劇作的思想意蘊由此得到豐富與深化。再比如清代李玉的傳奇《萬里圓》、《清忠譜》等劇中的「戲中戲」，在內容、內涵上與戲劇本事裏的內容、內涵明顯構成一種「暗合」現象，戲劇主題內涵、思想意蘊即在兩者相互對應、映襯、烘托之下得以彰顯。具體說來就是，《萬里圓》中黃向堅的尋父，同「戲中戲」裏黃覺經的尋母故事之間，兩位尋親者的執著精神及其艱辛經歷，頗有相似之處。故而「戲中戲」在意義上與劇作相映襯、烘托，更加突出了主人公的孝義精神。《清忠譜》「說書」的那段「戲中戲」，恰恰與戲劇中隨後出現的正直清官周順昌無端蒙怨受害、橫遭當朝權佞魏忠賢閹黨緝拿治罪的情節，在精神意蘊上一脈相通。

細細推敲之下，王衡的雜劇《真傀儡》在借助「戲中戲」生發、彰顯戲劇主題內涵方面，或許技高一籌：該劇中的「戲中戲」不僅在情節結構方面，屬於全劇的中心，是全劇矛盾衝突的有機組成部分；而且還直接成為深刻表現戲劇主題的獨特形式，可謂其構思精妙、含義深邃！「戲中戲」裏的演員敷演三個歷史故事，僅僅只是更換面具，而不換宰相衣袍。這揭示了歷史上宰相的共同性，並將主人公杜衍置於人世興衰、朝代更替的歷史發展長河之中，使得全劇富有了一種歷史的深度。而尤其深刻的是，「戲中戲」將「歷史」上的宰相和「現實」中的宰相巧妙串接在一起予以對照，從一個嶄新角度披露出封建社會君臣關係的實質和官場的黑暗。同時，抒發了劇作家不滿現實、蔑視功名的強烈思想感情。劇作家思想深刻之處，還表現於將批判矛頭甚至直接指向最高統治者——「聖旨」忽貶忽褒，忽賞忽罰。而劇作家讓杜衍穿

上「戲服」去「領旨謝恩」，這樣的藝術處理飽含了諷刺意味，大大深化了戲劇主題。它昭示觀眾：現實如同歷史，那些爲官者，即使是「一人之下、萬人之上」的宰相，也都像演戲一樣，他們不過都是些傀儡而已！歷史上的宰相被扮演成傀儡，而「現實」中的宰相則是活生生的眞正傀儡。雖然全劇充斥著諸多誇張、活潑的情節、詼諧幽默的對話，但觀眾透過表面那種輕鬆愉快的喜劇性氣氛，分明能感受到劇作家對現實人生的強烈憤慨。這一點推究起來，並不奇怪。眾所週知，劇作家的父親王錫爵，即是明代萬曆年間有名的一位宰相，曾長期滯陷於激烈的官場鬥爭之中。〔註24〕劇作家本人亦因此而受到牽連，以致其一生仕途坎坷。劇中那位退休閒居二十年的宰相杜衍所說的一些俏皮話，諸如「我想那做宰相的，坐在是非窩裏，多少做得說不得的事，不知經幾番磨練過來？」；「古來史書上呵，知多少李代桃僵？」；「做戲的半眞半假，看戲的誰假誰眞？」〔註25〕等等，其實均是有感而發，極富於現實針對性的。即如《盛明雜劇》本所評：「非經歷一過，不能道隻字。」而全劇「官場即戲場」的主題，則更集中表達了劇作家對官場鬥爭的清醒認識，以及他對人生況味的深切感悟。

其四，「戲中戲」的巧妙恰當運用，還可以使觀眾產生「假作眞時假亦眞」的心理錯覺，從而獲得讓觀眾「信以爲眞、恍如現世」，感情投入、悲喜有別的獨特戲劇效果。

中西古典戲劇家與戲劇理論家們，很早便對此問題有所關注和品評。諸如：「戲則戲矣，倒須似眞；若眞者，反不妨似戲也。今戲者太戲，眞者亦太眞，俱不是也……似眞似假，令人惝恍」〔註26〕；「醇儒云：自古詞場狡獪，偏要在眞人面前弄假，卻能使人認假成眞；在癡人前說夢，卻能使人因夢得覺。……無眞不即假，無覺不由夢。夢因假而覺亦假，假因夢而眞亦夢也」〔註27〕；「每

〔註24〕《明史・王錫爵傳》記載，錫爵晚年「屢疏引疾乞休」。回鄉以後，「闔門養重」，仍遭到年少氣盛的諫官的彈劾。這可能是王衡作此劇的有關背景。參見王起主編，中國戲曲選（中）「眞傀儡雜劇題解」，〔M〕，北京：人民文學出版社，1998，673。

〔註25〕（明）王衡著，眞傀儡，引自王起主編，中國戲曲選（中），〔M〕，北京：人民文學出版社 1999，676～677；680。

〔註26〕（明）李贄，李卓吾批評琵琶記，引自隗芾、吳毓華編，古典戲曲美學資料集，〔M〕，北京：文化藝術出版社，1992，111～112。

〔註27〕（清）夢夢生，櫻桃夢題辭，引自隗芾、吳毓華編，古典戲曲美學資料集，〔M〕，北京：文化藝術出版社，1992，270。

於場中見歌哭笑罵，打諢插科，便確以爲眞」〔註28〕；「樂處顏開喜悅，悲哉眉目怨傷，聽者鼻酸淚兩行，直如眞事在望。」〔註29〕

這裏仍以明代王衡的雜劇《眞傀儡》爲例說明。該劇中「戲中戲」之構思創意，亦即分別以歷史上的三位宰相爲主角的三段「傀儡戲」，不僅使「戲中戲」成爲劇情中不可分割的一個有機組成部分，而且它還能誘使觀眾由臺上的「傀儡宰相」，自然而然地聯想到臺下的「致仕宰相」，產生巧妙的隱喻作用。及至後來杜衍因未隨身攜帶朝服，迫於情勢而只好暫借戲中的傀儡衣冠來拜受敕旨，在戲場之中當眞搬演了一幕朝廷禮儀，這就進一步把官場與戲場攪和在一起，使人難辯眞假虛實。此正應驗了所謂「假作眞時假亦眞，眞作假時眞亦假」、「戲場如官場，官場即戲場」的古訓。

四、中西古典及現代戲劇中運用「戲中戲」之辯異

以上所述，屬於對「戲中戲」在中西古典戲劇中的運用之共同性規律的探究。顯然，只有這些還是遠遠不夠的。因爲中國與西方古典戲劇畢竟分屬於世界上兩大不同類型的戲劇體系，明顯存在著諸多質的差異。況且即使是在中西方戲劇內部，因其可能發生的戲劇自身發展的某種歷時性演進，也會造成處在不同歷史階段的戲劇形態——諸如在西方古典戲劇與現代戲劇之間，或者元代雜劇與明清傳奇之間，產生這樣或那樣的某些差異性。這種差異性，具體表現在對「戲中戲」的運用方面，必定會有其同中之「異」。因此對這一問題加以一番歷時性的古今辯異，是非常重要且不可或缺的。〔註30〕

西方古典戲劇中的「戲中戲」，往往與整個戲劇情節構成嚴謹、密切的聯繫，每每對劇中人物（尤其主人公）的命運直接發生作用：它或爲構成全劇情節鋪排、矛盾衝突展開的重要契機；或者是解決矛盾衝突、引致戲劇結局

〔註28〕　（清）周亮工編撰，尺牘新鈔，引自北京大學哲學系美學教研室編，中國美學史資料選編，〔M〕，北京：中華書局，1981，248。

〔註29〕　（清）黃旛綽，梨園原•明心鑒，中國戲曲研究院編，中國古典戲曲論著集成（9），〔M〕，北京：中國戲劇出版社，1959，13。

〔註30〕　筆者將在第七章部分，從比較視角針對元代雜劇明與清傳奇運用敘事技巧問題予以更爲深入詳盡的探究，因此這裏主要進行中西古典戲劇之間運用「戲中戲」之異的共時性橫向比較，以及西方古典戲劇與現代戲劇之間運用「戲中戲」異同性的歷時性縱向比較，而元雜劇與明清傳奇運用「戲中戲」之異暫且略而不談。

的關鍵環節；總是整個劇情發展鏈條上必不可缺的某一環節、樞紐。可以說，「戲中戲」這一獨特敘事技巧，爲西方古典戲劇家在結構佈局、安排情節方面充分施展其藝術才華，提供了廣闊的用武之地。被馬克思盛讚爲「人類戲劇史上罕有的戲劇天才」的古典戲劇大師莎士比亞，對「戲中戲」的天才運用，正是使其戲劇創作獲得巨大成功的重要因素。即如他的最驚世駭俗的偉大悲劇《哈姆萊特》，劇中丹麥王子爲了探知父王猝然暴亡的眞相，授意、策劃流浪藝人在王宮敷演了一段與鬼魂所述「被害」情節幾齣一轍的「戲中戲」——「貢扎果之死」。這場「戲中戲」，對哈姆萊特決定復仇起了關鍵作用，並以此爲契機展示了隨後復仇過程中哈姆萊特性格及其心靈的巨大矛盾與痛苦，乃隸屬於劇情展開、發展的至關重要的一個環節。與他同時代的同胞作家托・基德的《西班牙悲劇》，也是一齣享有盛譽的復仇悲劇。戲劇末尾，復仇者與被復仇者均參加了一齣「復仇悲劇」的演出。在此「戲中戲」中，復仇者假戲眞做，手刃了自己的敵人。正是借助這場「戲中戲」，戲劇衝突得以最終解決，悲劇發展走向高潮。這裏「戲中戲」無疑成爲解決戲劇衝突，引致戲劇結局的決定性途徑。

　　以莎士比亞爲代表的古典劇作家注重描寫「戲中戲」的傳統，在 20 世紀西方文學中得到繼承與發揚光大，諸如日奈、皮蘭德婁等現代劇作家，堪稱擅長運用「戲中戲」的藝術大師。如法國荒誕派戲劇重要奠基人之一日奈（亦譯冉奈）的荒誕派戲劇《女僕》裏，即有兩個女僕表演「主僕戲」的精彩奇妙的「戲中戲」：女僕克萊爾與索朗日每逢女主人外出時，便表演起她們的「主僕戲」——這一回輪到克萊爾扮演「女主人」，而索朗日則扮演僕人「克萊爾」。但見「女主人」爲了外出而精心打扮，「克萊爾」在一旁低聲下氣地小心伺候。「女主人」頤指氣使，對女僕百般挑剔、隨意辱罵。女僕「克萊爾」忍無可忍，以嘲諷的口吻予以還擊，並怒不可遏地扇擊了「女主人」一記響亮的耳光。此時門鈴忽然響了起來，原來是女主人回來了。「戲中戲」因此暫時休止。不久前兩個女僕出於對女主人的嫉妒和仇恨，合謀寫了一封匿名誣告信，使得女主人的「情人」鋃鐺入獄。但沒想到他很快便獲得保釋（假釋）。兩個女僕害怕事情敗露，決定毒死女主人，於是在爲女主人砌好的茶裏放入了毒藥。孰料女主人一聽到「情人」獲釋的消息，顧不上喝一口茶，便匆匆趕赴幽會。待她一走，「戲中戲」繼續進行：女僕克萊爾以「女主人」的口吻，勒令索朗日所扮演的女僕「克萊爾」，將浸有毒藥的茶杯遞給自己，毫不猶豫地一飲而

盡，結果當場氣絕身亡。意大利當代劇壇傑出代表皮蘭德婁的怪誕劇《六個尋找作者的劇中人》，乃其榮膺 1934 年度諾貝爾文學獎的扛鼎之作，堪稱一部將「戲中戲」之敘事技巧運用至登峰造極境地的精妙絕倫之作。其主要情節如下：某劇院正在排演皮蘭德婁的劇本《各盡其職》，忽然從觀眾席跑上來六個不速之客，聲稱是被某作家棄置不顧的六個「劇中人」，懇求導演當一回「作家」，把他們的戲寫完。導演起初拒絕，繼而出於好奇，同意他們作示範演示，並囑咐《各盡其職》中的演員們一對一地向「六個劇中人」學習，以供日後演出所用。六個劇中人講述的故事是：「父親」與「母親」原本爲合法夫妻，生有一子送到鄉下撫養。母親與父親的秘書私通，生了一個女兒（即父親的「繼女」），因此被父親逐出家門。母親與秘書搬到另一個城市定居，又生下一子一女。幾年後秘書病故，母親攜帶三個孩子又回到該地，依靠爲裁縫店老闆帕奇夫人做些針線活來養家糊口。帕奇夫人誘使母親的大女兒（即父親的「繼女」）賣淫，一次來的客人恰巧是「父親」，幸而父親認出了「繼女」，方避免了一場亂倫。出於憐憫，父親將母親及其私生子女接回家中團聚。但原來的兒子憎恨母親，鄙視異父姊妹，一家人關係十分不和。後來，小女兒掉入河中淹死，小兒子則開槍自殺。有關六個劇中人的「戲中戲」表演至此，舞臺上小男孩所使用的道具槍，不知怎麼變成了一支眞槍，假自殺結果成了眞自殺。眾人見狀，頓然驚慌失措，而「繼女」卻發出一陣瘋子似的大笑，並越過觀眾席，衝出劇院不見了。

與莎士比亞一樣，皮蘭德婁同樣極其重視想像在戲劇創作中的重要性。他曾十分形象化地將「想像」（或譯爲「幻想」）比喻爲替他藝術服務的「一個伶俐的小女孩」，認爲戲劇人物均由「她」的精神創造出來，亦即都是「想像」（或曰「幻想」）的產物。這些人物角色一旦從劇作家的想像、幻想中誕生，他們就如同《六個尋找作者的劇中人》中的「父親」所說的那樣：「馬上就取得了不受作家約束的獨立性，他可以在許多場合激發人們的想像，甚至被賦予劇作家也想不到的意義！」〔註31〕身爲西方現代戲劇大師的皮蘭德婁，同樣持有那種相對主義的戲劇觀，即如他曾意味深長所強調的那樣：「它（指戲劇）是生活本身的一種形式。我們都是戲中的演員。如果取消或者廢除劇院，戲劇在生活中仍然會不可抑制地繼續存在著，（因爲）事物的本身總

〔註31〕　（意）皮蘭德婁著，呂同六譯　，六個尋找作者的劇中人，皮蘭德婁競選集，呂同六編選，〔M〕，濟南：山東文藝出版社，2000，20。

是戲劇性的！」〔註32〕而在他的許多劇作中，萬變未離其宗，「戲中戲」與戲劇情節之間因果式的鏈條依舊牢固如初，甚至發展至兩者實現完全交融、難分你我的密不透風的地步。像《六個尋找作者的劇中人》：該劇中的「戲中戲」，將「戲」中的人（指《各盡其職》一劇的的演出及其演員們），同「戲中戲」裏的人（指「父親」、「母親」等尚未被作家完成的那「六個劇中人」）糾結在一起，整個劇情便是在「戲」與「戲中戲」緊密交織而又反覆交替轉換之中展開，簡直讓人分不清：究竟什麼是戲，什麼是生活？到底誰是演員，誰又是觀衆？相比之下，我們不能設想《哈姆萊特》中的「戲中戲」裏，伶王「貢扎果」（由某一流浪藝人所扮演的角色），被侄子（由另一個流浪藝人裝扮的角色）將毒藥灌入耳內，果然就眞地死在舞臺上；也無法想像出把丹麥王子哈姆萊特替父復仇的故事，與「貢扎果謀殺案」即「戲中戲」裏的人物直接溝通、交流起來？而《六個尋找作者的劇中人》裏的「戲」與「戲中戲」卻交錯、反覆，彼此間相互進入對方的故事中，至戲劇收場時「戲」與「戲中戲」竟渾然融爲一體——「劇中人」敍述他們的小女孩在玩耍時不愼失足溺死，小男孩見狀，開槍自戕；由於那把「玩具槍」不知什麼緣故，變成了一枝眞槍，小男孩的假自殺結果成了眞死亡。上述這一切，莫不彰顯出皮蘭德婁對莎士比亞戲劇傳統的一種繼承關係。

然而，儘管皮蘭德婁等西方現代戲劇家的創作，呈現出深受以莎士比亞爲代表的西方古典戲劇傳統薰染的影響痕迹與繼承脈絡，但由於西方古典與現代戲劇家所身處的時代差異與社會現實有別，加之藝術審美趣味等各種文學藝術因素的不斷變異，勢必又會存在著很大的差異性。因此，「戲中戲」在皮蘭德婁那裏，於繼承、借鑒傳統的基礎上得到了發揚光大與發展創新。這種明顯區別於莎士比亞戲劇的發展創新之處，主要體現爲兩個方面：其一是處理藝術與生活、虛擬（或曰虛構、想像、幻覺）與眞實之間關係上的疏密程度，已經發生了質的分野。莎士比亞劇作中「戲中戲」的存在，猶如一面鏡子，爲劇中人物廁身其間、賴以活動的那個世界提供了一種參照。像《哈姆雷特》中的「貢扎果之死」（亦譯爲「捕鼠機」），既是戲劇前史（即克勞狄斯「殺兄簒權」內幕）的嘲諷性摹擬，同時又爲劇中的眞實世界（此是相對於虛構的「戲中戲」而言）提供了一個鮮明的參照系。在這面鏡子裏，虛構

〔註32〕 （意）皮蘭德婁，在諾貝爾文學獎授獎儀式上的講話，皮蘭德婁精選集，呂同六編選，〔M〕，濟南：山東文藝出版社，2000，615。

映照出的是眞實，幻覺折射出的恰恰是現實。相比之下，皮蘭德婁筆下的「戲中戲」，在突破幻覺與眞實、藝術與生活之間的絕對界限方面，較之於莎士比亞走得更遠：使兩者融合的密度幾乎達到了根本無法識辨的極至——劇作家在戲劇中所表現的眞實世界（此世界相對於劇作家本身所處的現實世界而言也是虛構的），與「戲中戲」之虛構世界的對置與交合，全然打破了幻覺與眞實、藝術與生活乃至於演員與觀眾、舞臺世界與外在世界之間的絕對界限。即如《六個尋找作者的劇中人》裏，在六個特殊角色（即「六個劇中人」）出現於舞臺上之前，人們對劇中《各盡其職》劇組眾成員所身處的時、空之眞實性，以及舞臺與觀眾席之間的界限，肯定是不會有任何模糊不清、疑惑不解的。然而，當六個尚未完成的「角色」從觀眾席登上舞臺，逐步展開他們的戲劇故事時，舞臺上一切原來均被公認爲確鑿不變的東西，便開始轉化爲相對的了：導演（兼經理）與劇團的演員們，反倒變成了一齣「戲中戲」裏的觀眾，而「戲中戲」中的角色卻反客爲主，轉換成佔據舞臺中心位置的導演與演員。於是乎虛構轉化爲眞實，幻覺則兌變成現實（即導演與劇院演員們逐漸爲六個角色的戲劇故事所吸引，沉湎於其中而忘乎所以）。劇情發展到最後，小男孩的「死亡」更把這種大融合推向極至：出於對自己眼睜睜看著小妹妹掉入水中而袖手旁觀，致使其活活淹死的行爲的內疚和惶恐，那個小男孩開槍自殺。而猶如變魔術一般，他所使用的道具槍不知怎麼竟成了一枝眞槍，由此假自殺也便演變成一場眞自殺！其二，正是由於兩位劇作家在處理藝術與生活、虛構（或曰想像、幻覺）與眞實之間關係上的疏密程度方面所發生的質的分野，從而導致「戲中戲」由原先單純的構設故事情節的、尚且保留著較多人爲化特性的一種獨特戲劇敘事技巧，蛻變並昇華成爲內隱於戲劇結構整個鏈條上的統攝全局的凸顯生活本相的一種藝術理念，它重在追求當代西方社會生活常態的自然顯露，故此專事雕琢的痕迹大大淡化甚至被消解。也就是說，審察從莎士比亞到皮蘭德婁劇作中的「戲中戲」，我們可以捕捉與發現一種明顯的質變：從故事情節構設到生活本相凸顯的現代嬗變。而這一點，恰恰堪稱皮蘭德婁對西方「戲中戲」藝術所作出的一種獨特創新與傑出貢獻。

　　試看莎士比亞《哈姆萊特》「貢扎果之死」的那段「戲中戲」，堪稱劇情發展環節上的一個重要轉折點———在此之前由於尚未證實叔父的罪行（儘管此前哈姆雷特已從鬼魂口中得悉父亡隱情，但那尚不足以爲憑證），哈姆萊

特遊移不定、消沉沮喪，甚至一度陷入「生存還是毀滅」的嚴重精神危機。而「戲中戲」搬演之際克勞狄斯的驚恐失色且倉惶離席，使得「兇殺」謎底昭然若揭，其最積極而直接的影響結果，便是「戲中戲」之後哈姆雷特頹廢、低靡的心態，一改而變爲抖擻精神、激情澎湃，復仇的決心堅定不移。他所考慮的問題焦點，由原先的「向誰復仇」迅速轉換爲「如何復仇」（即採取何種策略和途徑、何時行動等）。顯然，這段「戲中戲」成爲莎士比亞用以精心構設故事情節的一種獨特戲劇敘事技巧，它在某一重要環節甚至轉折點上的局部性情節結構中，發揮了有力推啓甚至直接轄制著戲劇情節發展與演變的關鍵性功用。相比之下，皮蘭德婁怪誕劇《六個尋找作者的劇中人》裏的「戲中戲」，則起到串構全劇、牽一髮而動全身的統攝作用：劇中六個角色（「劇中人」）所講述的故事，支撐起整部劇作的骨骼脈絡，而饒有趣味的是劇作開幕伊始所出現的導演與演員的那一幕戲———即他們精心準備的《各盡其職》的戲劇表演，反而隱退至舞臺一角，充其量不過是「六個劇中人」故事的某種虛幻、淡遠之背景。我們考究該劇中的「戲中戲」問題，顯然還不能僅僅停留、滯陷於推動情節發展的戲劇表層結構上，而應細細體味並努力捕捉劇作家凸顯生活常態的那種含蓄微妙的深層意趣。

身爲西方現代著名劇作家的皮蘭德婁，一向是以透過日常生活中司空見慣、因而也就往往容易被人們漠視的辛酸的、荒謬可笑的喜劇性一面，來展現嚴肅的、令人憐憫的悲劇性一面爲其創作旨趣。在皮蘭德婁筆下，「戲中戲」不啻成爲其勘探造成各種光怪陸離、荒謬可笑現象之社會根源的一把銳利無比的金剛鑽，這使得其怪誕劇染帶哲理劇的某些色彩，富有了相當豐厚的思想底蘊。《六個尋找作者的劇中人》堪稱這樣的一部典範之作。劇作家構設的關於「六個劇中人」的「戲中戲」——相對於導演與演員們排演《各盡其職》的戲劇本事而言，向觀眾鋪敘了一個破碎、分裂的家庭中六個成員各自不同的痛苦遭遇。這個家庭後來雖然破鏡重圓，卻再也無法和睦地共同生活下去——夫妻、母子、姊妹之間處處充滿著敵意甚至仇視：妻子怨恨丈夫當年將自己驅逐出門；兒子憤恨母親的抛子棄家出走（指與秘書私奔他鄉）；繼女鄙視企圖佔有自己肉體的父親（當初她淪爲暗娼時，身爲「嫖客」的父親險些與之發生「亂倫」）；兒子討厭一群異父弟妹擾亂了自己平靜安逸的生活；妹妹嫉恨正統哥哥的自以爲是與狂妄自大；小弟和小妹則極端懼怕長兄的陰鬱冷漠；父親對於長子對其母及姊妹的不講情理甚爲惱火，屢屢呵斥……這個

家庭最終迎來的是家破人亡的悲劇。劇作家透過這場「戲中戲」，意在開掘更值得人們在哈哈大笑之後需要深入思索的悲劇性內涵。換言之，皮蘭德婁借助筆下「戲中戲」的滑稽荒誕的故事，深刻揭示出一個普遍存在於西方現代社會中的重大而嚴肅的社會問題：物質文明的高度發展帶來的卻是人們精神上的極端空虛匱乏，包括家庭親屬成員在內的整個社會人際關係受到嚴重污染、惡化、扭曲和異變，人與人之間彷彿隔著一堵堅厚無比的玻璃牆，橫亙著一片茫茫無際的沙漠丘壑，難以甚至根本無法理解、溝通，彼此孤獨、隔絕乃至於相互敵對、仇視。正像劇中的「父親」所慨歎不已的那樣：「我們大家都有一個內心世界，每個人都有一個自己特殊的內心世界！假如我說話時摻進了我心裏對事物的意義和價值的看法，而聽話的人，照例又會用他心裏所想的意義和價值來加以理解，我們怎麼還能夠相互瞭解呢？我們自以為瞭解了，其實根本就不瞭解！」〔註33〕這便是西方現代社會生活的真實境況。由此而論，以「戲中戲」揭示這種生活的常態，於皮蘭德婁而言，不復為刻意為之的單純用以構設戲劇故事情節的某種敘事技巧，更為重要的在於：一切皆無須偽裝與虛飾，「戲中戲」本身即是生活本相的自然凸顯而已！

　　與上述西方古典以及現代戲劇中的「戲中戲」的特點明顯不同，中國古典戲曲裏的「戲中戲」則呈現為另一番景致：即使是清代以李玉為代表的蘇州派劇作家作品中的「戲中戲」，儘管它們在與全劇情節的關係上顯露出越來越嚴謹、縝密的趨勢，卻不可能完全嚴密地將它們串構、編織入戲劇情節的那一龐大「網絡」中去，達到像西方戲劇中的「戲中戲」那樣牽一髮而動全身的地步。仍然奉守戲曲獨具一格的藝術功能——調劑戲劇氣氛、強化戲劇演出的娛樂性與觀賞性。這一更為偏重娛樂性與觀賞性的獨特功能究其實，乃由中國戲曲藝術發展歷史及其美學精神所規約。

　　元代與明初雜劇中的「戲中戲」，大致存在四種形態。其一，從其母體即宋雜劇、金院本中直接吸取的片斷。如李文蔚《破苻堅》第二折裏表現「謝安說棋」的大段賓白，即為《輟耕錄》所載金院本名目中「打略拴搐」一項裏的「著棋名」。其二，舞蹈的穿插表演。如史樟雜劇《莊周夢》第一折「楔子」裏，有道士跳「仙鶴舞」的一段舞蹈。其三，魔術雜技的穿插表演。諸如史樟《莊周夢》雜劇第一折裏，太白金星六次表演的「當場種花，頃刻結

〔註33〕（意）皮蘭德婁著，呂同六譯，六個尋找作者的劇中人，皮蘭德婁競選集，呂同六編選，〔M〕，濟南：山東文藝出版社，2000，35。

果」的魔術，加之「當場變臉，騎鶴仙升」的雜技科範。其四，短劇的穿插表演。如明初朱有燉的雜劇《呂洞賓花月神仙會》第二折中，夾雜劇中人物合作表演院本《獻香添壽》的一段戲。與前三項「片斷式表演」相比，第四項包涵了說、唱、做（動作），大體上可算作一種「短劇」了。推敲而論，此或許是最貼近和類似西方戲劇中「戲中戲」的那種形態。上述各色伎藝之穿插表演，就效果而論具有一個共同點：它們對於戲劇情節而言大體呈現爲游離狀態；而假如從戲劇情境的層面推敲，它們同樣並未強求溶進特定的戲劇情氛之中。像元雜劇《蔡順奉母》裏，穿插有「雙鬥醫」的滑稽表演；元雜劇《飛刀對箭》裏，值此牽繫你死我活的兩軍陣前，添加有「針兒線」的大段詼諧幽默的道白，它與劇中彼時彼地場景的氣氛頗存在某些不協調。顯然，這些穿插表演最終追求的，僅僅在於輕鬆愉悅、滑稽戲謔的逗樂效果而已！

探根溯源，中國戲曲對娛樂性的刻意追求，堪稱戲曲藝術的重要美學追求。此一特定的戲曲美學風格，自其形成之日起即溶入其藝術肌體，爲戲曲藝術之生存與發展的特定環境所賦予。

戲曲形成的歷史顯示，戲曲誕生之初，便同節日、婚嫁、酬賓、宴客等人們日常生活中的喜慶場合每每緊密相聯。「雜劇」演出之最早記載，見於宋人所著《東京夢華錄》裏的「中元節」，涉及的正是中元節時的戲劇表演：「勾肆樂人，自過七夕，便搬《目連救母》雜劇，直至十五日止，觀者倍增。」中元節重要活動項目之一，無疑是吸引無數平民百姓好奇眼球的戲劇表演。《目連救母》於鬧市勾肆裏連演七天，其演出環境的熱鬧及爲節慶增色添彩之盛況，由此可見一斑！長年累月中每逢宴客酬賓場合必有戲曲演出活動，成爲一種慣例。明中期伴隨傳奇的日漸繁盛，家庭戲班甚爲活躍，其用武之地每每在於喜慶宴會。千餘年來在民間廣爲傳承的民眾祭祀土地神的古老儀式──「賽社」，亦屬於戲曲活動的重要場所。所謂社日演戲，既敬神又娛人，早已成爲百姓喜聞樂見的習俗。宋代愛國詩人陸游曾對社日演戲、民眾歡騰之喜慶景象，予以生動傳神的詩筆描繪：「太平處處是優場，社日兒童喜欲狂」（《劍南詩稿‧春社》）、「巷北觀神社，村東看戲場」（《劍南詩稿‧幽居歲暮》）。〔註34〕

中國古典戲曲藝術既然生存於如此演出環境，其美學特徵勢必鐫刻上與之對應契合、相得益彰的喜歡熱鬧、追求喜慶的烙印。而這一特點，自然而

〔註34〕　（宋）陸游著，陸遊集，〔M〕，北京：中華書局，1976，734：1861。

然地又會投射到情節結構等藝術形式上，絕非亦不可能全然囿於內容方面。換言之，作為各種伎藝穿插表演的「戲中戲」，成為並構成中國古典戲曲藝術崇尚娛樂性之美學追求的藝術形式重要表徵。

　　如果從接受美學的戲劇觀眾學視角來推敲，觀眾群體看戲時所特有的觀賞方式，也是中國古典戲曲藝術之美學特徵得以形成的重要影響因素。宋元時期城市的戲曲演出場所「勾欄、瓦肆」，均設置於喧嘩鬧市，觀眾一般是趁趕集市之便而步入「劇場」看戲的。元代作家杜仁傑的散曲《莊家不識勾欄》裏，詳盡寫到一位莊稼老漢秋收後進城買貨，隨後去勾欄觀戲的一番有趣經歷。農村的戲曲演出場所，比起城市更為簡陋——大多屬於寺廟舞臺或臨時搭建的戲臺。確切而言，這種演出場所明顯帶有廣場性質。廟會演戲時，觀眾可以隨意活動、四處遊走。廣場上買賣雜物、食品的，都是觀眾。城市裏有一種較為高雅的演出場所，此即酒樓茶肆。但即便是在這種場合，觀戲者仍然可以隨心所欲的飲酒喝茶、聚會聊天，所謂「消閒」與「看戲」兩不誤！明代中期，戲山演出時常更換入官宦、文人的廳堂宴會中。陳維崧《賀新郎‧自嘲用蘇昆生韻同杜于皇賦》詞序云：「于皇曰：朋輩中惟僕與其年最拙。他不具論，一日，旅舍風雨中，與其年杯酒閒談。余因及首席決不可坐，要點戲，是一苦事。余嘗坐壽筵首席，見新戲有《壽春圖》，名甚吉利，即點之，不知其斬殺到底，終坐不安。其年云：亦嘗坐壽筵首席，見新戲《壽榮華》，以為吉利，即點之，不知其哭泣到底，滿座不樂。」從上述陳氏詞作不難知曉，其時宴客演戲乃為常事；也不難理會在這類宴會上維持一種喜慶氣氛，顯得何其重要。「酒以合歡，歌演以佐酒」，不失為戲曲演出的一項重要功用。

　　由此而論，中國古代劇場一向不甚追求「希臘劇場所具有的那種雕塑般的莊嚴效果、雄偉氣概與崇高情調」；〔註35〕戲曲觀眾步入勾欄瓦肆，面對廣場高臺，或端坐酒樓茶肆、置身府邸廳堂觀看戲曲演出之際，並無歐洲古代觀眾那樣的習慣與欲求——意欲置身劇場內，充分體驗莊嚴肅穆的儀式性氛圍，調動一種高昂而集中的集體性情緒，借助情感的適度宣洩而獲得心靈的陶冶。對於中國古代觀眾而言，有意或無意步入劇場的主要心理需求，莫過於快樂與放鬆！看戲的同時又飲酒喝茶，正彰顯出此等閒適心情。既然到劇場來主要為了尋求鬆弛和歡樂的氣氛，希望通過觀賞舞臺上的結局遠比現實

〔註35〕　（英）阿‧尼柯爾著，西歐戲劇理論，〔M〕，北京：中國戲劇出版社，1985，
　　　　　202。

中更美滿的故事，使其內心得到一定的愉悅和滿足。

與中國古典戲曲藝術獨特審美追求相對應的，還有戲曲藝術如何與觀眾溝通而表現社會人生的獨特方式，此即表現手段的高度伎藝化。就總體而言，中國古典戲曲藝術在自身發展進程中，對諸種藝術門類的技藝，一直是按照自身的規律吸納消化與變通改造的。然而，其表現手段富有技藝性的這一基本特點，則始終未曾變更。染帶雜技痕迹的某些技藝，早已被戲曲消融、化解成爲自身的一個有機組成部分，並在與觀眾約定俗成的觀演關係中得到觀眾的認可。明末清初張岱所見《目蓮戲》的表演裏，含有明顯源於雜技的許多伎藝，諸如「度索舞絙、翻桌翻梯、筋斗蜻蜓、蹬壇蹬臼、跳索跳圈、竄火竄箭之類」〔註36〕。不妨可以這樣說，對娛樂性的追求及其始終保持表現手段的伎藝化，堪稱中國古典戲曲藝術常常融含「戲中戲」因素的美學依據和物質形式上的前提條件。

有鑒於此，即便是像以李玉爲代表的明代「蘇州派」劇作家那樣，竭力嘗試把「戲中戲」作爲結構佈局、安排情節的一種重要技巧、手法來大力使用；他們劇作中的「戲中戲」，的確已能夠與戲劇情節本身發生某種密切的、合乎邏輯性的內在聯繫，甚至得以成爲整個戲劇情節中難以分割、無法剝離的重要而有機組成部分，從而在一定程度上與西方戲劇中使用的「戲中戲」情形，出現接軌、交合的某些相同、相通、相似之處。然而，話又說回來，其對「戲中戲」的運用，畢竟無法從根本上掙脫戲曲自身藝術規律的羈絆和約束，而始終處於戲曲藝術追求娛樂性、觀賞性之審美基本原則的驅使和支配之下。他們筆下的「戲中戲」，在富有聚合戲劇情節和人物凝聚力的同時，卻又明顯夾雜使劇情具有間歇性而染帶某種獨有戲劇節奏的疏散力，與劇情或多或少形成一定的距離。由此，「戲中戲」在全劇中，還額外成爲一種具有獨特娛樂性、觀賞性的存在。

試以李玉的傳奇《萬里圓》爲例。該劇中除夕之夜邂逅客棧的幾位客商，選擇了表演《節孝記》，此「戲中戲」裏主人公黃覺經的經歷，恰與戲劇本事裏的主人公黃向堅的經歷相映照，彰顯、強化了黃向堅尋父的艱難困苦及其決意找到父親的堅定信念。儘管如此，此「戲中戲」的穿插卻依舊讓觀眾清晰見出古典戲曲追求娛樂性的美學傳統：幾位客商表演《節孝記》時，按劇情規定輪到某人上場了，但這位演出者竟然走神忘記了。正在場上的表演者

〔註36〕張岱，陶庵夢憶·目蓮戲，〔M〕，杭州：西湖書社，1982，74。

無法演下去了，於是禁不住大聲叫喚：「鮑衝天，你來救俺者」。這位遺忘了演戲的客商這才猛然反應過來，馬上「哎呀」一聲並應答道：「啊，我忘記了，我來哉，我來哉。」劇作家安排劇中人物此類「出戲」復「入戲」的行為，無疑是喜劇性的，肯定能引致臺下觀眾的鬨堂大笑。這段「戲中戲」，一方面隸屬於戲劇固有情節、人物情感的某種強化因素，因而尚且能夠與劇情密切相關；但另一方面，又屬於全劇悲涼氣氛的一種調劑因素，與劇情之間明顯構成某種程度的疏離。這種與劇情既契合而又疏離的靈活處理方式，非常符合長期以來中國古典戲曲觀眾的觀賞情趣與審美習慣，大大有助於增強戲劇演出的娛樂性和觀賞性。既然中國古典戲曲觀眾對於「戲中戲」如此喜聞樂見、不亦悅乎，也就難怪中國古典戲曲家們會在戲劇創作之際，對此敘事技巧樂此不疲且屢試不爽了。

第三章　中國古典戲劇中的「幕後戲」

一、「幕後戲」、「幕前戲」、「前史」辨析

　　「明場」與「暗場」是戲劇結構佈局與安排情節的兩種重要表現形式。所謂「明場」指演員以其在舞臺上的直接表演提供給觀眾可以直觀視聽的諸如某些動作、臺詞（包括道白與唱詞）、場景、事件等戲劇情節因素；所謂「暗場」則指不在舞臺上直接予以視聽式的展示而借助敘述法間接告知觀眾的戲劇情節因素。對於「明場」，如果我們改用現代戲劇術語，不妨稱之為「幕前戲」，而「暗場」則可以相應地稱為「幕後戲」。〔註1〕

　　關於「幕前戲」，有時某些學者將它混同於「前史」，有時則將「幕前戲」理解為「戲劇開幕之前所發生的事情」。這兩種理解，與筆者對「幕前戲」的界說存在明顯區別。因此，這裏有必要先對「幕後戲」以及「前史」、「幕前戲」這三個概念術語，從內涵與外延兩個層面予以一番理論上的梳理與澄清。

　　所謂「前史」，指每部戲劇劇情開始之前曾經發生過的，對於劇中人物（往往是身為主人公的主要角色）能夠產生重大影響的一系列事件。「前史」必須

〔註1〕現當代劇壇上無論戲劇創作還是舞臺表演，以話劇為主體的西方戲劇藝術無疑採用分幕制，而包括話劇與戲曲在內的中國戲劇藝術，亦主要採取分幕制（如反映現代人生活題材的現代京劇，即採用「幕＋場」的形制，甚至不少古裝的傳統戲曲亦採取分幕制）。有鑒於此，儘管中國古典戲曲中實際並不存在使用「幕」的問題，而慣常使用「明場」與「暗場」的概念術語；古希臘戲劇同樣也不曾使用「幕」（歌隊即起著轉換劇情、舞臺時空、布景等功用），但為了貼近與契合當今世界的戲劇現狀，尤其嘗試尋求中國古典戲曲藝術與西方戲劇藝術更好的對應與接軌，筆者這裏仍選擇採用「幕後戲」及「幕前戲」的稱謂。

具備如下幾個基本特徵：第一，就其時態而言，必須是從前曾經發生亦即屬於「過去完成式」的某些或某一事件；第二，就其事件特點而論，必須屬於具有過程性的一系列帶有因果關係的事件，而非單一孤立的某個事件；第三，「前史」的被揭示或披露（一次性或者漸次性地予以揭示或披露），必須能夠作用於戲劇人物（往往是身爲主人公的主要角色），成爲推動戲劇矛盾衝突演變推進的某種直接動力。「前史」所以顯得重要，乃在於其對於戲劇結構之類型具有決定性的意義。中西方古典戲劇發展史上出現的兩大主要戲劇結構模式——「鎖閉式」（亦稱「回顧式」、「追溯式」）和「開放式」（亦稱「直敘式」），其形成原因及其根本區別，即在於「前史」是否存在！我們不妨解讀一下西方戲劇「鎖閉式」結構開山之作的《俄狄浦斯王》，從「前史」存在與否的視角，就「開放式」與「鎖閉式」兩種戲劇情節結構予以簡要比較。

　　通覽《俄狄浦斯王》全劇，我們大致可以遴選、抽取出五個關乎劇情的主要事件：一爲「棄嬰」——忒拜國王拉伊俄斯得到將生一子的神諭，但「這個兒子」成人後將會「殺父娶母」。於是，國王命令牧羊人甲拋嬰於深山；牧羊人甲於心不忍，轉而託付給牧羊人乙；後來牧羊人乙的主人科任托斯國王玻呂波斯夫婦因多年沒有子嗣，因而將此「棄嬰」收爲王子撫養，取名「俄狄浦斯」；二爲「殺父」——長大成人後的俄狄浦斯得知自己「將犯下殺父娶母之罪孽」的神諭，倉皇出走。走至科任托斯與忒拜兩國（其實即兩個相鄰的城邦）交界處，邂逅四個轎夫抬著一位威嚴長者。長者呵斥俄狄浦斯避開讓路，血氣方剛的俄狄浦斯不甘受辱，雙方遂起衝突。對方依仗人多勢眾而上前毆打俄狄浦斯，俄狄浦斯奮起反抗，殺死數人（包括三個轎夫和那個威嚴長者，唯一受傷逃走的那個人則恰巧是當年執行「棄嬰」任務的那位牧羊人甲）。死者中那位坐轎子的威嚴長者，正是微服察訪的忒拜國王、俄狄浦斯的親生父親拉伊俄斯！只不過此時的俄狄浦斯對此一無所知罷了；三爲「娶母」——俄狄浦斯逃至忒拜城外，因答出謎語而除掉禍害百姓的獅身人面妖斯芬克斯，加之國王剛剛亡故，國不可以一日無君。於是來自異邦的年輕人俄狄浦斯被忒拜民眾擁戴爲王，登基伊始依循慣例而娶寡后爲妻——新王后恰恰是其生身母親伊俄卡斯忒，當然此時的俄狄浦斯對此亦渾然不知）；四爲「查凶」——俄狄浦斯登基十六年後的忒拜遭遇極一場嚴重的瘟疫，神諭告知根源在於殺害先王的兇手仍逍遙法外，唯有懲辦兇手才能消除災禍。俄狄浦斯於是昭告全國，決心嚴查不怠；五爲「放逐」——俄狄浦斯通過牧羊人

甲、牧羊人乙以及王后之口層層探究，最終查清兇手正是自己，殺父娶母的真相大白，勇於承擔責任的他羞愧難當，深感無顏面對祖宗、罪不可赦，故此用金針刺瞎雙眼、自我放逐。顯而易見，該劇故事情節以第四個事件「查凶」爲開端，前三個事件均被作爲「前史」，嵌於第四個至第五個事件之間。伴隨隱含「棄嬰、殺父、娶母」三個事件在內的「前史」逐漸被揭開，戲劇衝突不斷激化，直至推向高潮，導致悲劇的結局。假如劇作家不是古希臘的索福克勒斯，並且按照從過去到現在的順時次序，從第一個事件「棄嬰」起筆而漸至第五個事件的娓娓敘來，勢必將會變成一部開放式結構的同名劇《俄狄浦斯王》了。「前史」存在與否，確乎區分鎖閉式與開放式兩大結構模式的主要標誌，由此可見一斑。

　　有些學者雖然指出「前史」不同於「幕前戲」，但卻認爲所謂「幕前戲」乃指戲劇帷幕開啓之前所發生的事情：就其時態而言，它緊隨開場戲；就其與主人公的關聯看，有時與主人公具有直接關係，有時則與主人公只有間接關係，因此它只起「引子」的作用。〔註2〕這種觀點難免將「幕前戲」的內涵與外延劃定得過於狹窄，並且在理解上容易造成含混其詞的歧義性。筆者這裏所謂的「幕前戲」，則指舉凡通過可以視聽的直觀方式演述給觀衆的舞臺上直接展示出來的，諸如特定動作、場景、情節、事件等，與過去常用的戲曲術語「明場」相等同或一致。

　　「幕」和「場」在戲劇藝術中可謂歷史悠久，尤其「場」幾乎是伴隨著戲劇藝術的誕生而問世，其例證即爲早在人類戲劇藝術搖籃時代的古希臘戲劇中，「場」便已呱呱降生：古希臘悲劇中除了歌隊的入場歌、每場之後的合唱歌以及結尾處的退場歌以外，以開場、場次、退場構成的結構形式，展現出古希臘戲劇結構「分場」而「不分幕」的規範性體制。「幕」的面世雖晚於「場」，但卻和「場」同樣，一經誕生即呈現出旺盛的生命力。它們不僅爲戲劇藝術所獨有，而且伴隨戲劇藝術的發展而衍變，成爲體現戲劇藝術特有規律與本質特徵的重要形式（載體）之一。作爲敘事性文學的戲劇藝術自誕生之日起，便具備了構成其內容要素的故事情節；而劇作家在完成故事情節的構思後，必須根據舞臺時空的有限性，針對故事經歷的時間和故事發生的空間，予以有的放矢的取捨整合——哪些需要明場的直觀式呈現，哪些適宜「暗場」式的間接交代？如果我們把故事進程中每一具體時間視爲一個點，那麼

―――――――――――

〔註2〕宋鳴，論前史對於戲劇結構的意義，〔J〕，齊魯藝苑，1995，3。

故事時間便是由一個又一個點連綴而成且具有一定長度的線。與此同理，空間同樣可以形成由一個又一個點構合而成的與時間平行的線。劇作家對故事時間與空間的取捨整合，即是基於兩條長度相等的時空平行線上，遴選既蘊含時間意義而又具有空間意義的某些點，由點及面地將整部戲劇故事的時間與空間建構起來。這裏的「某些點」，正是「幕」或「場」。由此可見，「幕」和「場」乃是劇作家對戲劇故事中的時間與空間進行取捨整合的結果，堪稱戲劇結構的基本存在形式。這種以「幕」或「場」的形成爲標誌的結構方法，不僅爲戲劇藝術所獨有，而且因其每每牽繫戲劇創作之成敗而顯得至關重要。

二、中西古典戲劇運用「幕後戲」之異同

限於篇幅以及論述之便利，筆者這裏擬集中筆墨，以元雜劇與古希臘戲劇爲審察對象，從「戰爭」與「死亡」的處理方式，來具體探究中西方古典戲劇運用「幕後戲」之異同。

首先，讓我們來看一下對於「戰爭」的表現。此一問題實際上又可具體分爲兩個層面來審視：其一是中西古典戲劇如何表現千軍萬馬的宏大規模的戰爭場面？其二則爲中西古典戲劇對小規模戰役的單打獨鬥場面又是怎樣表現的？

縱觀古今中外的人類社會歷史尤其戰爭史，戰爭可謂與人類生存與發展的歷史始終相伴隨，戰火連綿，亙古未絕。戰爭的實質，乃在於兩個（或多個）集團、群體之間緣於政治、經濟等利益不可調和的尖銳衝突，從而必然發生的刀兵相見的激烈對抗性行爲。戲劇囿於舞臺時空的有限性，而無法在舞臺上直接表現出千軍萬馬浴血廝殺的規模宏大的戰爭景觀。劇作家從揚長避短的情節構思出發，對此採取間接展示的「敘述法」。這裏試以同樣表現國人莫不耳熟能詳的，三國時期「博望燒屯」這一戰爭題材的兩部不同體裁作品——無名氏的元雜劇《博望燒屯》與明代羅貫中的章回體長篇小說《三國演義》爲例，予以一番比較說明。

中國古典小說《三國演義》「卷之八諸葛亮博望燒屯」中，對「火燒博望」這一戰事是這樣描述的：

> 卻說夏侯惇並于禁、李典，兵至博望，選一半精兵作前隊，其餘跟隨糧草車行……夏侯惇大怒，拍馬向前，來戰子龍。兩馬交戰，不數合，子龍詐敗退走。……約走十餘里，子龍回馬又戰，不數合

又走。韓浩拍馬向前諫曰：『趙雲誘敵，恐有埋伏。』惇曰『敵軍如此，雖十面埋伏，吾何懼哉！』趕到博望坡，一聲炮響，玄德自引軍一支衝將過來，接應交戰。夏侯惇回顧韓浩曰：『此即埋伏之兵也！吾今晚不到新野，誓不罷兵！』催軍前進掩殺。玄德、子龍抵擋不住，逶迤退後便走。

……夏侯惇正走之間，見于禁從後軍而來，便問如何。禁曰：『愚意度之，南道路狹，山川相逼，樹木叢雜，恐使火攻。』夏侯惇猛省，言曰：『文則之言是也。』卻欲回馬，只聽背後喊聲震起，早望見一派火光燒著，隨後兩邊蘆葦亦著，四面八方盡皆是火，狂風大作，人馬自相踐踏，死者不計其數。夏侯惇冒煙突火而走。背後子龍趕來，軍馬擁並，如何得退？

且說李典急奔回博望城時，火光中一軍攔住，當先一將乃關雲長也。李典縱馬混戰，奪路而走。夏侯惇、于禁見糧草車輛一帶火著，便投小路而走。夏侯蘭、韓浩來救糧草，正遇張飛。交馬數合，張飛一槍刺夏侯蘭死於馬下，韓浩奪路走脫。直殺到天明，方收軍，殺的屍橫遍野，血流成河。〔註3〕

元雜劇《博望燒屯》第三折裏，則是借助劇中人物的臺詞來敘說火燒博望：

（麋竺、麋芳領卒子上）（麋竺云）某乃麋竺、麋芳是也，奉軍師將令，著俺二將舉火燒屯。來到這博望城下也。怎生關閉著這城也。小校，立起雲梯，我試望者。夏侯惇軍馬，兀的不睡著了也。等某先發一箭。我這裏急取弓和箭，搭上鳳翎毛，推出弓靶去，拽損瘦龍腰，火箭如神射。火焰騰騰飄，燎折北斗柄。燒死眾英豪，三軍齊發箭。火起了也。俺軍師府裏獻功那走一遭去。（同麋芳下）

（夏侯惇做睡醒科，云）哎呀！好大火，燒殺我也！三軍打開城門逃性命。走、走、走。（下）〔註4〕

兩相比照，元雜劇採取的仍是小說的「敘述」法，其差異僅在於小說採

〔註3〕羅貫中著，三國志通俗演義（上），〔M〕，上海：上海古籍出版社，1980，385～386。
〔註4〕（元）無名氏，博望燒屯，王季思主編，全元戲曲（第六卷），〔M〕，北京：人民文學出版社，1999，21。

取全知式客觀敘述視角，雜劇則轉換爲身爲劇中人物的參戰雙方麋竺、夏侯惇的自家聲口直接道出的限知式主觀敘述視角。表面上貌似出自特定戲劇人物之口的戲劇「代言體」，實際上卻並未脫離那種間接敘述的小說筆法。元雜劇對於描寫宏大戰爭場面題材的這種間接表現的「敘述」法，在多部劇作裏屢試不爽，明代傳奇中亦大量使用「探子主報軍情」的這套招數。亦即在劇中不直接表現戰爭，僅僅借助「探子稟報」向他人（包括其他戲劇人物，以及臺下的觀眾）慢條斯理、頭頭是道地詳細敘說戰爭情景。錢鍾書先生曾經將此類取法中國史傳文學的敘事傳統，例如《左傳·成公十六年》中太宰伯犁向楚王報告晉軍行動的敘述法，概括爲「不直書甲之運爲，而假乙眼中舌端出之，純乎小說筆法矣。」〔註 5〕諸如梁辰魚的《浣紗記》、湯顯祖的《南柯記》、陸采的《懷香記》、王玉峰的《焚香記》等許多明代傳奇劇作，一旦涉及戰爭的重大事件，均採取「探報軍情」的關目予以間接表現。

　　無獨有偶。古希臘戲劇中但凡涉及戰爭題材的內容，同樣毫無例外地採取由劇中人物之口予以間接表現的「敘述法」，只不過敘述人的身份與中國古典戲曲相比，更爲多元化一些。諸如埃斯庫羅斯的《波斯人》。作爲古希臘現存悲劇中唯一的一部現實題材劇作，《波斯人》與當時的希波戰爭以及劇作家個人生活密切相關。希波戰爭時期埃斯庫羅斯正值盛年，並且親身參加了馬拉松與薩拉米斯兩大著名戰役，其名字因此被鐫刻於榮譽公民紀念碑上。埃斯庫羅斯本人畢生引以爲自豪，生前爲自己撰寫的墓誌銘只有這樣寥寥兩句：「馬拉松戰役稱道他作戰英勇無比，長髮的波斯人最清楚地知道。」正是出自熾熱的愛國熱情，這位希臘戲劇家揮毫寫就反映薩拉米斯戰役的這部悲劇力作。該劇劇情全部發生於波斯京城蘇撒的皇宮之前，自始至終不曾有一位希臘將士登臺亮相。戰役整個過程全然通過身爲逃兵的報信人，向波斯太后與長老們稟報薩拉米斯戰役的詳盡戰況而披露出來。由於埃斯庫羅斯親歷這場戰役，其對戰役的描述甚至比起歷史學家們還要真切詳實。早在報信人逃回稟報之前，波斯太后與長老們已有不祥之感，此時得悉波斯人全軍覆滅的消息，無不驚恐失色、悲痛欲絕；這一巨大噩耗甚至驚動了先帝大流士的幽靈……劇情末尾是波斯皇帝薛西斯僅僅帶領幾位貼身士卒狼狽逃回，眾長老質問其「波斯的將領們在哪裏？」，薛西斯無顏以對，惟有放聲痛哭。整個蘇轍、整個波斯，充斥著一片哭聲……悲哀猶如黑色幕布貫穿全劇，反襯著

〔註 5〕錢鍾書著，談藝錄（補訂本），〔M〕，北京：中華書局，1984，476。

希臘人的勝利與光榮！顯然該劇最匠心獨運與令人稱奇之處，莫過於身爲親歷者的劇作家本人對於希波戰爭，卻採取了沒有給予絲毫正面表現（展示），而巧妙安排身爲逃兵的報信人向波斯太后及長老們講述希波戰爭薩拉米斯戰役中波斯軍隊的慘敗景況；這種對戰爭場景間接敘述的「幕後戲」處理方式，與元雜劇中慣用的「探子彙報」模式如出一轍。而在埃斯庫羅斯另一部悲劇《七將攻忒拜》中，七將圍困忒拜的攻城之戰，以及俄狄浦斯兩個兒子爲爭奪王位兩敗俱亡的生死決鬥，均由報信人娓娓道來；歐里庇得斯的同類題材悲劇《腓尼基婦女》中，俄狄浦斯兩個兒子決鬥身亡的戰況，同樣由報信人甲講述出來；在其另一部悲劇《請願的婦女》中，國王提修斯大獲全勝的消息亦是由報信人鋪敘出來。此幾部劇作裏的「報信人」，大致等同於元雜劇中稟報軍情的那類「探子」。而索福克勒斯的《赫拉克勒斯的兒女》第四場裏，雅典人打敗阿耳戈斯人的激烈戰鬥情景，則由一位僕人娓娓道出；歐里庇得斯的《瑞索斯》中，馳援特洛亞人的色雷斯國王瑞索斯遭遇希臘聯軍軍師奧德修斯暗殺的夜襲事件，則通過其身邊駕馭坐騎的馭者陳述出來；其另一部悲劇《阿爾克斯提斯》中，赫拉克勒斯爲拯救甘願替代丈夫阿德墨托斯國王而死的阿爾克斯提斯王后，曾與死神展開一場激烈廝殺，此搏鬥情景竟然是由當事人赫拉克勒斯以自我陳述方式公之於衆的。無論是報信人、探子，還是僕人、馭者甚或當事人，身份儘管有別，但卻有一個共同特徵：均屬於劇情的知情者。參照前述針對屬於同類題材的元雜劇與古典小說的比照，這裏不妨通過具體比較分屬西方文學不同體裁的希臘神話與希臘悲劇，來窺探一下兩者究竟如何表現「七將攻忒拜」這一相同戰爭題材。

　　希臘神話中「七將攻忒拜的故事」裏，對七位將領向忒拜七座城門同時發起衝擊的一場規模空前、壯觀慘烈的攻城大戰，採取了全知的客觀敘事視角予以全景式展示：

　　　　女狩獵家阿塔蘭塔的兒子帕爾忒諾派俄斯領著他的隊伍，以密集的盾牌掩護，向一座城門突進。他自己的盾牌上刻繪著他的母親用飛矢射殺埃托利亞野豬的圖像。預言家安菲阿剌俄斯向第二座城門進軍，在他的戰車上載著獻祭神衹的祭品。他的武器沒有裝飾，他的盾牌也是光亮而空白的。希波墨冬攻打第三座城門。他的盾牌上的標記乃是百隻眼睛的阿耳戈斯監視著被赫拉變成小母牛的伊俄。提丟斯領著隊伍向第四座城門前進。他左手執著的盾上繪著一

只毛茸茸的大獅子，右手憤怒地揮舞著一隻大火炬。從故國被放逐的波呂尼刻斯領導著對第五座城門的進攻。他的盾牌的徽章是一隊怒馬。卡帕紐斯的目標是第六座城門。他誇耀著他可以和戰神阿瑞斯匹敵。在他的銅盾上刻畫著一個巨人舉起一座城池，並將它扛在肩上，這在卡帕紐斯心中是象徵著忒拜城所要遭逢到的命運。最後一道，即第七道城門則由阿耳戈斯王阿德剌斯托斯負責。他的盾牌乃是一百條巨龍用巨口銜著忒拜的孩子們。

當這七個英雄逼近城門，他們就以投石、弓箭、戈矛開戰。但忒拜人這麼頑強地抵抗他們的第一次攻擊，以致他們被迫後退。但提丟斯和波呂尼刻斯大聲吼叫：「同伴們，我們難道要等著死在他們的槍矛之下嗎？現在，就在這瞬間，讓我們的步兵、騎兵、戰車一齊向城門猛攻吧！」這話如同火焰一樣在軍隊中傳播，阿耳戈斯人又鼓舞起來。他們如浪濤一樣地洶湧前進，但結果也仍然和第一次的攻擊一樣，守城者給予迎頭痛擊，他們死傷狼籍。成隊的人死在城下，血流成河。這時帕爾忒諾派俄斯如同風暴沖到城門口，要用火和斧頭將城門砍毀並將它焚爲平地。一個忒拜的英雄珀里克呂墨諾斯正防衛著城垛，看見他來勢洶洶，就推動一塊城牆上的巨石，使它倒塌下來，打破這圍城者的金髮的頭，並將他的屍骨壓爲粉碎。厄忒俄克勒斯看到這道城門現在已經安全，他就跑去防守別的城門。在第四道城門，他看見提丟斯暴怒得像一條龍，他的頭戴著飾以羽毛的軍盔，急遽地搖晃著，手中揮舞著盾牌，周圍的銅環也叮噹作響。他向城上投擲他的標槍，他周圍拿著盾牌的隊伍也將矛如同雹雨一樣的投到城上，以致忒拜人不能不從城牆邊沿後退。

這時厄忒俄克勒斯趕到了。他集合他的武裝戰士如同獵人之集合四散的獵犬，率領他們回到城牆邊。然後他一道城門又一道城門的巡視著。他遇到卡帕紐斯，後者正抬著一架雲梯攻城，並誇口說即使宙斯也不能阻止他將這被征服的城池夷爲平地。一面說著傲慢的話，一面將雲梯架在牆上，冒著矢石的暴雨，用盾牌掩護著，順著溜滑的梯級往上爬。但他的急噪和狂妄所得到的懲罰並不是忒拜人所給予的，而是當他剛剛從雲梯上躍到城頭時，等候在那裏的宙斯用一陣雷霆將他擊斃。這雷霆的威力甚至使大地也爲之震動。他

的四肢被拋擲在雲梯周圍,頭髮被焚,鮮血濺在梯子上。他的手腳如同車輪一樣飛滾著,身體在地上焚燒。

國王阿德剌斯托斯以爲這事是諸神之父反對他這次侵犯的兆示。他率領著他的人馬離開城壕,下令退卻。忒拜人看到宙斯所給予的吉兆,從城裏用步兵和戰車衝出,與阿耳戈斯軍隊混戰。車轂交錯,屍橫遍野。忒拜人大獲全勝,將敵人驅逐到離城很遠的地方,才退回城來。〔註6〕

而在埃斯庫羅斯的悲劇《七將攻忒拜》第二場裏,攻城大戰的具體景況則通過一位報信人,向指揮城池保衛戰的國王埃特奧克勒斯稟報的人物對話方式娓娓道出。鑒於此一戰況敘述篇幅很長,茲摘錄報信人對提丟斯與卡帕紐斯攻打第一、第二座城門戰況的描述如下:

> 報信人
> 我知道敵人的安排,可以細說,
> 每個人按鬮簽該殺向哪座城門。
> 提丟斯將攻擊普羅伊托斯城門,
> 先知不讓他橫渡伊斯墨諾斯河,
> 因爲祭祀時牲品未顯示吉利。
> 提丟斯熱情迸發,渴望戰鬥,
> 狂呼大喊,有如暑熱中的巨蟒。
> 他責備智慧的先知奧伊克勒得斯,
> 指責他怯懦地逃避命運和戰鬥。
> 他這樣喊叫,帶陰影的三柱盔脊和鬃飾不斷晃顫,
> 手中盾牌鑲嵌的銅鈴令人驚怖地鳴響。
> 那盾牌表面鑲刻著高傲的圖案,
> 精工雕成的天空閃耀在群星下。
> 盾牌中央是散發著銀輝的滿月,
> 夜空的眼睛,群星中數它最明亮。
> 他以如此華麗的武器爲榮耀,
> 在河岸上放聲吶喊,渴望戰鬥。

〔註6〕斯威布著,楚圖南譯,希臘的神話與傳說(上),〔M〕,北京:人民文學出版社,1984,247～249。

　　那馬匹咬緊嚼鐵，口噴粗氣，

　　聽見號角的奏鳴，興奮狂亂。

　　你派誰去抵抗他？

　　誰能可靠地堅守普羅伊托斯門洞開的入口？

　　埃特奧克勒斯（對話略）

　　報信人

　　願神明垂賜這位首領順利。

　　卡帕紐斯按鬮進攻埃勒克特拉門，

　　一位巨人，比剛才那位更出眾，

　　吹牛誇口，超出常人的本性，

　　願命運不讓他如願地威脅城市。

　　他聲稱不管神明願意不願意，

　　甚至即使宙斯向大地擲雷電，

　　阻撓進攻，他也要摧毀城市。

　　無論是閃電或是投擲的霹靂，

　　他把他們視若午間的炎熱。

　　他的標誌是送火的裸身將領，

　　手中舉著熊熊燃燒的火炬，

　　金字閃爍：「我將焚毀城市！」

　　請派人去抵禦這英雄。誰堪當此任，

　　誰遇見這位吹牛家不會顫抖？

　　‥‥‥‥‥〔註7〕

　　戰爭的方式不僅體現於規模宏大的千軍萬馬的群體性交戰，也常常表現爲規模較小的限於少數人之間發生的某一次戰鬥、某一場廝殺等。古代戰爭中的一種重要戰法，便是雙方將領陣前單打獨鬥，兩邊軍隊爲之觀戰助威。來自敵對陣營的某一位將士的個人之輸贏，常常便決定了某一戰役甚至整個戰爭的勝負天平！此類戰鬥情形在中西方古典戲劇中多有鮮明生動的反映。

　　對於中國古典戲劇，我們不妨以元雜劇《單鞭奪槊》爲例。該劇爲末本，從第一折至第三折皆由正末扮李世民，但第四折卻由正末改扮爲屬於劇中一

〔註7〕埃斯庫羅斯著，張竹明、王煥生譯，古希臘悲劇喜劇全集（1），〔M〕，南京：譯林出版社，2007，233～235。

個無關緊要的小人物的探子。推究劇作家這樣安排的原因，主要在於第四折要演李世民手下戰將段志賢與單雄信的交戰，為避免直接表演交戰場面，便採取了由探子主唱、輔之以徐茂公說白的敘述方式：

> （探子唱）聽小人話根源，只說單雄信今番將手段展。【喜遷鶯】
> 早來到北邙前面，猛聽的鑼鼓喧天，那軍不到三千，擁出個將一員。
> 雄赳赳威風武藝顯，是段志賢立陣前。一個待功標汗簡，一個待名
> 上凌煙。（徐茂公云）兀來是單雄信與某家段志賢交馬。兩員將撲人
> 垓心，不打話來回便戰。三軍發喊，二將爭功。陣上數聲鼕鼓擂，
> 軍前兩騎馬相交。馬盤馬折，千尋浪裏竭波龍；人撞人沖，萬丈山
> 前爭食虎。〔註8〕

再來對照一下以希臘戲劇為代表的西方古典戲劇。俄狄浦斯兩個兒子為爭奪王位而決鬥身亡的題材，在三大古希臘悲劇家筆下被多次使用。我們不妨先看一下希臘神話傳說中「七將攻忒拜的故事」裏，對兄弟血刃戰況的描述：

> ……號角吹奏，宣佈戰鬥開始。於是兩兄弟向前衝出，互相突
> 擊，就如同呲裂著獠牙爭鬥的野豬一樣。他們的槍在空中飛過，並
> 各從對方的盾牌上反彈回來。他們各以矛對準對方的臉和眼睛投，
> 但仍然被盾牌擋住。旁觀者看到這場兇猛的爭鬥，大家都汗流浹背。
> 厄忒俄克勒斯用右腳踢開阻在他的路上的一塊石頭，因而不小心讓
> 左腳從盾牌下面暴露。即刻波呂尼刻斯搶上一步，用利矛刺穿他的
> 腳脛。這時阿耳戈斯人都高聲歡呼，以為這一創傷已可決定勝負。
> 但厄忒俄克勒斯雖然覺得受了傷，仍忍住痛，尋待機會。他看見對
> 方的肩頭暴露，即一矛刺去，但刺得不深，矛頭折斷，忒拜人也微
> 微歡呼。厄忒俄克勒斯更後退一步，拾起一塊石頭用力投去，將他
> 哥哥的矛打成兩段。此時雙方各失去了一種武器，又勢均力敵了。
> 他們各抽出利劍相對砍殺。盾牌碰擊盾牌叮噹有聲，空氣亦為之震
> 蕩。厄忒俄克勒斯忽然想起從忒薩利人學得的一種戰術。他突然改
> 換位置，後退一步，用左腳支持著身體，小心地防護著身體的下部，
> 然後冷不防用右腿跳上去，一劍刺穿他哥哥的腹部。他的哥哥沒有
> 防備這突如其來的襲擊，所以重創倒地，躺在血泊中。厄忒俄克勒

〔註 8〕尚仲賢，單鞭奪槊，王季思主編，全元戲曲（第三卷），〔M〕，北京：人民文
　　　學出版社，1999，802～803。

斯相信自己已經獲勝，向著垂死的哥哥俯下身去摘取他的武器，但這恰好是自取滅亡。因爲波呂尼刻斯倒下後仍緊握著劍柄，現在他掙扎著用力一刺，刺入正俯身下視的厄忒俄克勒斯的胸脯。他隨即倒在垂死的哥哥的身旁。〔註9〕

而埃斯庫羅斯的悲劇《七將攻忒拜》第三場裏，則是借助報信人與歌隊長之間的對話，由報信人言簡意賅地將手足相殘、兩敗俱亡的決鬥情景間接敘述出來：

（報信人）

他們確實已經雙雙被殺——

（歌隊長）

他們已倒在那裏？請說說這災難。

（報信人）

兄弟被自己的親兄弟之手殺死。

（歌隊長）

就這樣倒在親兄弟的手下？

（報信人）

這是他們兩個共同的命運，

它也傷害了這個不幸的家族。

事情既令人歡樂，又令人傷心，

城市安然無恙，但城邦首領們，

那兩位將軍，卻用經過鍛造的

斯庫提亞鐵分配財產所有權。

他們將得到墳塋需要的土地，

不幸地跟隨父親的詛咒的指引。

城邦得救了，但那同胞兄弟

互相殺戮，大地吮吸著鮮血。〔註10〕

歐里庇得斯的悲劇《腓尼基婦女》「退場」中，同樣涉及俄狄浦斯兩個兒

〔註 9〕斯威布著，楚圖南譯，希臘的神話與傳說（上），〔M〕，北京：人民文學出版社，1984，250～251。

〔註10〕埃斯庫羅斯著，王煥生譯，古希臘悲劇喜劇全集（1），〔M〕，南京：譯林出版社，2007，256～257。

子爲爭奪王位而一決雌雄的戰事，與埃斯庫羅斯的悲劇《七將攻忒拜》相比，儘管篇幅上更長，但這種借助「報信人乙」之口所作的更爲詳盡的關於戰況的鋪陳如出一轍，仍然屬於那種「幕後戲」處理的間接敘述法。因原著篇幅很長，這裏僅作節選式摘引如下：

（報信人乙）

這時老俄狄浦斯兩個年輕的兒子

都穿戴好了銅盔銅甲，

走出來站在兩軍之間的空地上，準備單槍獨鬥決定勝負。

…………

他們開始朝對方發起可怕的衝鋒；

好像野豬磨著它們野性的牙齒。

他們廝殺起來，白沫沾滿了鬍鬚；

他們都用槍刺對方，但是又都藏身

圓盾後面，使鐵槍徒然滑掉。

…………

埃特奧克勒斯用腳踢開

一塊擋路的石頭時，把腿伸到了盾外；

波呂涅克斯看到這個讓他的槍

可以一擊的機會，使一槍刺了過來，

這阿爾戈斯的槍刺穿了對方的小腿，

於是達那奧斯人全軍大聲歡呼起來。

可是這受傷者看波呂涅克斯使勁時

露出了肩頭，便使盡力氣把槍刺進

他的胸部，這還了卡德墨亞市民們

一個高興，但是埃特奧克勒斯的槍尖折斷了。

他既失去了長槍，只得一步步

後退，撿起一塊巨石扔過去，

打折了對方的槍桿；他們的武力

相等了，既然雙方手裏都沒有了長槍。

於是他們緊握劍柄

鬥在了一起，盾牌相撞，

一個回合又一個回合地猛鬥著。

忽然埃特奧克勒斯採取了特薩利亞人的

戰術——他在那地方交往時學了點這方面的知識——

他放棄了正採用的格鬥方法，

收回左腳，眼睛緊盯著

前面敵人腹部的凹處；

然後邁出右腳，把劍刺進

對方的肚臍，直透到脊骨。

波呂涅克斯倒下了，血流如注，

痛得腹部和肋部蜷曲到了一處。

這一個呢，以爲戰鬥已完全取得勝利，

把劍扔到地上，來剝他的盔甲，

一心只想這事，沒有注意自己；這就把他

給毀了；因爲，波呂涅克斯先前雖已倒了，

但還有一口氣，重傷跌倒後

手裏還握著劍，這時便掙扎著

一劍刺進埃特奧克勒斯的心窩。

他們兩個人躺著，相距不遠，

嘴裏咬著泥土，勝負沒有解決。〔註11〕

　　戲劇藝術對於規模恢弘的重大戰爭事件及其浴血廝殺場景推至幕後予以「暗場」處理，在中國古典戲劇中還表現爲一種間接表現的靈活變通手段：對戰爭之前的謀劃過程作盡可能詳細的鋪敘，而將戰爭爆發之後交戰的具體過程有意略掉。例如元雜劇中以軍事題材取勝的「三國戲」、「水滸戲」等等，主要劇情涉及到火燒赤壁、博望燒屯、三打祝家莊等著名戰役。這些重大戰事對於擁有高科技影像傳媒手段、具有得天獨厚的直接呈現戰爭全景之技術優勢的現代影視藝術而言，正可謂一展身手、大顯神威的絕佳題材。但戲劇因自身狹小舞臺空間的限制性，只能顯出某種捉襟見肘的無奈。只能以暗渡陳倉、曲徑通幽的變通性，選擇詳細展現戰爭之前的謀劃過程，以間接反映戰爭過程的「幕後戲」處理方式。例如元雜劇《隔江鬥智》、《博望燒屯》那

〔註11〕歐里庇得斯著，張竹明，王煥生譯，腓尼基婦女，古希臘悲劇喜劇全集（4），〔M〕，南京：譯林出版社，2007，418～420。

樣，借助詳盡描述諸葛亮與周瑜既聯合又提防的鬥智鬥勇的曲折過程，或者諸葛亮料事如神、穩操勝券的分兵遣將過程，來間接地表現赤壁之戰、博望燒屯的戰鬥過程。

其次，借助對多部元雜劇與古希臘戲劇的細緻解讀，讓我們再來探究一番中西方古典戲劇，究竟又是如何表現「死亡」事件的？

如果說，戲劇空間的限制性，制約著古典戲劇家們對於「戰爭」題材更多採用「幕後戲」式的間接表現的敘述法；而要表現「死亡」事件，戲劇則顯露出其選擇時態上的限制性。這個問題同樣使得劇作家對於如何表現「死亡」，不能不審慎考慮、有所顧忌。因為戲劇畢竟屬於活人（演員）當場表演給活人（觀眾）看的一種視聽藝術，與僅供讀者案頭瀏覽的文藝作品存在差異性很大的觀賞效果：前者以觀眾獲得直觀式的視聽效果為特徵，後者則以誘發讀者想像式的閱讀效果為特徵。戲劇借助舞臺對許多事件予以直接展現，但諸如「死亡」之類的事件卻不宜像小說敘事那樣天馬行空、無所顧忌，舞臺表現的適宜度上自然有一定的限制。

筆者對古希臘悲劇使用「幕後戲」的情況作過統計，發現多達 20 部劇作，占古希臘傳世悲劇總量 32 部的一半以上〔註12〕。其中，屬於描寫「戰爭」題材的有七部，此即前已提及的埃斯庫羅斯的《波斯人》、《七將攻忒拜》，索福克勒斯的《赫拉克勒斯的兒女》，歐里庇得斯的《請願的婦女》、《瑞索斯》、《腓尼基婦女》和《阿爾克斯提斯》；涉及「死亡」事件而使用「幕後戲」處理方式的劇作最多，共有 15 部。「死亡」事件包括「殺人（他殺）、自殺、安樂死（僅見於《俄狄浦斯王在科洛諾斯》一劇）」三種情形。具體如下：埃斯庫羅斯的《阿伽門農》中，凱旋而歸的邁錫尼國王阿伽門農及其帶回的女俘卡桑德拉被殺的慘案均置於幕後，死後有場景展示，王后克呂泰墨斯特拉出面向長老們講述了謀殺丈夫的經過；《奠酒人》中俄瑞斯特斯在王宮內殺死母親克呂泰墨斯特拉及其姦夫埃葵斯托斯的復仇事件，同樣被處理為「幕後戲」，之後有死亡場景的直接展示；索福克勒斯的《俄狄浦斯王》中俄狄浦斯的「殺父娶母」，是由幾位相關知情人的追憶披露出來；《厄勒克特拉》中老僕人向克呂泰墨斯特拉講述了俄瑞斯特斯在運動會上意外身亡的故事（儘管是虛構的，用於迷惑對方）；結尾處俄瑞斯特斯連同姐姐厄勒克特拉於王宮內殺死母親克呂泰墨斯特拉及其姦夫埃葵斯托斯被置於幕後；歐里庇得斯的《厄勒克特拉》中由報信

〔註12〕參見筆者自行編製的附錄之表三：「古希臘悲劇使用幕後戲情況統計表」。

人講述埃葵斯托斯被俄瑞斯特斯所殺的情景；俄瑞斯特斯姐弟進入王宮殺死母親克呂泰墨斯特拉同樣置於幕後，殺母之後有死亡場景的直接展示；《俄瑞斯特斯》第五場裏，俄瑞斯特斯在宮內殺死海倫屬於「幕後戲」；《瘋狂的赫拉克勒斯》中陷入一時瘋癲的赫拉克勒斯虐殺妻兒的慘案，由報信人講述出來；《美狄亞》中新娘格勞刻公主、國王克瑞翁的死亡通過報信人講述出來；美狄亞的「手刃親子」則借助兒子在屋內發出呼叫聲來間接暗示；《安德洛瑪克》中男主人公涅奧普托勒摩斯被得爾斐人和邁錫尼刺客俄瑞斯特斯刺死於神廟前的慘案，由報信人向其祖父佩琉斯妮娓道出（以上屬於殺人即他殺的情形）；索福克勒斯的《特拉基斯少女》中得阿涅拉聽信馬人涅索斯謊言，將用馬人血浸泡過的衣服送給丈夫赫拉克勒斯穿，結果赫拉克勒斯中毒身亡。懊悔不迭的得阿涅拉的自殺由其保姆講述出來；《安提戈涅》中安提戈涅、海蒙及其母親的自殺，均由報信人講出；歐里庇得斯的《希波呂托斯》中繼母淮德拉向繼子希波呂托斯表露愛情遭到拒絕，惱羞成怒的淮德拉製造不堪受辱而自殺的假象，淮德拉的上弔自殺由女僕自屋內喊出；希波呂托斯遭受父親冤枉而意外身亡的死訊則由報信人講出；《腓尼基婦女》兼有「戰爭」與「死亡」事件的兩種「幕後戲」，其中伊俄卡斯忒得知兩個兒子血拼雙亡的噩耗後悲憤自殺的事件，由報信人乙敘述出來。「安樂死」情形僅見於索福克勒斯的《俄狄浦斯王在科洛諾斯》一劇中：俄狄浦斯受到雅典國王忒修斯庇護，在流落地科林諾斯聖林安詳死去的死亡經過，由報信人繪聲繪色地敘述出來。

古希臘悲劇中直接在舞臺上展現「死亡」事件的唯一特例，是索福克勒斯《埃阿斯》中主人公埃阿斯的自殺。該劇「後開場」裏，舞臺背景是「荒涼海岸上一偏僻處，埃阿斯把劍埋在土中，劍尖向上」，獨自一人的埃阿斯說完篇幅很長的一番話：「……啊，聞名遐邇的雅典，我血緣相近的種族，還有這片土地上的泉水與河流。我也向特洛伊的平原致意：別了，你，我的供養者，這是埃阿斯向你說的最後的話，從今以後他將在冥國與死者交談了。」〔註13〕隨後，便撲向自己的劍鋒而自殺身亡。

上述古希臘悲劇家對於「死亡」事件之所以總是採取「幕後戲」的處理方式，除了戲劇時空性的限制以外，還有宗教因素以及審美觀使然的原因。古希臘戲劇演出屬於宗教儀式的一個重要組成部分，因此古希臘戲劇尤其悲

〔註13〕索福克勒斯著，張竹明譯，埃阿斯，古希臘悲劇喜劇全集（2），〔M〕，南京：譯林出版社 2007，386。

劇的一大特點，在於其始終染帶宗教色彩，受到宗教保護，對城邦所崇拜的宗教表示虔誠的敬意。與此相關，劇場被看作酒神的聖地，講究嚴肅莊重的劇場氣氛，不允許殺人流血而褻瀆神靈。因此兇殺行為一般不作直觀式呈現（即不能當眾表演出來），而需由報信人之口傳達出來。此時報信人對血案等悲慘事件之詳細經過的敘說，往往構成吸引觀眾關注的劇情中極其精彩的「戲眼」部分。當然，兇殺之後的死者屍體，則被准許擺放於活動轉臺而由景後推出，這樣才合乎古希臘人的宗教觀以及審美觀。

　　中國古典戲曲對「死亡」事件的表現相對多元化一些，「幕後戲」與「幕前戲」亦即直接展示與間接暗示的兩種處理方式皆有。例如元雜劇《千里獨行》第二折演述關羽斬顏良、誅文醜的事件時，便是由曹操之口道出：「近日有河北袁紹，遣顏良、文醜為帥，領兵前來，與某交鋒，被雲長百萬軍中，刺了顏良，又誅了文醜，得勝還營。」劇作家以此間接敘述的「幕後戲」方式，避免了舞臺上出現直接殺人的血腥場面。而元雜劇《梧桐雨》中針對楊氏兄妹二人的「死亡」，劇作家分別採取了直接展示與間接暗示兼而有之的兩種做法，這種現象更多彰顯出元代雜劇家白樸出於愛憎褒貶之不同情感因素，而外化於戲劇表現「死亡」事件上的某種審美傾向。該劇第三折裏先以人物的一系列動作，在舞臺上直接展示楊國忠之死；隨後卻將楊貴妃之死置於幕後作暗場處理，由人物對話將其死亡情景間接敘述出來：

　　　　（眾軍怒喊科）（陳玄禮云）陛下，軍心已變，臣不能禁止，如
　　　之奈何？（正末云）隨你罷！（眾殺楊國忠科）

　　　　（陳玄禮云）祿山反逆，皆因楊氏兄妹。若不正法以謝天下，
　　　禍變何時得消？望陛下乞與楊氏，使六軍踏其屍，方得憑信。（正末
　　　云）他如何受得？高力士，引妃子去佛堂中，令其自盡，然後叫軍
　　　士驗看。（高力士云）有白練在此。……（高力士云）娘娘去罷，誤
　　　了軍行。（旦回望科，云）陛下好下的也！（正末云）卿休怨寡人。
　　　（唱）【沽美酒】沒亂殺，怎救拔？沒奈何，怎留他？把死限俄延了
　　　多半霎，生各支勒殺，陳玄禮鬧交加。（高力士引旦下）……（高力
　　　士持旦衣上，云）娘娘已賜死了，六軍進來看視。（陳玄禮率眾馬踐
　　　科）（正末做哭科，云）妃子，悶殺寡人也呵！〔註14〕

〔註14〕白樸，梧桐雨，王季思主編，全元戲曲（第一卷），〔M〕，北京：人民文學出
　　　　版社，1999，502；504～505。

　　元雜劇《趙氏孤兒》可謂薈萃直接呈現與幕後處理「死亡」事件兩種表現方式的中國古典戲曲典範性劇作。該劇中被直接在舞臺上呈現的「死亡」事件按照其發生的先後順序，分別爲駙馬趙朔用刀自殺、公主以裙帶自縊、下將軍韓厥拔劍自刎、假的「趙氏孤兒」（實爲程嬰的親子）被屠岸賈「三劍剁死」、公孫杵臼自撞階基而死；而採取「幕後戲」予以間接表現的「死亡」事件，主要有文臣趙盾一家三百餘口慘遭滿門抄斬（此血腥慘案由屠岸賈的開場白敘說出來）、作惡多端的姦佞屠岸賈將受「淩遲」之刑（所謂「被釘上木驢，細細地剮上三千刀，皮肉都盡，方才斷首開膛死去」）。劇作家紀君祥用「幕後戲」處理滿門抄斬與淩遲刑法等「死亡」事件，顯然是非常適宜妥當的。如果予以舞臺直接呈現，既是毫無必要的蛇足，也是從根本上難以做到的事情。這裏需要我們適當關注的一個焦點是，如何審視該劇中直接展示幾個人物當場自殺或他殺的「死亡」事件的「幕前戲」的處理方式問題？作爲第一部流傳國外並能引發十八世紀西方劇壇掀起一股強勁的「中國戲劇熱」的中國古典戲劇作品，《趙氏孤兒》在受到西方人熱捧的同時，也招來令西方人迷惑不解的某些質疑之聲。其中備受質疑乃至批評的問題之一，即在於違反了西方批評家崇奉的所謂「措置得體的慣例」——劇情中屢屢出現人物當場自殺或被殺的不該在舞臺上表演的動作。諸如趙盾是「在刀頭死」的；公主是拿裙帶「自縊」死的；下將軍韓厥是「刎頸」死的；假孤兒（即程嬰兒子）是給「剁了三劍」死的；公孫杵臼是在遭受毒打酷刑後「頭撞臺階」死的；最後屠岸賈會受「釘上木驢，細細的削了三千刀，皮肉都盡，方才斷首開膛」之淩遲刑罰而死。比如法國的阿爾央斯侯爵在《中國人信札》中，針對《趙氏孤兒》中公主之死這一情節安排便搖頭置否。一方面，他承認公主自縊是一個可歌可泣的戲劇場面，表達出「母親的慈愛，英雄的慷慨，以及最勇敢的人臨死前也很難免的苦痛。」但另一方面，又提出十分嚴厲的批評：

　　　公主（孤兒的母親）是在臺上自縊死的——這是一個十分可怕的動作，無論如何不該讓觀眾看到的。我並不是說公主之死沒有感動人的力量，可是換一個方式來處理，不是也可以達到同樣的目的嗎？〔註15〕

〔註15〕引自范存忠，《趙氏孤兒》雜劇在啓蒙時期的英國，北京師範大學中文系比較文學研究組選編，比較文學研究資料，〔M〕，北京：北京師範大學出版社，1986，143。

這段質疑透露出的言外之意，亦即這位侯爵所贊成的所謂「換一種方式」，便是凡令人吃驚的自殺、謀殺之類的劇烈動作適宜事後追述，而不應當直接在舞臺上表演出來。這是當時法國劇壇推崇備至的一條戲劇創做法則，其理由是：古希臘悲劇正是循此原則處理的，古羅馬的文論家賀拉斯以及文藝復興時期以來的古典主義者也都是這樣主張的；如果不這樣做，就是有礙於觀瞻的違規犯忌之事！

俗話說得好：內行看門道，外行看熱鬧。這位法國侯爵的上述質疑，顯然屬於不熟悉中國古典戲劇藝術三味的外國觀眾一種很大的「誤讀」。中國古典戲劇的一個基本特徵在於虛擬性的表演體制，這種虛擬性使得即使在舞臺上直接展示自殺或他殺之類的「死亡」事件時，不會因逼真性而破壞觀眾的觀賞美感，因而明顯有別於追求真實再現、講求逼真情境的以寫實性爲主流的西方近現代戲劇——侯爵正生活於古典主義戲劇風靡的時代。所以我們看《趙氏孤兒》劇情中的公主之死，首先是虛擬性地做出「拿裙帶縊死科」（即上吊自縊的動作），繼而說出「罷、罷、罷！爲母的也相隨一命亡」一番話，隨後便自行下場。顯而易見，這種「縊死」充其量屬於一種象徵性的虛擬表演動作，並非像阿爾央斯侯爵所理解的那樣，是一種「十分可怕的動作」。對照之下，筆者以爲前面提及的古希臘悲劇《埃阿斯》中，雖然罕見地對人物的自殺採取直接展示的「幕前戲」處理方式，但埃阿斯撲向劍刃的自殺性動作，如同中國古典戲曲那樣帶有更多虛擬性的表演成分。

三、中西古典戲劇重視運用「幕後戲」探因

自戲劇誕生之日起，可以說「幕後戲」（即「暗場」）與「幕前戲」（即「明場」），就如同一對孿生兄弟那樣形影相隨、密不可分了。從戲劇情節構成來看，任何一齣戲劇，都是豐富多彩的「幕前戲」和耐人尋味的「幕後戲」相輔相成、有機組合而成的整體。從理論上講，純粹沒有「幕後戲」的戲劇是不存在的。當然這裏對「幕後戲」的具體安排、運用，會存在著高低優劣之分。不妨說，「幕後戲」是伴隨戲劇藝術的產生而自然出現的、並且一直受到重視與運用的一個實際問題。推究起來其原因主要有：

第一、戲劇藝術作爲一種綜合性的表演藝術，由於其自身不可避免存在著的舞臺時空限制，其欲表現的現實生活內容在容量上總是相當有限的。任何一齣戲，即使是連臺本戲（如悲劇之父埃斯庫羅斯首創的「三部曲」或曰

「三聯劇」，此形式類似於今日的所謂「連續劇」），要做到滴水不漏地窮盡一切內容，那是萬分困難、幾乎不可能的（當然也是毫無必要的）。爲妥善解決戲劇體裁固有的這一內在矛盾，努力擴大舞臺的時空表現力，以有限表無限，劇作家勢必於安排情節、結構佈局之際有捨有棄：總是把突出中心、抓住重點，將最具戲劇性的事件、情節、場面等呈現於舞臺之上奉爲宗旨，而把其他屬於次要一些甚至無關緊要的事件、情節、場面等，推至幕後作暗場處理。換言之，「明場」與「暗場」的選擇處理，首先與戲劇場面的主次劃分有關：原則上講，劇中的主要場面一般都作「明場」處理，而無礙大局的次要場面則作「暗場」處理。如《俄狄浦斯王》中，索福克勒斯僅以「追查兇手」一案，作爲戲劇的主要情節與中心線索，通過命運對俄狄浦斯王的殘酷打擊，張揚主人公抗爭命運的頑強毅力與堅忍不拔的勇氣。劇作家以濃墨重彩演述俄狄浦斯王追查禍源的決心和消除禍害的眞誠願望，尤其在眞相大白之後毅然放棄王位，以金針刺瞎自己雙眼、自我放逐的壯烈舉動，由此譜寫了一曲撼人心魄的人類反抗命運的悲歌。至於劇情中諸如俄狄浦斯的身世、他如何失手打死生父，又如何娶了生母之類的次要事件或情節等，統統隱遁幕後作暗場處理。借助劇中的老牧羊人和報信人之口，將「殺父娶母」的內幕層層披露、娓娓道出！如果單純地看「殺父」或「娶母」之類事件，也許本身會很有「戲」可看。但那樣一來，卻可能爲主要情節和中心線索的構設與發展增添累贅，淡化中心事件，甚至還喧賓奪主。所以希臘先哲亞里士多德在《詩學》第十四章中，對索福克勒斯將「殺父娶母」事件處理爲「幕後戲」的匠心獨運備加稱道：「情節的安排，務求人們只聽事件的發展，不必看表演，也能因那些事件的結果而驚心動魄，發生憐憫之情；任何人聽見《俄狄浦斯王》的情節（指主要情節，包括劇外情節，即俄狄浦斯殺父娶母的情節），都會這樣受感動。」〔註16〕

　　第二、從戲劇結構體制上看，戲劇通常要分幕或分場。現實生活中任何事物的發展，都往往存在著相對停頓與間歇的某些階段。戲劇中的幕與場，

〔註16〕亞里士多德著・羅念生譯，詩學，〔M〕，北京：人民文學出版社，1962，43，陳中梅譯本中將此段話譯爲：「組織情節要注重技巧，使人即使不看演出而僅聽敘述，也會對事情的結局感到悚然和產生憐憫之情——這些便是在聽人講述《俄底浦斯》的情節時可能會體驗到的感受。」參見：亞里士多德著，陳中梅譯，詩學，〔M〕，北京：商務印書館，1996，105，兩種譯本雖大同而又存小異，筆者一倂列出，意在強調譯文的細微差別。

便是對在時空中運動著的事物發展之階段性的藝術處理。這種停頓與間歇並非中斷或停滯，其間還是連續不斷地運動和變化著的。換言之，既然「幕」和「場」屬於劇作家對戲劇故事情節中的時間與空間的取捨組構，其具體表現形式之一，便是對舞臺時間的切割和對舞臺空間的轉換。在這種切割和轉換中，舞臺上演員的表演看似中斷停止，但幕與幕或場與場之間卻並不意味著實際意義的中止和空白，而總融含某些生活內容，「標誌著劇中人物的一段實實在在的生活經歷。」〔註17〕對此十八世紀法國傑出戲劇理論家狄德羅在其《論戲劇藝術》中，提出了「幕間歇」的重要概念：「所謂幕間歇即是上一幕和下一幕之間相隔的一段時間。這段時間可長可短；但是，既然劇情並未中斷，那麼，當活動在舞臺上停止的時候，必然使它在幕後繼續進行。毫無休息，毫不停頓。假使人物重新出場時，劇情並未比他們下場時有所進展，那麼，他們不是都休息了，就是被不相干的事情分了心。這兩種假定情況即使不違反真實性，至少也與興趣相左。」〔註18〕此即是說，當幕與幕或場與場之間舞臺活動停止之際，應當並且也確乎有著一個將某些「停止」聯結起來的客觀存在——那便是情節。舞臺上形式的停止，必須或只能通過毫不停頓的內容要素即「情節」將其貫通聯結。具言之，在戲劇情節鏈條上，既應有「幕」和「場」所構成的「明場」戲，也不可避免地存在著由「幕間歇」所構成的「暗場」戲，它們彼此銜接而又相互交替。筆者以為，這裏所謂的「幕間歇」，其實就是「幕後戲」的一種具體表現形式。任何戲劇，只要它分幕分場，勢必會有「幕間歇」；那麼我們據此便足以斷言，戲劇勢必難以避免地存在著「幕後戲」。

　　第三、明場戲與暗場戲的選擇處理，還與舞臺表演及人物形象刻畫的審美要求有關：由於客觀上存在著某些難以或者不宜甚至根本就不應當直接展現於舞臺之上的情節、場面等，對於這些有礙於舞臺表演的情節場面，需要予以暗場處理。比如由於戲劇舞臺演出條件的本身限制，象生活中實際發生的槍林彈雨的戰爭、泛濫成災的特大洪水、樓傾房塌的嚴重地震、烈焰滾滾的火山爆發等，無論如何是難以甚至無法在舞臺上直接表現出來的。另有一些，則屬於不宜乃至根本就不應當在舞臺上直接展示出來的情節、場面。亞

〔註17〕譚霈生、路海波，話劇藝術概論，〔M〕，北京：中國戲劇出版社，1986，217。
〔註18〕狄德羅著，論戲劇詩，狄德羅美學論文選，〔M〕，北京：人民文學出版社，1984，188～189。

里士多德在《詩學》第十一章中，對此問題曾經有所談及：「『突轉』與『發現』是情節的兩個成分，它的第三個成分是苦難。……苦難是毀滅或痛苦的行動，例如死亡、劇烈的痛苦、傷害之類的事件，這些都是有形的。」〔註19〕這裏亞里士多德對「苦難」的解釋與古希臘戲劇實際情形明顯相悖，流露出其看待此問題上似乎存在著含糊其詞、模棱兩可的某種矛盾性。因爲我們仔細考察一番古希臘戲劇後，能很容易見出希臘悲劇其實很少直觀式地正面展現苦難，一般由報信人傳達出來，即通過報信人向他人敘說發生於王宮之內或其他地方的血腥事件予以間接披露。賀拉斯對此相同問題的認識則非常清晰：他在《詩藝》中，以幾部古希臘悲劇爲例明確提出：「情節可以在舞臺上演出，也可以通過敘述，通過聽覺來打動人的心靈比較緩慢，不如呈現在觀眾的眼前，比較可靠，讓觀眾自己親眼看看。但是不該在舞臺上演出的，就不要在舞臺上演出，有許多情節不必呈現在觀眾面前，只消讓講得流利的演員在觀眾面前敘述一遍就夠了。」〔註20〕十七世紀法國古典主義理論家布瓦洛繼承賀拉斯的思想衣缽，在其《詩的藝術》中亦反覆強調：「不便演給人看的宜用敘述來說清，……有些事物，那講分寸的藝術只應該供之於耳而不能陳之於目。」〔註21〕賀拉斯、布瓦洛所強調指出的不宜乃至根本就不應當直接在舞臺上表現出來的情節、場面，一般說來諸如殺人、砍頭等鮮血淋漓、陰慘恐怖、有礙觀瞻、破壞審美感之類事件：「例如，不必讓美狄亞當著觀眾屠殺自己的孩子，不必讓罪惡的阿特柔斯公開地煮人肉吃，不必把普洛克涅當眾變成一隻鳥，也不必把卡德摩斯當眾變成一條蛇。你若把這些都表演給我看，我也不會相信，反而使我厭惡。」〔註22〕

〔註19〕亞里士多德著，羅念生譯，詩學，〔M〕，北京：人民文學出版社，1962，35，羅念生在該頁注釋③、④中予以解釋：「苦難」指人們遭受的苦難，是被動的，但亞里士多德將它視爲「行動」，「突轉」與「發現」是無形的，「苦難」是有形的，有形的或解作「可見的」，意即在劇場上表演的，但古希臘悲劇很少表演苦難，一般是由報信人或傳報人（報告室內或附近發生的事件的人）傳達的。陳中梅將這段話譯爲：「突轉和發現是情節的兩個成分，第三個成分是苦難。……苦難指毀滅性的或包含痛苦的行動，如人物在眾目睽睽之下的死亡、遭受痛苦、受傷以及諸如此類的情況。」參見亞里士多德著，陳中梅譯，詩學，〔M，北京：商務印書館 1996，89～90。

〔註20〕賀拉斯著，楊周翰譯，詩學，〔M〕，北京：人民文學出版社，1962，134～135。

〔註21〕布瓦洛著，任典譯，詩的藝術（修訂本），〔M〕，北京：人民文學出版社，2009年第2版，33。

〔註22〕賀拉斯著，楊周翰譯，詩藝，〔M〕，北京：人民文學出版社，1962，135。

第四、「幕後戲」能滲透到「幕前戲」中的人物行動之中，捲入矛盾衝突的激烈漩渦中，有助於揭示人物性格，對舞臺上正在發生的「幕前戲」之情節發展起到推波助瀾的催化作用。例如古希臘悲劇《俄狄浦斯王》中的全部「幕前戲」，始終是緊扣「殺父娶母」之「幕後戲」展開的；舞臺上搬演的是忒拜城降臨瘟疫之後的特定時期內，賢明君主俄狄浦斯為救國救民、消災除禍而不遺餘力地追查殺死先王拉伊俄斯的兇手，為此他曾先後與先知（盲人預言家）忒瑞西阿斯、國舅克瑞翁等人發生矛盾衝突的短暫過程。這些令人驚心動魄的「幕前戲」，均屬於具有密切因果性關聯的一系列「幕後戲」發展推進的必然結果：幾十年前忒拜老王拉伊俄斯夫婦的棄嬰之舉；科任托斯國王夫婦收養棄嬰的行為；十六年前俄狄浦斯的倉皇出逃；俄狄浦斯在三岔路口失手殺死生身父親的無意識行為；俄狄浦斯智破妖怪斯芬克斯謎語而解救忒拜；俄狄浦斯被擁戴為王，按照慣例娶了寡后伊俄卡斯忒為妻……。

第五，「幕後戲」的設置，有助於造成強烈的戲劇懸念，因為某些時候有所保留甚至故賣關子的只把某些情節間接地講給觀眾聽，反而會比舞臺上直接展示給觀眾看，更能夠造成強烈的懸念。試想一下，當戲劇衝突已發展到劍拔弩張、一觸即發的緊張關節，某一事件或某些人物行動的發生已迫在眉睫，但劇作者卻在這個節骨眼兒上，出人意料地穿插一些別的情節，並且偏偏要在舞臺上不緊不慢地演給觀眾看。而對剛才那些眼看就要發生的事件或人物行動，劇作者卻一下子把它們推到了幕後，只把它們的大致過程或結果說給觀眾聽，觀眾因為不能親眼目睹而心生懸念，身不由己地陷於強烈的緊張、擔心、猜測和期待之中。觀眾對劇情中許多方面的問題都可能產生懸念，但最強烈的一種懸念，莫過於觀眾對人物未來命運的那種牽腸掛肚、擔憂猜測。尤其是當劇作家把牽繫人物生死安危的某些重大事件推到幕後之際，更會令觀眾如坐針氈、急不可耐。因此一位戲劇家如果善於使幕後戲的發展變化，與幕前人物（尤其主人公）命運遭遇的發展變化密切聯繫，直接牽繫與制約人物即將面臨悲喜有別的不同遭際，那樣便能夠賦予幕後戲製造強烈懸念的神奇功效。

第六、「幕後戲」的設置，還與古典戲劇敘事時間上所具有的跳躍性有著直接關係。試以中國古典戲曲為例。中國古典戲曲在敘事時間上的處理十分靈活，可以將時間跨度很大的情節連接起來，呈現出敘事上的跳躍性。例如元雜劇《竇娥冤》寫了十六年的故事，但在第一折開始時，故事情節已經發

生了十三年。換言之，蔡婆上場之際距離楔子所交代的窮書生竇天章將女兒典賣與竇婆當童養媳抵債的情節已過去十三年。那麼，屬於「過去完成」時態的十三年裏的具體生活內容，包括竇娥完婚、丈夫去世、竇娥守寡等一系列情節，蔡婆僅用了幾句話便交代過去。《趙氏孤兒》第四折裏演述了程嬰與公孫杵臼合謀與屠岸賈展開一場「搜孤」與「救孤」的較量，以付出極其慘重的代價——公孫在遭受毒刑拷打之後撞階而死（屬於自殺），程嬰尚在襁褓中的親生兒子被屠岸賈錯當成「趙氏孤兒」而剁成碎屍，成功保護下「趙氏孤兒」的性命。而第五折中程嬰一上場便說道：「可早十八年過去了」，劇情時間一下子跳躍了十八年。那麼，此十八年間程嬰如何忍辱負重地甘作屠岸賈門客而寄人籬下，「趙氏孤兒」又如何被屠岸賈作爲義子撫養等事件，皆被省略掉了。顯然，正是由於古典戲劇在敘事時間上所具有的很大跳躍性，決定著劇作家勢必要對故事情節發展進程中某些事件採取置於幕後而略之的暗場處理方式。這樣一來，勢必會相應地出現某些「幕後戲」。

第七，對於中國古典戲曲而言，「幕後戲」的設置與戲曲的體制特徵有直接關係。試以元雜劇爲例。元雜劇遵循一本四折的體制，當著四折的容量難以承載雜劇家意欲演述的較爲複雜化的故事時，最爲常見的一種做法便是，劇作家有意將某些事件（一般多屬於次要事件）轉化爲人物賓白，借助人物的敘述予以推至幕後的間接交代。這樣的「幕後戲」處理，既保證了故事發展各個環節不致於缺失的連貫性，將故事的來龍去脈交代清楚，同時使劇情發生、持續的故事時間得以濃縮省儉，而元雜劇的長度被大大縮短精簡，亦即騰挪出足夠多的一定篇幅而與將要演述的複雜故事有機契合、相得益彰。由於這種通過將事件轉化爲人物賓白以縮短故事長度的情形在元雜劇中比比皆是，幾乎任何一部雜劇每一折中都不難見出一個或幾個例證，因此我們不妨可以將此一點，看作中國古典戲曲中產生「幕後戲」的一種獨特原因所在。

僅以馬致遠的《漢宮秋》爲例。該劇楔子中率先出場的呼韓耶單于，有一段篇幅頗長的賓白：

> ……某乃呼韓耶單于是也。若論俺家世，久居朔漠，獨霸北方，以射獵爲生，攻伐爲事。大王曾避俺東徙，魏絳曾怕俺講和。獯鬻獫狁，逐代易名；單于可汗，隨時稱號。當秦漢交兵之時，中原有事，俺國強盛，有控弦甲士百萬。俺祖公公冒頓單于，圍漢高祖於白登七日，用婁敬之謀，兩國講和，以公主嫁俺國中。至惠帝、呂

> 后以來，每代必循故事，以宗女歸俺番家。宣帝之世，我眾兄弟爭
> 立不定，國勢稍弱。今眾部落立我爲呼韓耶單于，實是漢朝外甥。
> 我有甲士十萬，南移近塞，稱藩漢室。昨曾遣使進貢，欲請公主，
> 未知漢帝肯尋盟約否。今日天高氣爽，眾頭目每，向沙堤射獵一番，
> 多少是好！正是：番家無產業，弓矢是生涯。〔註23〕

此段賓白，將胡、漢兩家交戰、和親的歷史往事敘說得簡潔明晰。如果
其中每一樁事件改換用具體可觀的戲劇情節、場景逐一予以展現，恐怕即使
劇作家增添上幾本戲，亦難以承載。

四、中西古典戲劇中的「幕後人物」趣談

如果就戲劇藝術所表現的外部世界而言，戲劇藝術較之其他文學藝術形式
的最大不同，無疑在於時間、空間、人物三種要素與構件的舞臺性限制。別具
一格的舞臺造就了戲劇藝術本身，但舞臺空間的狹小性、演出時間的短暫性和
演員人數的有限性等，又與生俱來地構成戲劇藝術的諸多限制性。如果說囿於
戲劇狹小空間的限制性，使得劇作家對於「戰爭」題材更多採用間接敘述的「幕
後戲」；囿於戲劇舞臺呈現於時態選擇上的限制性，使得劇作家對於「死亡」
事件的表現不能不審慎再三、有所顧忌，因此也常常採用間接敘述的「幕後
戲」；那麼戲劇藝術在人物角色數量上（指可以在舞臺上登臺表演的演員總人
數以及同一幕或場裏同時出現於舞臺上的演員數量）的限制性，則使得劇作家
在戲劇人物設置時需要頗費一番周折和匠心。其中伴隨「幕後戲」產生出來一
類特殊戲劇人物，那便是「藏之深山終不見」、「千呼萬喚不出來」的「幕後人
物」了。筆者不揣淺陋，擬就這一饒有趣味的問題予以探究。

眾所週知，戲劇通常總是由一系列互相矛盾而又彼此關聯的人物群體所
組成的。由於該群體中的人物有主、次之分，在劇中的地位與作用不盡相同，
因此如何使他們在劇中各得其所、各盡其職、各顯其能，從而構合成一個縱
橫交錯、和諧統一的藝術整體？這一戲劇人物的設置問題，便自然成爲戲劇
創作不容忽視的一大重要課題。

一般說來，劇作家對戲劇人物的設置，應當遵循有利於主題表達和人物
性格刻畫、有助於情節發展之多重需要的總體原則。但若就每部戲劇究竟應

〔註23〕馬致遠，漢宮秋，王季思主編，全元戲曲（第二卷），〔M〕，北京：人民文學
出版社，1999，107。

設置多少人物而論,則恐怕很難並且也不可能一概而論,並無成規可循。戲劇界有句行話:「有戲不在人多」。其涵義是說要利用盡可能少的人物,來表現盡可能多的內容。應當說這種「省儉與集中」制,堪稱爲古今中外戲劇藝術的長期實踐所驗證、契合戲劇藝術內在規律性的行之有效的一種戲劇人物設置模式。

戲劇人物若從表演空間看,不外乎出場的與不出場的兩大類。所謂出場者,是指直接在舞臺上出現的那一類角色;而不出場者,則指那些並不直接在舞臺上拋頭露面、而躲在舞臺畫框以外的幕後活動的那一類角色。讓人物直接出現於舞臺之上,屬於「明場」處理方式;由出場人物的一系列活動所構成的戲劇性情節、場景或事件等,一般稱之爲「幕前戲」。而讓人物隱遁於舞臺帷幕背後不顯山露水,僅借助其他出場人物的敘述間接地告知觀眾,則屬於「暗場」處理方式;由不出場人物的一系列幕後活動所構成(披露)的戲劇性情節、場景或事件等,一般稱之爲「幕後戲」。由此而論,被劇作家以「暗場」方式處理、以「幕後」爲其活動空間的那些不出場人物,我們便可以將其界定爲「幕後人物」了。

某些學者認爲「幕後人物」就是「不出場人物」,〔註24〕筆者細斟此觀點,認爲頗值得商榷。因此在展開對「幕後人物」論題的探究之前,很有必要先來梳理並廓清一個基本問題:「幕後人物」是否可以等同於「不出場人物」?在筆者看來,幕後人物必定是活動於「幕後戲」中的人物角色,但活動於「幕後戲」中的人物角色卻未必一定都是幕後人物。之所以這樣說,是因爲有時某些出場人物,劇作家在某些「幕」或「場」中,很可能並且也可以安排其隱遁幕後作「暗場」處理。如前面提及的「殺父娶母」的俄狄浦斯:「殺父娶母」事件被劇作家置於幕後作暗場處理,而事件的當事人俄狄浦斯儘管在此「殺父娶母」事件中是不出場人物,但在劇情中其他「幕」或「場」乃至大部分時間內,都直接活動於舞臺之上。試問俄狄浦斯究竟屬於出場人物,還是不出場人物甚或「幕後人物」呢?由此可見,將不出場人物與幕後人物籠而統之地混爲一談,有失嚴密與妥當。因而筆者主張以規範嚴謹爲宜,即應當將「幕後人物」界定爲:「至始至終隱遁於舞臺畫框之外的幕後,被劇作家採取暗場處理方式,而不曾直接出現在舞臺上的戲劇人物」;儘量不使用「不出場人物」這樣一個本身涵義較爲寬泛模糊的概念術語。

〔註24〕易接道、甘久生,論戲劇中的不出場人物,南昌大學學報,〔J〕,1993,2。

就「幕後人物」而言，另外值得辨析的一點是，在中西戲劇作品中還不乏這樣一類非常特殊的藏匿幕後而不曾在舞臺上出現的角色（請注意筆者在這裏沒有使用「人物」字眼）。如中國現代戲劇奠基性作品《雷雨》中，存在著一位被劇作家曹禺自稱為「漏掉而未寫進去的」、「操縱著其餘八個傀儡（指劇中實際出場的八個人物）的」，「最重要的第九個角色——即叫做『雷雨』的那條好漢」；而西方荒誕派戲劇奠基者貝克特的經典之作《等待戈多》中，也存在一位令兩個流浪漢苦苦等待卻偏偏不見其蹤影的名叫「戈多」的神秘角色。由於這些角色帶有相當顯著的抽象化、虛幻化和模糊性、象徵性，其「物化」色彩極其濃厚突出，早已遠遠壓倒乃至幾乎淹沒掉其身上「人性化」的基本特徵。因此，已經很難稱得上是一個真正意義上的「人物」，充其量不過是高度抽象化、哲理化、寓意化的舞臺意象或曰「角色」。所以不宜歸屬到本章意欲探究的「幕後人物」範疇。即如所謂「第九個角色——『雷雨』」，究其實乃是代表著冥冥之中無處不在的異己的、摧殘人性的力量」。〔註25〕而「戈多」自其問世之日起，便成了連它的創造者本身——劇作家貝克特都坦言承認：「不知道（它）指的是何許人物！」的，令無數評論家和觀眾說不清、道不明的斯芬克斯之謎！人們迷誤之癥結所在，仍然是用審視傳統戲劇中人物形象的那一套觀念模式、價值尺度，來評判已與傳統戲劇截然有別的現代戲劇。作為「反戲劇」典範的西方荒誕派戲劇，摒棄人物性格典型化、個性化的舊套路，總是盡可能地淡化乃至消解人物的個性化特徵。所謂的某某「人物」，常常不再屬於確有所指的某一具體實在的個人，而每每泛化為某一類事物的代表和某種觀念的象徵物；其得以存在於戲劇中的最大甚至唯一的意義和價值，在於能夠彰顯「世界是荒誕的、人生是痛苦的」這一存在主義哲學的基本命題（這同時也是所有荒誕派劇作共有的中心主題）。人物早已喪失其自身的主體性、獨立性，而「降格」成了必須倚賴某種思想、觀念而苟活的無生命、無靈魂的「物」，具言之即人物淪變為某種思想、觀念的單純的活道具〔註26〕。所以，「戈多」在劇中的意義與價值，並非是要看他究竟是誰（這一點無足輕重、無關緊要），關鍵在於借助作為兩個流浪漢等待「對象」的他的遲遲不來，深刻揭示並形象化地凸顯現代西方人滯陷於痛苦困境之中，茫然失措、無望等待的那種荒誕詭異卻又真實可信的生存狀況！正像一位西方

〔註25〕董建華，試論《雷雨》中的「第九個角色」，湖北師院學報，〔J〕，1986，2。
〔註26〕卜純，思想的道具：荒誕派戲劇中的人物，福建戲劇，〔J〕，1989，6。

評論家所精闢指出的：「西方世界戰後的一代人『幻想破滅』」、「沉淪於卑污的景象和絕望的歲月之中」；《等待戈多》便是對這種「當代困境的深刻的闡釋」。〔註27〕

　　如果我們遍覽中西古典戲劇作品，便不難發現其中存在著一類耐人尋味的戲劇人物——「幕後人物」，他們構成了戲劇人物畫廊中一道獨特的風景線！以下不妨就讓我們具體剖析幾位「幕後人物」的藝術典型，以窺斑見貌，去領略一番「幕後人物」的風采神韻。

　　早在古希臘悲劇《被縛的普羅米修斯》中，享名「悲劇之父」的埃斯庫羅斯便極富創意地採用了將宙斯作爲「幕後人物」的「暗場」處理方式。本來劇中矛盾衝突的雙方是普羅米修斯和宙斯，前者因盜取天火給人類，並且傳授人類生存與發展的各種技能，其行爲觸怒了專制暴虐的眾神之王宙斯，宙斯對普羅米修斯施與了嚴厲的迫害——派遣暴力神與強力神以及匠神赫淮斯托斯，將其釘在高加索山崖，每天忍受禿鷹啄食肝臟的痛苦折磨。然而整部劇情中作爲矛盾衝突一方的宙斯始終沒有在舞臺上出場露面，只有受其派遣的暴力神、強力神、匠神赫淮斯托斯、神使赫爾墨斯先後登場，秉承宙斯旨意而向普羅米修斯分別行使押解、釘鎖鏈、傳令之職；其間還曾有畏懼宙斯權威而膽怯軟弱的河神，前來勸說普羅米修斯向宙斯低頭屈服，以及因被宙斯所愛而遭致天后赫拉迫害發瘋的少女伊俄，路經此地向普羅米修斯傾訴滿腔憤懣與痛苦。普羅米修斯嚴詞拒絕了赫爾墨斯必須臣服宙斯的威脅利誘，最終被打入地獄。縱觀全劇，雖然宙斯始終不曾登臺亮相，但其淫威卻無處不在，每位上場人物的言行均與宙斯發生著直接或間接的關聯。可以斷言，埃斯庫羅斯爲後世戲劇成功推出了最早一位「幕後人物」的範例。

　　莎士比亞喜劇傑作《威尼斯商人》中鮑西婭的父親（以下簡稱「鮑父」），堪稱繼宙斯之後西方古典戲劇中又一位「幕後人物」的典型。作爲腰纏萬貫、資深望重的貝爾蒙特郡某貴族，他雖不曾出場、鮮爲人知甚至沒有一個具體姓名。然而正是他定下「抽籤擇婿」（即「三匣選親」）之策，而「抽籤擇婿」與「一磅肉」故事及「傑西卡私奔」相互依存、交替展開，構成全劇重要情節之一。常言道：沒有前因，何來後果？若無鮑父的「抽籤擇婿」，巴薩尼奧恐怕根本就不是其情敵——阿拉貢親王、摩洛哥王子之類王公顯貴的競爭對手；而若沒有巴薩尼奧的一舉中籤，與鮑西婭締結婚約，便不會有隨後鮑西

〔註27〕艾文斯，英國文學簡史，〔M〕，倫敦版，1956，210。

婭爲解救夫婿摯友安東尼奧，巧扮律師出庭審判的絕妙表演……因此，鮑父堪稱一位重要的「幕後人物」。鮑西婭是莎士比亞筆下濃墨重彩的女主角，通過「定計」、「庭審」兩場戲，莎翁集中展現其作爲理想化的資產階級新女性的光輝形象。俗話說：有其父必（才）有其子（女）。在婦女的學識及人品尚主要依賴於家庭教育的文藝復興時期，離開了鮑父的辛勤培育和長期薰陶，斷然不會有鮑西婭熠熠生輝的動人形象。正是鮑父的精心栽培，使掌上明珠——女兒鮑西婭不僅通曉英語、法語、拉丁語和法律，更重要的在於成長爲一位思想解放、聰明睿智、膽略過人、才氣非凡的資產階級新女性。單純從表面上看，鮑父「抽籤擇婿」之舉明顯帶有封建家長包辦婚姻的性質，且與女兒一貫接受的人文主義教育，及其追求個性自由、婚姻自主的情趣、性格背道而弛。由此難免造成父女之間某種嚴重的誤會，恰如鮑西婭暗自埋怨的那樣：「我既不能選擇我所中意的人，又不能拒絕我所憎惡的人；一個活著的女兒的意志，卻要被一個死去的父親的遺囑所鉗制」！但若就實質而論，此舉並非屬於封建老腦筋，恰恰表明鮑父是個洞悉世事、深謀遠慮的新興資產階級代表人物。他殫思竭慮想出的「抽籤擇婿」之方式，可謂用心良苦：既事出無奈，同時又另有深意，從中充分顯露出其人文主義思想的眞知灼見。作爲觀衆的我們不妨設身處地的從鮑父的角度，來考慮女兒鮑西婭的婚姻大事。我們知道，文藝復興時期恰值封建社會行將崩潰、新興資產階級剛剛登上歷史舞臺的轉型時期，新思想與舊觀念雜糅並存且激烈鬥爭。面對如此魚龍混雜、涇渭難分的大千世界，若讓情竇初開而涉世不深、無依無傍的女兒獨自擇婿——鮑母早亡，自己又將撒手西歸，今後除了尚有一位遠在帕度亞的表兄培拉里奧律師外，鮑西婭將孑然一身、舉目無親。對一位愛女如命且行將就木的父親來講，無論如何是放心不下的！加之婚姻乃終身大事，非同兒戲，稍有不愼，就可能遺憾甚至鑄恨千古。豈有不謹而愼之、三思而後行之理？又何況自己家道殷實，女兒出落得沉魚落雁，很容易並且事實上已經惹得狂蜂浪蝶紛至沓來。正所謂「可憐天下父母心」！父母對子女的愛之愈深，期望愈殷，由此則擔心愈甚，而約束便愈嚴。鮑父深知那幫追名逐利、徒慕虛榮的風雅王孫、紈綺子弟，必定只看重華麗外表而選擇金、銀兩匣；惟有不貪金錢、不圖浮華而注重人品者，才會看中那只樸實無華甚至於很有幾分寒酸相的鉛匣。只有將女兒終身託付給這樣的有識之士，才算對得起女兒；同時亦不枉費了自己一生的心血，並足以笑慰九泉之下！本來金、銀、

鉛三匣自身所固有的價值及其各自的象徵涵義，已足以顯示劇中人文主義理想人物及其對立面在看待金錢財富問題上的不同態度了；但莎翁爲著拓深主題意蘊，做足文章，又特地安排鮑父在三匣之內分別附上一紙箴言。金匣裏的箴言是：「閃閃發光的不全是黃金……多少世人出賣了一生，不過看到我的外形，蛆蟲佔據著鍍金的墳。」這「黃金」的自白，明白無誤地傳達出人文主義者鮑父的聲音：仁慈、博愛、正直、自由、愛情、友誼……它們與黃金一樣彌足珍貴，一樣的閃閃發光。同時警喻世人切勿只看到集榮華富貴於一體，爲金錢、權勢和榮譽之化身的「黃金」華麗的外表，以免到頭來瘋狂追逐，陷進死亡的泥潭。作爲通常意義上的「金錢」之標誌的「銀子」匣中藏有的箴言是：「有的人終身向幻影追逐，只好在幻影裏尋求滿足。……追名逐利的人必是傻瓜，只有傻瓜才追名逐利。」金錢（即「銀子」）在這裏成了辨別和區分美與醜、真與假、善與惡的試金石：金錢對夏洛克之流而言是其生活的最高目的，爲得到它而不擇手段，變得貪婪殘忍，以至於喪失了人性；對人文主義者來說則另有一層涵義：金錢僅僅是一種手段和工具，與它相比仁慈、博愛、愛情、友誼等等價更高！所以，巴薩尼奧毅然選擇外表寒傖的鉛匣而一舉成功，循此邏輯便並非鬼使神差的偶合，而是他與鮑父「心有靈犀一點通」，均懷有共同的人文主義者的金錢觀、價值觀、人生觀的必然結果！我們常說實踐是檢驗真理的唯一標準，那麼從「有情人終成眷屬」的實際結果來評判，說鮑父的「抽籤擇婿」乃是決定女兒終身幸福的上策而非下策，恐怕並非誇大其詞。

無獨有偶。中國古典戲曲中與鮑西婭父親具有頗多相似性的一位「幕後人物」，非《西廂記》中的崔相國而莫屬了。這位身居相國的高官重臣名叫崔珏，因劇作家在劇情中安排其剛剛亡故而未能出場亮相。然而他在整個故事情節發展過程中的作用卻是極其重要、不容忽視的。在此筆者不妨借助敍事學中的「角色模式」予以簡略探究。

該劇的主角是張生，與之構成二元對立關係的是其追求目標（或曰追求對象）鶯鶯；助手是鶯鶯的貼身丫鬟紅娘和張生的摯友白馬將軍杜確——他們爲張生追求愛情過程中遇到的種種困難提供有益幫助；老夫人和鄭恒則是阻撓和破壞張生贏得鶯鶯愛情的敵對勢力。主角既然要追求某種目標，那麼就可能存在著某種引發或爲之提供目標和對象的力量，此種力量被法國敍事學家格雷瑪斯稱爲「支使者」。循此視角來看，崔相國在劇情中的作用便相當

於一位至關重要的「支使者」──正是他捐資修繕的普救寺吸引了張生，使得產生觀賞興致的張生偏巧在寺內佛殿邂逅鶯鶯；也正是因爲其名聲和門第，迫使張生不得不爲得到鶯鶯而遠行應試以考取功名。前者屬於爲張生和鶯鶯提供便利條件的積極的支使者，後者則屬於企圖阻撓主角獲得目標（對象）的消極的支使者。簡言之，「幕後人物」崔相國一方面爲崔、張愛情的滋生與發展提供了機緣與環境（場所），而其作爲封建禮教勢力代言人的另一方面，無疑又阻礙著崔、張的自由結合。堪稱一位積極與消極合而爲　的「支使者」角色。整部《西廂記》貫穿著一種緊密的因果聯繫──由於崔相國修繕了普救寺，才能令張生與鶯鶯邂逅；由於相國的辭世，才推延了女兒與鄭恒的婚期，才會引發孫飛虎搶人的行動，才有了張生與鶯鶯的愛情；由於相國的地位和名望及其家教，才使老夫人有了百般賴婚的藉口，最後又不得不答應二人的婚事。有果必有因，所有的「果」乃由崔相國這一「因」而引發。作爲阻撓張生與鶯鶯愛情的消極支使者的一面，崔相國代表的已經不僅是其個人，而是整個封建禮教的代言人。他生前所選定的女兒婚姻，他所規定的家教，以及老夫人的態度，都是符合封建禮教的。此人雖然一直不曾露面，但卻對劇情始終或隱或顯、或明或暗地發揮著巨大的影響與牽制作用。

眾所週知，作爲中國現代戲劇史上話劇藝術重要奠基者的曹禺，其創作上的一大特點，即在於對古今中外戲劇藝術營養的吸收借鑒與融會貫通。其劇作善於博採古希臘悲劇、莎士比亞戲劇、易卜生社會問題劇、古典戲曲等中西戲劇的藝術營養，其中中西古典戲劇家注重構設「幕後戲」以及「幕後人物」的優良傳統，在他筆下得以發揚光大。因此我們不妨把眼光放遠，透過觀瞻曹禺成功刻畫的一位「幕後人物」典型──《日出》中的金八，由今鑒古地反觀並體味，中西古典戲劇「幕後戲」傳統如何深刻影響中國現代戲劇創作的印記。說到金八，但凡看過《日出》的觀眾，恐怕都很難忘記金八在與潘月亭進行生意大戰的那一場「幕後戲」中精彩絕倫的表演：大豐銀行經理潘月亭爲支撐銀行資金嚴重不足、生意周轉不靈的局面，孤注一擲地對外大興土木，擺出一副握有重金、底氣十足的假象，以堵住儲戶可能大宗提款；暗地裏卻將房地產全部抵押出去；同時還通過大量裁員和無理剋扣修房工人工錢的手段轉嫁危機；甚至於連一旦破產就自殺的手槍都隨時揣在身邊了。他在生意場上與金八儘量拉關係套交情，小心應酬而絲毫不敢得罪。然而，縱使他使出渾身解數，到頭來依舊未能逃脫金八設下的陷阱。具言之即

金八故意先從大豐銀行提走大宗存款，隨後買進大量公債，暗中操縱市場，造成行情見漲的假象，引誘潘月亭利令智昏，破釜沉舟地也跟著拋入四百五十萬公債。竊以爲這一下摸準了風向，很可以大發橫財。殊不知此舉正中了金八「請君入甕」的圈套，最終落得一個破產倒閉、身敗名裂的下場。雖然金八始終沒有在舞臺上顯露一下其「廬山眞面目」，但透過劇中其他出場人物的敘述，我們可以得悉他屬於半封建半殖民地的二十世紀二十年代舊中國金融買辦與封建幫辦的結合體，是當時社會黑暗勢力的典型代表，一個極端殘忍毒辣、卑鄙狡黠的鐵碗人物！他彷彿像一隻碩大的毒蜘蛛，盤踞於舊社會這張黑網的中心，而劇中其他人物的命運（失業、破產、自殺等等），都不過是這張黑網上劫數難逃的蠕動。劇作家巧妙地使劇中幾乎所有人物都與他發生千絲萬縷的某種聯繫：壓迫（玩弄）與被壓迫（被玩弄）的關係（如陳白露、小東西之於金八）、奴才與主子的關係（如黑三之於金八）、商場對手的關係（如潘月亭之於金八）……即使是小職員李石清，他之所以敢與頂頭上司潘月亭來一番勾心鬥角，推究起來其實也仍舊與金八攸然相關——正因爲金八在背後卡著潘月亭的脖子，令他難以有恃無恐，因而連對下屬的「要脅」有時亦不得不暫且忍氣吞聲！劇作家將金八作爲全劇結構的樞紐，和推啓戲劇矛盾衝突發展演變的強大動力：這個無影無蹤的魔影籠罩全劇、左右一切，暗中主宰著劇中其他人物的行動及其命運；同時還將眾多的人物與事件（如小東西的懸梁自盡、陳白露的服藥自絕、大豐銀行的破產倒閉等等），串構成一個有機的整體，藉此深刻揭示了那個「損不足以奉有餘」的黑暗社會。

五、中西古典戲劇「幕後人物」產生根源探究

正如「幕後戲」之於戲劇藝術必不可少那樣，「幕後人物」在戲劇藝術中同樣不可或缺。推究而論，主要有這樣幾個原因：

其一，從現實生活的實際來看，由於現實生活本身是極其斑駁陸離、豐富多彩的，既有陰陽虛實，又有前後左右。無論綜觀歷史還是橫看世界，既有在前臺表演的，也有隱於幕後的。如諸葛孔明所言：運籌帷幄之中，決勝千里之外。這句話裏十分明確而又形象地劃分出了兩類不同人物：足不出戶、出謀劃策的軍師（屬於「幕後人物」），和馳騁疆場殊死拼殺的將士（屬於「幕前人物」）。因此，戲劇中既有活動於前臺的出場人物，又存在著因某些原因而隱遁舞臺背後的幕後人物，就是非常自然而正常的事情，它屬於戲劇文學

對現實生活本來面目的一種眞實反映。

其二，戲劇這門綜合性舞臺表演藝術，以塑造直觀可視的人物形象爲特徵，戲劇舞臺之時空總是存在著很大的局限性，制約並從根本上決定了它不可能讓所有劇中的有關人物統統登上舞臺，把故事情節發展的整個過程事無鉅細、纖毫必現地全部展示出來。這種限制性較之於小說、散文自不待言，即使是與同爲表演藝術的電影、電視相比，亦相當明顯突出。龐雜的人物與宏大的場景，在影視藝術中可以毫不費力地借助現代高科技影像技術手段，給予全景式、全方位的俯瞰透視；但在戲劇舞臺上實難如此這般地表現出來。鑒於戲劇舞臺的這種時空限制，劇作家作了如下巧妙處理：把某些事件略而不談、隱入幕後，安排出場人物將這些隱去的內容逐步交代出來。

其三，「幕後人物」的設置直接與劇作家的藝術構思密切相關。

首先表現於，設置「幕後人物」在劇作家那裏，是爲了「立主腦、簡枝蔓」，儘量減少戲劇中可能有的較繁雜的頭緒和線索（此即意味著減少了許多矛盾衝突），迫究結構的緊湊嚴謹、情節的相對高度集中；同時遵循「有戲不在人多」的人物設置基本原則，使出場人物在數量上儘量做到「集中省儉化」，以便有的放矢地騰挪更多舞臺時空、潑足筆墨去刻畫那些劇中出場的主要人物。試以沙翁的《威尼斯商人》爲例。該劇從題材上考察主要有三個來源：一是「捲逃私奔」情節，借鑒於同時代作家馬婁的劇作《馬耳他島的猶太人》；二是「三匣選親」（或曰「抽籤擇婿」）的故事，取自十四世紀即在歐洲民間流傳、1472 年正式出版的一部拉丁文故事集《羅馬故事》（一譯《羅馬人的事迹》）；三是「一磅肉」的故事，源出於 1558 年出版的一部意大利文短篇小說集中喬萬尼創作的《蠢貨》（一譯《呆子》）。該小說講述意大利威尼斯某年輕商人賈奈脫追求貝爾蒙特郡某富孀（一說郡主）而兩度受騙，其財產喪失殆盡。但他仍不死心，轉而向自己的教父（一說是「養父」）——富商安薩爾多求助。安薩爾多適逢暫時囊中羞澀，迫不得已向某猶太商借高利貸，爲此訂下「如到期不還，甘願割下身上一磅肉以代償」的契約。顯然，小說原作中賈奈脫的求婚是主要線索和中心情節，「一磅肉」的故事僅僅屬於點綴文章的一段小插曲而已。而到了擅長以「舊瓶裝新酒」「點鐵成金」的莎翁筆下，雖然將「三匣選親」的故事巧妙揉入「求婚」的過程之中，但「求婚」的故事情節被盡可能地壓縮精簡，退居一個較爲次要的位置；而「一磅肉」的故事則予以大大敷衍生發、濃墨重彩，借債割肉的起末由來貫串始終，躍升爲全

劇的最主要線索和中心情節。與故事情節主次、輕重的轉換相伴隨，有關的人物也發生相當大的嬗變：原先屬於次要人物的安薩爾多和猶太商喧賓奪主，成了主要角色；貝爾蒙特的鮑西婭亦不復爲慣以玩弄愛情遊戲的女騙子，而被劇作家重新「包裝」成一位癡情少女！推究起來，莎翁之所以讓鮑父當「幕後人物」，主要是基於戲劇中心情節的鋪陳安排，凸現鮑西婭、安東尼奧、夏洛克等主要人物的總體構設之需要。因爲倘若把鮑父置於「幕前」，勢必要隨之添加上許多要在舞臺上展現或至少有所交代的相關內容：像鮑父過去生活的概況及其現狀，與鮑西婭之間的父女情深，他如何對愛女施之於先進的人文主義思想教育，還有與他可能發生這樣或那樣某些聯繫的一系列有關人物……，如此一來，恐怕就不會是現在人們所能觀賞到的，這部膾炙人口的不朽傑作之模樣了！

　　其次，從戲劇結構的另一視角來看，設置「幕後人物」乃出於劇作家爲追求增強引人入勝、耐人尋味的戲劇性效果與藝術魅力而設置「戲劇懸念」的藝術構思需要。試問，爲什麼數以百計的觀眾甘願耗費幾個小時的時間端坐於劇院，全神貫注、津津有味地觀賞戲劇演出呢？其最根本的一條奧秘，即源自於「戲劇懸念」的神奇力量。所謂「戲劇懸念」係指劇作家利用觀眾關注事件發展與人物命運的迫切期待心理，有意在作品中設置下的某些不得其詳、懸而未解的疑惑問題；它不失爲劇作家安排情節、結構佈局的一種重要技巧、手段。西方戲劇理論家貝克曾精闢地指出：「（戲劇）懸念乃是戲劇中抓住觀眾的最大的魔力」。戲劇懸念彷彿一塊巨大的磁石，緊緊攫住觀眾的心靈，誘發其強烈的興趣與高度的注意力，以欲知分曉的迫切期待心理往下看，直至戲劇帷幕落下。一齣戲劇之所以對觀眾富有那樣大的吸引力，說穿了其實就是劇中的那些懸念，時時刻刻令觀眾牽腸掛肚、儡魂奪魄、情不自禁，觀眾恰恰正是出於要努力解開劇作家在劇中所設置的大大小小的「懸念」之謎，因而才對劇中的人物與事件產生迫切期待、欲知分曉的觀賞興趣。（對此我們不妨可稱之爲「解謎心理」。）倘若沒有了懸念，觀眾的興趣必然會隨之相應地喪失殆盡，恐怕也就將無人願意再看戲了！從上述視角來看，設置幕後人物毋庸質疑地會造成強烈的懸念：因其不出場，反而使觀眾產生濃厚興趣，愈想對他有所瞭解，想方設法地去探究他到底是何許人物？有何特徵？甚至會借助於想像在心目中繪影摹形，勾畫出其「音容笑貌」來。出場人物（尤其是主要人物）一般或歷經磨難或好事多磨，最終會有一個或悲劇性或

喜劇性之歸宿。因此，伴隨著出場人物的結局的來臨，觀眾對有關事件的發展與人物的命運的懸念便頓然冰釋。相比之下，由幕後人物所造成的懸念，卻不會尾隨帷幕的落下而盡然消逝：幕後人物因其自始至終不「拋頭露面」，觀眾儘管憑藉劇中其他出場人物的述說品評，可以知其大概；但充其量是似乎已聞其聲，而終未得見其人，難窺其「廬山眞面目」。所以對此類幕後人物的「解謎」，只能說是解開了某些部分而非全部。因此，仍然需要觀眾在幕落之後的時間裏（也許短暫的數日，也許漫長的若干年），去不斷地揣摩、體味、充實與完善，方可能較全面深入地「解其味」。

再次，單就中國古典戲劇而言，「幕後人物」的設置，還與古典戲曲家深受源源流長的「虛實相生」的中國傳統文化精神之浸染薰陶，有著某種直接的同構對應的影響關係。在淵源悠久的中國傳統文化中，很早就產生了一種「虛實相生」的藝術觀念及結構技巧——所謂「於空寂處見流行，於流行處見空寂」、「虛實相生，無畫處皆成妙境」。像黃賓虹先生描繪山水，總愛多處用「雲斷」；齊白石老人畫蝦，常常不著一筆波紋；但其畫作卻能妙趣橫生、意境幽深。而觀眾自然能感悟到其中「峰藏霧裏、蝦游水中」的無窮韻味，並體味出藝術家之良苦用心所在——即在其無筆墨處！劇作家寫「幕後人物」，與中國山水畫「以虛顯妙境」的藝術觀念及「虛實相生」的結構技巧一脈相通，有異曲同工之妙。因為「幕後人物」雖不直接出現在舞臺上，但他（她）並非可有可無的多餘人，而屬於全劇人物群體中不可缺失的重要組成部分。與此同理，「幕後人物」所賴以活動的舞臺時空——即「幕後戲」，儘管沒有在舞臺上被正面表現出來，然而它不是人們可以隨意增刪的無礙大局的細枝末節，而隸屬於整個戲劇情節中不能分割的有機環節。就戲劇結構處理的技巧、手法而論，「幕前戲」屬於「實寫」，「幕後戲」乃為「虛寫」；安排「幕後戲」的宗旨，仍在於為了寫好「幕前戲」。此正所謂實中有虛、虛為實設，以虛寫實，相映成趣。我們不妨可以用反證法來大膽假設：倘若劇作家眞的讓崔相國、鮑細婭父親等人物悉數登場亮相，該會出現怎樣一種情景與效果？豈非如同給黃賓虹的山水畫塞滿「雲朵」，又給齊白石的蝦游圖填滿「水紋」那樣臃腫、直露，從而變得索然無味了嗎？雖然崔相國、鮑西婭父親等關鍵人物被隱遁幕後作了暗場處理，但我們卻不能據此誤解劇作家的「醉翁之意」——將這些重要人物隱遁幕後並非意味著對其略而不寫。實際上，幕前人物的行動僅僅只是「果」，而幕後人物的作用每每構成為「因」。

這正是藝術辯證法互爲映襯、相得益彰的妙用。恰如「山之精神寫不出，以煙霞寫之；春之精神寫不出，以草樹寫之」。中國古典詩論推崇「不著一字，盡得風流」，崔相國、鮑西婭父親之類「幕後人物」恰恰如此：雖然始終不曾露面，觀眾無法直觀其人；卻又那般地形神兼備，令觀眾時時處處、或隱或顯地感覺到其存在——他們「存在」於劇情中那些出場人物的行動之中，暗中影響、制約甚至操縱著那些出場人物的行動。

第四章　中國古典戲劇中的「預敘」與「延敘」

　　我國現代戲劇大師曹禺曾強調指出：「要是第一幕演完觀眾就離場，那可不成。得讓他們看完了第一幕，要看第二幕，還想看第三幕。」〔註1〕吸引觀眾戀戀不捨地觀賞戲劇演出的動力何在？除了戲劇內容即劇情本身的曲折離奇甚至驚險刺激因素之外，不可缺失的關鍵因素，莫過於「懸念」的巨大誘惑力。何謂「懸念」？從心理學視角而言，「懸念」屬於人類的一種急切期待的心理狀態，正如西方戲劇理論家貝克所指出的：懸念「就是興趣不斷地向前延伸和欲知後事如何的迫切要求。」〔註2〕或者如安得羅斯所說：「懸念主要是熱切的好奇心——當然是感情的——想知道從已知的原因中會得出什麼結果，並且從這些結果中又會得出什麼樣的後果。」〔註3〕英國戲劇理論家阿契爾則強調了懸念與緊張的密切關係：「戲劇建築的秘密的最大部分在於一個詞——緊張。……無論興趣、好奇還是緊張，都是從觀眾觀劇心理的角度進行闡釋的。」〔註4〕從文學角度來講，正如我國戲劇理論家譚霈生以「期待」一詞準確概括懸念在觀眾心理激起的情感波瀾那樣：「『懸念』，指的正是人們對文藝作品中人物的命運、情節的發展變化的一種期待的心情。」〔註5〕筆者以為，「懸念」泛指敘事類文藝作品中創作主體（即作家或藝術家）利用藝術

〔註1〕曹禺，論創作，曹禺選集，〔M〕，北京：人民文學出版社，2004，25。
〔註2〕（美）喬治・貝克，《戲劇技巧》，〔M〕，北京：中國戲劇出版社，1985，215。
〔註3〕引自顧仲彝著，《編劇理論與技巧》，〔M〕，北京：中國戲劇出版社，1981，253。
〔註4〕（英）威廉・阿契爾，劇做法，〔M〕，北京：中國戲劇出版社，1980，158。
〔註5〕譚霈生著，論戲劇性，〔M〕，北京：北京大學出版社，1981，170。

接受客體（即讀者或觀眾）密切關注故事情節發展及人物命運的期待視野與欲知分曉的解謎心理，有意在作品中設置的某些懸而未果的矛盾現象或焦點問題。亞里士多德在《詩學》第十八章中，將悲劇的結構分爲「結」和「解」兩部分：「每齣悲劇分『結』與『解』兩部分。劇外事件，往往再搭配一些劇內事件，構成『結』，其餘的事件構成『解』。所謂『結』，指故事的開頭至情勢轉入順境（或逆境）之前的最後一景之間的部分；所謂『解』，指轉變的開頭至劇尾之間的部分。」〔註6〕國內有些學者認爲亞里士多德所謂的「結」，包含戲劇「懸念」的涵義。〔註7〕中國古典文學一向有著推崇懸念的悠久傳統。例如古典章回小說每每在故事情節發展的緊要關頭，總會拋出一個扣子：欲知後事如何？且聽下回分解。這裏所「拋」「扣子」，其實也就是「懸念」的代名詞。古典戲曲理論中雖然沒有「懸念」一詞，卻一直存在「包袱」以及「扣子」的說法。至清代，李漁依據自身舞臺藝術實踐以及對戲劇創作規律的體悟，在《閒情偶寄・詞曲部》「格局第六・小收煞」中，強調好的戲劇結構應當做到：「宜作鄭五歇後，令人揣摩下文，不知此事如何結果。……戲法無眞假，戲文無工拙，只是使人想不到，猜不著，便是好戲法，好戲文。」〔註8〕有的學者據此認爲：李漁提出的有關「收煞」的「令人揣摩下文，不知此事如何結果」之要求，與亞里士多德所謂「結」較爲貼合，內涵上與西方戲劇理論術語「懸念」基本相似。〔註9〕如果說說書藝人是憑藉懸念的設置及其釋然，亦即不斷「拋扣子」與「解扣子」，將聽眾牢牢吸引，使之圍聚書場而久久不願散去；那麼戲劇招徠觀眾同樣依賴於懸念：一部戲劇恰因有著許多懸念而令觀眾牽腸掛肚、割捨不下，構成難以抗拒的磁性引力；觀眾正是爲了要破解劇作家

〔註6〕亞里士多德著，羅念生譯，詩學，〔M〕，北京：人民文學出版社，1962，59。
陳中梅譯本將這段話譯爲：「一部悲劇由結和解組成。劇外事件，經常再加上一些劇內事件，組成結，其餘的劇內事件則構成解。所謂『結』，始於最初的部分，止於人物即將轉入順境或逆境的前一刻；所謂『解』，始於變化的開始，止於劇終。」參見：亞里士多德著，陳中梅譯，詩學，〔M〕，北京：商務印書館，1996，131。

〔註7〕杜書瀛，論李漁的戲劇美學，〔M〕，北京：中國社會科學出版社，1982，86。

〔註8〕（清）李漁，閒情偶寄，中國戲曲研究院編，中國古典戲曲論著集成（七），〔M〕，北京：中國戲劇出版社，1959，68。

〔註9〕徐聞鶯，戲劇懸念，中國大百科全書・戲劇，〔M〕，北京：中國大百科全書出版社，1989，440，今年有的學者將此類似「懸念」的敘事技法概括爲「鄭五歇後法」，參見劉奇玉著，古代戲曲創作理論與批評，〔M〕，北京：中國社會科學出版社，2010，467。

有意設置的一個又一個懸念，才會對劇情中的人物與事件產生濃厚的觀賞興趣，才會將注意力高度集中於舞臺上所發生的一切，以急切期待的心理，情不自禁地一步步朝下看，直至結局來臨才欣然釋懷。一部戲劇沒有了懸念，也便無「戲」無「味」而無人願看了！西方戲劇家與戲劇理論家始終把「三 S 律」奉爲創作圭臬，〔註10〕中國古典戲曲則一向推崇「奇、巧、曲」。兩者表述儘管不同，然其內在涵義卻不謀而合：均強調劇作家要通過巧妙設置「懸念」，以安排情節結構，營構出「山重水複疑無路」的規定性情境，誘導觀眾於峰回路轉之中，對劇情中已發生的興趣盎然，對未發生的翹首以待；戲劇演出不結束就不肯離場，直至等到出現「柳暗花明又一村」的結局方心滿意足。

顯然，懸念不啻劇作家手中招徠觀眾的制勝法寶，堪稱劇作家用以安排情節、結構佈局，從而營構強烈的戲劇性及其引人入勝之觀賞效果的關鍵因素！恰如西方戲劇理論家們指出的：「懸念乃是戲劇中抓住觀眾的最大的魔力，」〔註11〕「戲劇的懸念是差不多一切成功的戲劇效果的源泉、根據和生命」，戲劇藝術歸根結底就是一門「懸念的藝術」。〔註12〕

然而戲劇懸念的得來並非易事，需要戲劇家的匠心獨運，尤其有賴於戲劇家對設置懸念的一些重要敘事技巧的精妙使用。這裏即以西方古典戲劇爲參照，濾取元雜劇與古希臘戲劇爲具體審察對象，嘗試就設置懸念的兩種重要敘事技巧——「預敘」與「延敘」在中國古典戲劇中的運用問題，進行一番比較探究。

一、提前透漏未來些許信息或內幕的「預敘」

（一）「預敘」界說

「預敘」堪稱西方敘述學理論中一個使用頻率頗高的概念術語。法國學者克利斯蒂安・麥茨指出：「敘事作品是一個具有雙重時間性的序列……：所講述的事情的實況和敘述的實況（所指的實況和能指的實況）。這個二元性不

〔註10〕即令人疑惑（Suspense）、令人吃驚（Surprise）、令人滿意（Satisfy）。參見：
　　　　（英）威廉・阿契爾著，劇做法，〔M〕，北京：中國戲劇出版社，1964，155。
〔註11〕亨特語，引自顧仲彝著，編劇理論與技巧，〔M〕，北京：中國戲劇出版社，
　　　　1981，253。
〔註12〕（美）喬治・貝克著，余上沅譯，戲劇技巧，〔M〕，北京：中國戲劇出版社，
　　　　2004，18。

僅可以造成實況上的扭曲——這在敘事作品中司空見慣，例如主人公三年的生活用小說中的兩句話或者電影中的幾個『反覆』剪接的鏡頭來概括——而且，更根本的是，我們由此注意到，敘事作品的功能之一即把一個實況兌現於另一個實況之中。」〔註 13〕諸如小說、戲劇以及電影等任何敘事作品，都必然涉及上述「故事的實況」與「敘事的實況」這兩種實況。「故事的實況」指敘事作品所敘述故事的自然時間序列，「敘事的實況」則指該故事在敘事作品（即文本）中所展開的先後順序。「故事的實況」與「敘事的實況」之間，總是難以避免地存在著一定程度的差異，如果將未來發生的事件提前敘述出來，便出現了敘事學中的「預敘」。西方敘事學家熱奈特將「預敘」定義爲「預先講述或提及以後事件的一切敘述活動。」〔註 14〕「預敘」，顧名思義是對將要發生的事情（如事件、人物、場景等等）的預先敘述：「預敘指的是對未來事件的暗示或預期，是把以後將要發生的事情提前敘述出來。」〔註 15〕遍覽中國古典戲劇理論，諸如清代金聖歎評點《水滸傳》時稱道的：常常「於前文先露一個信息，使文情漸漸隱隆而起」〔註 16〕，有的學者將此敘事技法概括爲「草蛇灰線法」，與「草蛇灰線法」大同小異的術語，還有「草裏眠蛇法」、「意此筆彼法」等〔註 17〕。

預敘的承載者既可以是戲劇人物（即由人物在劇情之中將未來之事予以提前敘述），也可以是非戲劇人物（如在戲劇開場時甚至正式開場前與劇情無涉的某局外人等），對戲劇故事進行一種整體性概覽，其中包括對未來發生的事件（所謂後事）的預先鋪敘。從敘事效果看，由於預敘事先透露出未來的信息，破壞了觀眾的等待與預測結果的緊張、期待心理，因此在一定程度上有損於觀眾的閱讀或觀賞效果；但從另一方面而言，預敘卻能引致另一種性質的心理緊張，誘使觀眾產生渴望知曉造成導致預敘之事件產生的原因，填

〔註 13〕　（法）克利斯蒂安・麥茨著，論電影的指示作用，引自張寅德編選，敘事學研究，〔M〕，北京：中國社會科學出版社，1989，250。

〔註 14〕　（法）熱拉爾・熱奈特著，王文融譯，敘事話語・新敘事話語，〔M〕，北京：中國社會科學出版社，1990，135。

〔註 15〕　引自張寅德編選，敘述學研究，〔M〕，北京：中國社會科學出版社，1989，209。

〔註 16〕　清代金聖歎評點：《第五才子書施耐庵水滸傳》，中州古籍出版社 1985 年第 85 頁。

〔註 17〕　劉奇玉著，《古代戲曲創作理論與批評》，中國社會科學出版社 2010 年第 469 頁。筆者據此認爲，此敘事技法大致類似於「預敘」的含義了。——筆者注。

補從當前時刻到預敘事件之間空白的迫切心理。所以，預敘若運用恰當，非但不會減損敘事的效果，反而能夠取得事半功倍的良好敘事效果。綜上所述，筆者認爲不妨可以將「預敘」界定爲：所謂「預敘」，是指戲劇家在對劇中人物保密的前提下，將劇情發展進程中即將發生的事件（可能是該事件的某種跡象、徵兆，也可能是該事件的局部性內幕甚至全部眞相），向觀眾做出預先的提示與說明，讓觀眾心中有一定底數，以此誘導觀眾對事件中人物（尤其是正面主人公）的遭際及其命運耿耿於懷，產生追根究底的濃厚觀賞興趣。

西方學者認爲西方文學傳統中很少見到預敘。即如熱奈特所指出的：「與它的相對格——追敘相比，預敘明顯地較爲罕見，至少在西方敘事文化傳統中是這樣……古典小說（廣義上講，其重心主要在 19 世紀）的構思特點是敘述的懸念，因此不適合於作預敘。此外，傳統式虛構體中的敘述者必須假裝是在講故事的同時發現故事。因此，在巴爾扎克或托爾斯泰的作品中，我們很少見到預敘。」里蒙·凱南同樣持如是觀：「預敘不如倒敘那麼頻繁出現，至少在西方傳統中是這樣。」

楊義等國內學者從中西對照的視角出發，認爲與西方文學傳統中預敘相對薄弱的情形相比，預敘在中國敘事傳統中乃是其強項而非弱項：「中國作家（擅長）在作品開頭採取大跨度、高速度的操作，在宏觀操縱中，充滿對歷史、人生的透視感和預言感。於是預敘也就不是其弱項而是其強項。」〔註18〕如果說「預敘」屬於中國古典文學所富有的一個傳統「強項」，西方小說更多以「倒敘」爲突出特點，那麼在西方古典戲劇領域，恐怕事實並非如此：「預敘」反倒是較爲「頻繁出現」的現象，充分表明「預敘」在西方古典戲劇傳統中並非其「弱項」。這種現象從反面映照出，西方學者精於小說而疏於戲劇的研究視界所帶來的某種「近視」與短見。有鑒於此，筆者擬在論及中西方古典戲劇運用「預敘」的比較對照中，就此問題展開深入探究。

預敘作爲製造懸念的一種戲劇敘事技巧，其特點在於有意透露雲端裏的一鱗半爪，從而使觀眾產生究根問底的濃厚興趣。如前所述，觀眾總是滿懷著「看戲」的期待而走進劇場的，要抓住觀眾，就必須始終抓住觀眾的期待。那麼，對於深諳此道的戲劇家們而言，怎樣才能做到巧妙營造出懸念以牢牢抓住觀眾的期待呢？一條行之有效的秘訣就在於，讓觀眾既有所知，而又有所不知。對此秘訣，我們不妨從觀眾心理學角度予以解讀。假如觀眾對於劇

〔註18〕楊義，中國敘事學，〔M〕北京：人民出版社，1997，152。

情一無所知，其期待只能是盲人摸象般空洞浮泛的盼望，難以稱得上眞正的懸念；假如觀眾對於劇情悉數了然於胸，又很可能會頓然喪失觀賞的興趣。顯然，這裏劇作家最適宜的揚長避短的做法，無疑在於既要事先告知觀眾某些事情，但同時又必須故賣關子式地對某些事情——尤其涉及內幕、隱情的某些重大事件，向觀眾有所保留、秘而不宣。正如英國現代戲劇理論家阿契爾著意強調的：「要預敘一種十分吸引人的事態，卻並不把它預述出來。」〔註19〕這裏所謂「預敘」而又不「預述」，根本宗旨即在於讓觀眾在有所知的基礎上期待更多的「知」——亦即對那些暫且被劇作家有意包裹或封存於暗箱裏的隱情、秘密或內幕等的破解與知曉，從而形成強烈的戲劇懸念，產生更多的心理需求。從表面上看，懸念依賴曲折透迤、起伏跌宕的外在戲劇情節引人入勝，但其藝術魅力的根本動因，卻在於其內部機理暗合觀的「欲知後事如何」的心理需求。像磁鐵將物體牢牢吸黏於磁盤那樣，懸念乃是操控觀眾的至關重要的戲劇籌碼。戲劇懸念彷彿一位經驗豐富的嚮導，引領觀眾沿循崎嶇的山路，不停地探尋前方的旖旎風光。

縱覽西方戲劇發展的歷史，不難見出早在古希臘時代，「預敘」便已得到相當廣泛的使用了——希臘悲劇家們發現，對於即將發生的可怕的事變，如果事先對觀眾有所「預敘」，就可以使一刹那的震驚變成較長久的緊張與期待。試以「悲劇之父」埃斯庫羅斯的《阿伽門農》（《俄瑞斯特斯》三部曲之一）爲例。該劇中希臘聯軍統帥阿伽門農之妻克呂泰墨斯特拉與姦夫埃吉斯托斯，早已蓄謀要除掉阿伽門農，而阿伽門農對此陰謀卻一無所知。在謀殺發生之前，劇作家通過一位被俘掠的女巫卡桑德拉在阿伽門農家門口的恐怖表情，以及她對即將來臨的災禍的預言，把後面即將發生的「那可怕的一幕」提前預敘給觀眾。觀眾強烈地感受到了她的恐懼，於是對阿伽門農吉凶難卜的未來命運產生密切的關注與深切的憐憫，以忐忑不安的心情，緊張地期待著悲慘而不幸的事件，如何降臨到剛剛從特洛亞戰場凱旋歸來，甚至未及洗去十年戰爭風塵的希臘英雄阿伽門農頭上！如果沒有這一預敘，阿伽門農被謀殺（死於浴缸之中）的悲慘場面，僅僅只能引起人們片刻性的短暫震驚，卻難以使其產生緊張感與期待感，也不會相應產生對悲劇主人公不幸命運的憐憫。

值得我們稍加注意的一點是，古希臘悲劇所表現的內容，大多取材於當

〔註19〕 （英）威廉‧阿契爾，劇做法，〔M〕，北京：中國戲劇出版社，1980，151。

時的觀眾早已熟知的希臘神話與傳說，三大悲劇詩人運用「預敘」，得以提醒觀眾對即將出現的戲劇性場面的關注，提前參與後面事件的情感體驗。而古希臘之後的西方古典戲劇家，則往往通過「預敘」來激發觀眾的好奇心，設置戲劇懸念，誘導觀眾更快地進入劇作家設定的戲劇情景之中。所以，在對「預敘」的具體使用上，西方古典戲劇與古希臘戲劇兩者之間，已然存在著某些細微差異。如莎士比亞的著名悲劇《奧賽羅》第一幕結尾，伊阿古通過大段的獨白，把自己行將施展的陰謀詭計——道出（實際上就是說給觀眾聽的）：利用奧賽羅的直爽和輕信，造成他對手下副將凱西奧與妻子苔絲德蒙娜之間關係的誤解和猜忌，以便一箭雙雕——既能從背後向奧賽羅施以報復，又讓凱西奧失去奧賽羅的充分信任而失寵，自己趁機取而代之，謀取副將的要職顯位。聽了這個卑劣小人的一番道白，觀眾自然產生強烈的期待：伊阿古究竟何以將其罪惡計劃付諸行動？奧賽羅會不會果真落入陷阱？苔絲德蒙娜的命運又該如何？……劇中每個人物的反應都使觀眾牽腸掛肚，邪惡的魔爪正向美麗純潔的苔絲德蒙娜悄然逼近，而她卻偏偏一無所知，尤令觀眾忐忑不安、憂心如焚。舞臺上奧賽羅夫婦即將發生的奇異的情感糾葛，因此變得格外地扣人心弦！再比如高乃依的古典主義悲劇《熙德》，西班牙塞維利亞青年貴族（劇中男主人公）羅狄克在劇情開場伊始，便因父親狄埃格將軍與熱戀情人施曼娜父親高邁斯伯爵，圍繞競選太傅問題產生的矛盾衝突——狄埃格成功入選太傅，競選失敗的高邁斯出於嫉妒，於朝廷之上、眾目睽睽之下打了狄埃格一記耳光，面臨著兩難的抉擇：是為了愛情而忍受侮辱，還是為維護家族榮譽而替父雪恥？觀眾的心隨著戲劇帷幕的開啟而被迅速抓住。經過痛苦的權衡，羅狄克決定捨棄愛情而選擇榮譽。但懸念並未解開，而是引致觀眾進一步的期待：羅狄克將怎樣為家族雪恥？其復仇行為對於兩個家庭而言，將會引發怎樣的後果？一旦高邁斯伯爵受到傷害，身為其女兒的戀人施曼娜還會一如既往地摯愛羅狄克嗎？第二幕的劇情為，羅狄克在決鬥中殺死了高邁斯，不勝悲哀的施曼娜向國王哭訴，堅決而強烈地要求國王替自己主持公道——懲辦殺害父親的兇手羅狄克！昔日戀人，如今已成不共戴天的冤家死敵，他（她）們之間的情緣能否延續下去？……諸如此類的懸念環環相扣，牽繫著觀眾從一個期待走向另一個期待。

從理論上講，預敘其實就是劇作家在對劇中人物保密的前提下，把劇情中即將發生的事件的全部、局部或僅僅某種跡象與徵兆，向觀眾作預先提示，

使觀眾心中有數，並誘使觀眾爲劇中人物（特別是正面主人公）各自的命運、遭際或悲或喜，或者緊張焦慮，亦即產生出懸念。預敘一般離不開對過去及目前狀況的必要交代，這種交代是懸念產生的基礎。在這方面，中國古典戲曲自有一種獨特的套路：第一，人物一出場，以自報家門的形式介紹自己及劇中其他有關人物的姓名、年齡、身份、籍貫等，有時甚至還介紹到人物的某種性格、品行——是滿腹才學、正直清廉，抑或奸貪跋扈、油滑無能等等；使人物一登場，就像各自所配戴的臉譜面具一樣，善惡美醜一目了然。第二，在戲劇開場，預先介紹有關劇作的故事背景等相關情況。如《單刀會》第一折，魯肅剛剛上場，就開門見山地點明三國鼎立的時代背景，補敘了荊州正由關羽鎮守的現狀；然後才言歸正傳地轉入正題，提出吳國索取荊州的三條計策，指出了劇情未來發展的大致方向。由於一開始劇作家就讓觀眾知曉人物概況、相互關係、事件的時代背景及其劇情發展的總體方向，這就爲觀眾急於「探求究竟」的懸念的產生，創造了必要前提。

（二）「預敘」在中西方古典戲劇中的運用及其探因

細細研讀元雜劇，可以見出以元雜劇爲代表的中國古典戲劇在運用「預敘」以製造懸念方面，既存在與以古希臘戲劇爲代表的西方古典戲劇不謀而合的某種創作共性，同時又不乏某些自身的獨特性。概括說來，從對觀眾保密程度的視角考察，以元雜劇爲代表的中國古典戲劇家們使用「預敘」，主要表現爲以下三種具體情形：

第一，劇作家安排劇中人物將自己的打算和盤托出，讓觀眾通曉內情，而把劇中人物完全蒙在鼓裏，使之一無所知。依循前述懸念類型而論，應當將此歸屬於「開放性懸念」那一類。西方古典戲劇慣常使用預敘。前舉《奧賽羅》一劇即屬此種情形。而元雜劇中此類情形亦相當普遍，茲舉幾部劇作爲例。

《單刀會》中魯肅欲索取荊州而邀請關羽過江赴宴，劇情中關羽以智勇取勝的結局在前三折中已作了充分的預敘：前兩折借助喬國老與司馬徽之口預告出魯肅必敗的結果，第三折中關羽的道白進一步預敘他將採取的對策，即交待將要發生的事情。再如《謝金吾》中的王欽若出場伊始，便透露出陷害楊景的陰險計劃：「我料得楊景那廝，聞知拆倒了他家門樓，必然趕回家來，與我詰奏其事。那時間我預先差人拿住他，奏過聖人，責他擅離信地、

私下三關之罪。」〔註20〕當劇情發展至楊景果然私離邊關趕回家時，觀眾自然會爲他焦急和擔憂。《連環計》中先交代王允利用貂禪和呂布劑除董卓的所謂「美人計」，隨後再鋪敘董卓怎樣一步步地落入圈套。觀眾懷著喜悅興奮的心態，靜觀董卓這一當朝姦佞如何在不知不覺中逐漸跌入死亡的陷阱！再比如《殺狗勸夫》裏，也是先由楊氏交代了底細：「我將這個狗把頭尾去了，穿上人衣帽，丟在我門後首。我將前門關了，員外必然打後門進來，看說什麼」。觀眾帶著會心的微笑靜觀隨後劇情發生的滑稽一幕：孫大歸來，果然將死狗誤當成死人，並慌慌張張地去找柳隆卿、鬍子轉幫忙；柳、胡二人果真懼怕且推辭再三，並馬上落井下石地向官府告發「殺人犯」孫大，造成早在觀眾意料之中的令人捧腹的強烈喜劇性效果。

　　第二，劇作家借助劇中人物之口，把故事事件中的內幕預先向觀眾作局部性透漏，使觀眾雖知其一卻不知其二，知其略而難得其詳。如《救風塵》第二折裏，趙盼兒曾說道：「我到那裏，三言兩語，肯寫休書，萬事俱休；若是那廝不肯寫休書，我將他掐一掐，拈一拈，摟一摟，抱一抱，著那廝通身酥、遍體麻。將他鼻凹兒抹上一塊砂糖，著那廝舔又舔不著，吃又吃不著，賺得那廝寫了休書。」〔註21〕趙盼兒這裏雖然透露出自己準備利用色相賺取紈袴無賴周舍休書的計劃，但又不予具體說明如何做法；另外，對於趙盼兒自帶羊、酒、紅羅以及複製的那份假休書，安排宋引章對她惡意漫罵和秀才安秀實向官府狀告周舍等，其用心何在？計將安出？劇作家關漢卿亦均未向觀眾明白泄露。觀眾欲知其詳，急於想要瞭解事件的全部眞相，並熱心期盼趙盼兒的計謀能一舉成功，懸念由此產生。

　　第三，劇作家對事件眞相僅僅向觀眾做出某種隱約的暗示，將具體內容秘而不宣、全然保密，藉此誘導觀眾的極大好奇心與各種猜測。如《望江亭》第二折，譚記兒決心隻身探險時，用「（做耳暗科）則除是憑地」，點出自己的錦囊妙計。然而具體計將安出，她卻絲毫不透半句。《梧桐雨》中安祿山被唐玄宗委派前往漁陽之際，意味深長地歎道：「……叵耐楊國忠這廝，好生無禮，在聖人面前奏准，著我做漁陽節度使，明升暗貶。別的都罷，只是

〔註20〕無名氏，謝金吾，王季思主編，全元戲曲（第六卷），〔M〕，北京：人民文學出版社，1999，320～321。

〔註21〕關漢卿，救風塵，王季思主編，全元戲曲（第一卷），〔M〕，北京：人民文學出版社，1999，97。

我與貴妃有些私事，一旦遠離，怎生放得下心。罷，罷，罷！我這一去，到的漁陽，練兵秣馬，別作個道理。正是：畫虎不成君莫笑，安排牙爪好驚人。」〔註 22〕他的這番話，暗示出自己將有「驚人之舉」；但究竟採取何等驚人之舉（即預謀叛亂），劇作家讓他暫且留在了肚子裏。這種密不透風式的預敘，令觀眾迫切期待，並會竭盡所能地對人物以後的驚人舉動及未來事件，做出各種各樣的預料和推測。

如果從採取的方式及其在劇情中所處位置的視角而論，元雜劇中所使用的「預敘」，大致又可劃分爲以下幾種情形：

第一，以戲劇開場時的人物賓白進行的預敘。

如《碧桃花》楔子中張珪的一段開場白：

> 小官姓張，名珪，字庭玉，東京人氏。叨中進士，除授廣東潮陽縣縣丞。嫡親的三口兒家屬，夫人趙氏，孩兒張道南。此子廣覽經書，精通文史，眾人皆許他卿相之器，此吾家積德所致也。俺此處知縣徐端也是東京人氏，他有一女，小名碧桃，曾許俺孩兒爲妻，至今不曾婚聘。〔註23〕

這段開場白交待了張珪的自我身份、地位及一家三口的情況，並著意交代了他的孩子與碧桃訂婚，爲隨後劇情的發展作了一定的鋪墊，使得劇情順理成章地向「才子佳人」愛情故事格局延伸開去。

第二、在情節進展中針對即將發生的事情給予預敘。

如《漁樵記》第二折中，劇作家通過王安道和劉二公的對白，點明劉二公父女爲激勵朱買臣奮發進取，故意令女兒向其索取休書；之後又悄悄備妥十兩白銀和一套錦衣，假友人王安道之手送給動身趕考的朱買臣！整部劇作濃墨重彩之處，即在於朱買臣懷才不遇、自立自強而終成大事的幾個時期的情感歷程。

第三、通過夢境預兆對未來可能發生的事情進行預敘。

現存 162 部元雜劇中，涉及「夢」者共計 38 部，約占總數的四分之一。這些雜劇中寫「夢」的文字少則幾句，多則一折、兩折甚至三折，例如《薛

〔註 22〕白樸，梧桐雨，王季思主編，全元戲曲（第一卷），〔M〕，北京：人民文學出版社，1999，490。

〔註 23〕無名氏，碧桃花，王季思主編，全元戲曲（第六卷），〔M〕，北京：人民文學出版社，1999，653。

仁貴》、《黃粱夢》、《竹葉舟》等。如果我們細細研讀一番，不難見出元雜劇中的「夢境」，大致可以分為四類情形：其一是神仙點化夢，其二是心理思緒夢，其三是鬼魂寄託夢，其四是預兆暗示夢。「夢境」作為元雜劇中屢見不鮮的現象，被不少元代雜劇家屢試不爽，充分發揮著刻畫人物形象、挖掘人物心理、推動情節發展、渲染戲劇氣氛、曉喻創作主旨等藝術功用。這裏與所論話題密切相關的，集中體現於預兆暗示夢這一類，即指「夢境」通過各種物象或景觀（或場景），對未來可能或必定發生的事件呈現出某種預示徵兆。這種預敘往往在後來劇情演變發展的特定境況中得到應驗，從而起到預示劇情的微妙作用。例如《朱砂擔》中的主人公貨郎王文用，為了躲避占卜而知的百日殺身之禍，遠行出外經商。在厄運將滿的第九十九天，他來到一家客棧留宿。夜晚夢見自己獨自到花園遊玩，正欲摘花之時，被一個「黑妖精」模樣的「邦老」強盜揪住，嚇得他「不敢問他姓名，早則是打了個渾身癡掙」；最終被此賊人殺害。此噩夢的描寫便明顯屬於「預敘」，亦即巧妙暗示主人公將遭到謀殺之悲劇命運之未來走向。再如《蝴蝶夢》裏，皇親惡霸葛彪肆無忌憚地隨手將平民王老漢打死，王老漢的三個兒子氣憤不過而上前理論，情急之下失手打死葛彪。審案此椿命案期間，包公曾做了一個奇怪的夢。此即第二折中包公在審理偷馬賊趙頑驢盜竊案後，因勞累在公堂上伏案而眠。恍惚之中做了一個怪夢：夢見兩隻蝴蝶落在蜘蛛網上，被另一隻大蝴蝶救走。後來又飛來一隻小蝴蝶，頗為奇怪的是，那只大蝴蝶並未將這隻小蝴蝶救走！包公甚感詫異，於是親自將小蝴蝶解救下來。夢醒之後的包公，在廳堂之上開始審理王氏三兄弟殺人命案。審訊過程中，包公發現王母猶豫再三後，請求包公釋放王大（金和）、王二（鐵和），而選擇由王三（即小兒子石和）抵命。包公對王母之舉頗感疑惑，經過一番更為細緻縝密的勘察，乃得悉王大（金和）與王二（鐵和）均繫前妻所生，王三（石和）方為王母親生的隱情。包公不禁深為其超乎尋常的母愛所感動，恍然明白了「蝴蝶夢」之預兆，決心像「蝴蝶夢」中解救小蝴蝶那樣去救助王三。包公所做「夢境」中的四隻大小「蝴蝶」，顯然代表了這起命案中的王氏母子四人，「蝴蝶」夢兆不啻暗示、吻合了包公隨後斷案中王母請殺親子的一段重要情節！

　　第四，借助鬼魂託夢，對未來將會發生的超自然詭異事件予以預敘。

　　元雜劇中時常出現的鬼魂，多為蒙冤負屈、銜恨而死者，儘管諸鬼魂之間冤屈各不相同，比如竇娥屈打成招的冤死與關羽張飛戰死沙場的遺恨，便

存在非常大的區別；但一言以蔽之，它們均以未報之仇、未消之恨爲其內核。這些蒙冤飲恨的人物死後，往往採取鬼魂形式去抗爭復仇，而其抗爭的主要方式即體現爲「託夢」。例如《昊天塔》中楊令公、楊七郎戰死沙場後，屍體被敵人懸掛於昊天塔上，每日受番兵百箭穿身。不堪受辱的令公與七郎，於是託夢於楊六郎：「今宵夢裏將冤訴，專告哥哥爲報仇」。楊六郎感夢，和孟良及隨後相認的楊五郎一起殺進遼國，盜回骨殖，替父兄報仇雪恨。又如《西蜀夢》中的張飛鬼魂託夢，囑咐劉備和諸葛亮捉住殺死他的仇人；《東窗事犯》中岳飛的鬼魂託夢於宋高宗：「用刀斧將秦檜市曹中誅，喚俺這屈死冤魂奠盞酒。」至於《范張雞黍》中張劭鬼魂託夢給范氏告知自己的死訊，情況則與上述劇作有所不同，更多出於奉守范、張兩人之間「生死交、金石友、至誠心」的朋友信義。

第五，異象預敘，即將自然界或現實生活中發生的某些奇異事件與戲劇人物相聯繫，異象的出現由此成爲一種對應契合型的徵兆，一種預言式現象。

例如《竇娥冤》中，悲憤欲絕、拷問天地的竇娥臨刑前許下三樁心願：自己若是委實冤枉，血濺白練，天降大雪，亢旱三年！竇娥死後這三樁不可能發生的奇異事情，竟然逐一兌現應驗了！劇作家關漢卿以神來之筆所寫出的如此異象預敘，可謂對清官昭雪冤案的隨後劇情的一種預敘。

第六，「預言預敘」，即借助神靈或具有未卜先知本領的智囊型人物（如巫師、占卜者、算卦先生、軍師等等）的某種預言，去預測未來某些事件的發展及其結局；而隨後有關事件的發展及其結局果然不出其預料，從開始的預言到最終的應驗，不啻構成一個相當完整的預敘過程。

如元雜劇「三國戲」中蜀相諸葛亮在《博望燒屯》等劇作中，對於戰役經過及其勝負結局全方位俯瞰判定的預言式預敘。這種預言與隨後展開的激烈戰鬥及其結局分毫不差，充分彰顯軍師孔明「運籌帷幄之中、決勝千里之外」的神機妙算的卓絕軍事才華。

元代雜劇家善於採用並能嫻熟運用預敘的敘事手段，取決於多方面原因：

首先，是對中國悠久史傳文學運用預敘之傳統的繼承和發展。

預敘的運用，早在殷墟甲骨文卜辭中已具最初形態；先秦兩漢時期的《左傳》、《史記》等史籍，繼承其中的卜筮和預言，使預敘手法初步形成，對中國古典小說創作產生深刻影響；而晚於小說面世的中國古典戲曲藝術，則從史傳文學傳統尤其古典小說創作中借鑒取法。諸如《左傳》、《史記》中所記

載的許多睿智預言家、軍事家等歷史人物的遠見卓識，促使預敘的日漸成型。比如《左傳・秦晉殽之戰》中蹇叔送戰的一番哭訴：「晉人禦師必於殽，殽有二陵焉？其南陵，夏后皋之墓也；其北陵，文王之所辟風雨也。必死是閒，余收爾骨焉。夏四月辛巳，晉人及姜戎敗秦師于殽。」〔註 24〕宋代流行一時的話本小說為招攬聽眾，在演出前每每以「開場白」形式予以簡要介紹，暗示出整個故事的梗概。這些做法，均為元代以降的雜劇家們運用「預敘」奠定了一個良好的基石。

其次，舞臺時空的有限性，是促使「預敘」發達的一個重要原因。

戲劇作為舞臺藝術，其演出受到時間與空間的很大限制，一齣戲的演出時間儘管沒有明確限定，但鑒於觀眾生理、心理的承受力，一般控制於三、四小時之內。因此，某些與戲劇衝突關係不大的人物與事件，由作者預先敘說出來，有助於劇情盡快向高潮發展，避免觀眾注意力的分散和情節的細碎散亂。例如《趙氏孤兒》楔子中，交代了屠岸賈誅殺趙盾一家三百口的罪惡行徑，並在趙朔與公主訣別之際，表明趙朔對遺腹子的期望：「若是個小廝兒，我就腹中與他個小名，喚作趙氏孤兒。待他長立成人，與俺父母雪冤報仇也。」〔註 25〕這種開場裏的預敘，讓觀眾立刻知曉該劇乃一部圍繞忠奸鬥爭而展開的復仇劇，於是將關注力集中投射於公主能否生下「趙氏孤兒」、這個孤兒能否安全長大、能否最終為趙家報仇伸冤等問題上。

三，觀賞戲劇演出時知曉一切的某種優越感之觀眾心理，非常有助於元雜劇「預敘」的良性發展。

觀眾觀賞戲劇時，有一種比劇中人物知曉內情的居高臨下的優越感。換言之，洞察一切的優越感，使觀眾處於一種興奮狀態和滿足狀態。有時臺上越緊張而臺下則越輕鬆，觀眾懷著極大好奇去觀賞戲劇怎樣走向結局。例如元雜劇中的一類「神仙道化劇」，對「預敘」之運用可謂相當嫻熟：每每在第一折中，向觀眾提前交代神仙欲超度某人成仙，並告誡觀眾保持靜觀其變的沈穩心態，因為此凡人必須歷經各種磨難，方能修成正果。隨後兩三折中，劇作家安排主人公做一個長達數十年的夢，經受人世間的種種磨礪，最終省

〔註 24〕楊伯峻校注，春秋左傳注（修訂本），〔M〕，北京：中華書局，1990，491～492。

〔註 25〕紀君祥，趙氏孤兒，王季思主編，全元戲曲（第三卷），〔M〕，北京：人民文學出版社，1999，602。

悟而皈依佛道。觀眾從劇情伊始，便預知主人公定能成仙的結局，惟獨主人公自己被全然蒙在鼓裏。觀眾的興趣，集注於主人公在夢中經歷怎樣的人情冷暖，從而導致其思想意識上發生「脫胎換骨」的變化。

　　四，對於雜劇家們而言，「預敘」的使用有時則是囿於元雜劇一本四折的固有體制，對於戲劇文本故事長度帶來一定限制性而予以靈活變通的結果。

　　試以《博望燒屯》爲例。該劇第二折演述曹操大將夏侯惇率領四十萬大軍進犯，諸葛亮給蜀國諸位大將分配軍務，最後安排張飛負責堵截敵軍退路，並讓他立下絕無閃失的保證書。在分配趙雲、關羽等各位將軍不同作戰任務的過程中，諸葛亮把即將發生的一場浴血廝殺的一幅戰爭全景圖，具體生動地描繪出來。如果說這種戰前詳盡細緻的交代，於軍師諸葛亮而言，乃是其運籌帷幄的軍事睿智的自然顯露，合乎情理之中；但對該劇的劇作家來說，或許更多出於爲雜劇體制本身束縛的某種無奈和補救之策了。因爲「博望燒屯」堪稱一場頗具規模的大型戰役，趙雲、劉封、糜竺、糜芳、關羽、張飛兵分五路，各自殲敵；然而元雜劇一本四折的短小體制，難以或者不可能將如此宏大的歷史事件予以各個場景式的細緻展現。假如缺失戰鬥的過程，到第三折劇情裏張飛的受罰，便會顯得毫無根由、十分突兀。在表現內容與表現形式的雙重限制之下，戲劇家只能採用預敘，安排諸葛亮在第二折中，借助交代人物之機而詳細鋪敘戰役的整個過程；然後到第三折中，直接引入張飛因未能完成任務而受到懲罰。這樣處理，不僅故事情節得以融彙貫通，而且劇作故事長度亦得到相當有效的調整壓縮。

　　有的學者認爲：「中西戲劇懸念的設置有共同性，第一，在其發展過程中，大體上都是先讓觀眾對角色『做什麼』產生期待心理，換句話說，都是先不告訴觀眾這個戲是演什麼故事的。如古希臘戲劇，如元曲。發展到後來，則先告訴觀眾這個戲的大致內容，讓觀眾集中精力去欣賞角色怎樣把這個故事表演出來。如莎士比亞的一些戲劇，如中國的明清傳奇。」〔註26〕也就是說，古希臘戲劇與元雜劇中懸念的設置，主要是針對觀眾保密——所謂「先不告訴觀眾這個戲是演什麼故事的」的那種封閉式懸念。這種觀點與古希臘戲劇與元雜劇的實際情況並不相符，本章「預敘」部分已經舉出的大量元雜劇便是最有力的驗證。筆者不妨再從與元雜劇比較對照的視角，對古希臘戲劇使

_____

〔註26〕李萬鈞著，中國古今戲劇史（下卷），〔M〕，廣州：廣東高等教育出版社，1997，44～45。

用「預敘」的情況予以一番考察。

其一，「開場」對預敘的運用。

提到戲劇開場，人們總是津津樂道於元雜劇的自成一種套路，諸如開場白、上場詩、自報家門等等。其實「開場」在古希臘戲劇中也得到大力使用。埃斯庫羅斯七部傳世悲劇中，有「開場」的達五部之多；只有《乞援人》和《波斯人》沒有「開場」，直接爲「進場歌」。索福克勒斯七部現存悲劇全都有「開場」，且《埃阿斯》中有兩次「開場」，開創了西方戲劇分幕的先例。歐里庇得斯流傳下來的十七部悲劇，只有《瑞索斯》一劇缺少「開場白」；阿里斯托芬的「舊喜劇」中，有十一部之多有「開場」。相比之下，古希臘戲劇家中，只有米南德的新喜劇，在結構體例上分爲「四幕」而沒有「開場」。羅念生、陳中梅等古希臘戲劇的譯者，在其譯本前言或注解中，均將歐里庇得斯劇作中的「開場白」解釋爲：開場時由一個劇中人物向觀眾道明劇情。這種預敘給予觀眾的懸念，顯然並沒有對觀眾保密。

也許有人曾產生某種疑慮：「開場」原本是戲劇帷幕開啓、展開劇情之意，這裏「開場」中即有「預敘」的說法是否妥當呢？我們不妨以兩部中西古典戲劇——元雜劇《西廂記》和希臘悲劇《俄狄浦斯在科洛諾斯》爲例，對此問題予以比較與說明。

元雜劇「開場」中的「自報家門」，一般遵循一種固定的套路：首先是出場者敘述家世；其次是敘述過去曾經發生的某些事情；再次是道明目前正在做的某些事情；最後是或明或暗、或顯或隱地披露甚至僅僅暗示將來可能要做或者想做的某些事情。這四個方面內容以合乎自然的時間順序排列，儘管偶有省略（即劇作家可能省略掉某一部分），但時間上從不顛倒其先後的順序。試看元雜劇《西廂記》第一本楔子中，故事女主角崔鶯鶯母親的一段自報家門：

> （外扮老夫人上開）老身姓鄭，夫主姓崔，官拜前朝相國，不幸因病告殂。只生得個小姐，小字鶯鶯。年一十九歲，針指女工，詩詞書算，無不能者。老相公在日，曾許下老身之侄——乃鄭尚書之長子鄭恒——爲妻。因俺孩兒父喪未滿，未得成合。又有個小妮子，是自幼伏侍孩兒的，喚作紅娘。一個小廝兒，喚作歡郎。先夫棄世之後，老身與女孩兒扶柩至博陵安葬；因路途有阻，不能得去，來到河中府，將這靈柩寄在普救寺內。這寺是先夫相國修造的，是

則天娘娘香火院，況兼法本長老又是俺相公剃度的和尚；因此俺就
這西廂下一座宅子安下。一壁寫書附京師去，喚鄭恒來相扶回博陵
去。我想先夫在日，食前方丈，從者數百；今日至親則這三四口兒，
好生傷感人也呵！〔註27〕

這段開場白敘述到的主要內容，無疑包括上述四個基本部分。第一是敘
述家世：包括老夫人自己、夫主、女兒、女僕等；第二是過去發生的一些事
情：已將女兒許配侄兒鄭恒、先夫修造普救寺且剃度法本長老、先夫棄世、
安葬亡夫途中受阻、暫且寄住普救寺等；第三是當前所做的事情：傳信吩咐
鄭恒前來；第四是老夫人下一步要做以及將來準備做的事情：先等侄子鄭恒
趕來，由其陪伴鶯鶯母女「相扶回博陵」，這件事情是明擺著的（亡夫靈柩總
不能永遠寄存於寺廟）；另一件大事則是老夫人嘴上沒有道出，但心裏會盤算
思量的——待鶯鶯父喪服孝期滿，即可與侄子鄭恒「成合」（即正式操辦婚
禮）！我們所說的「預敘」，指的便是對上述開場白四個基本內容中第四部分
的預先說明（或者暗示），這種「預敘」所製造出的戲劇懸念乃爲，觀眾懷著
期待心情觀賞劇情的發展：鄭恒是否能盡快趕來寺廟？何時陪伴鶯鶯母女將
姑父大人的靈柩護送到博陵？他能否在「未婚妻」鶯鶯服期滿後與之「成合」
（即結婚）？當然，該劇隨後的故事情節發展走向並未遵循觀眾上述的猜測
路徑。

古希臘悲劇家索福克勒斯的劇作《俄狄浦斯在科洛諾斯》，其劇情開場則
是已經淪爲瞎子和流放者的前忒拜國王俄狄浦斯，由女兒安提戈涅陪伴，一
路流浪漂泊，來到雅典城內科林諾斯聖林附近。在與女兒以及一位過路的當
地人攀談之後，俄狄浦斯向女兒道出了一個牽繫自己未來命運的秘密——太
陽神阿波羅曾經對他預言過，當他走到女神的聖地時，便可以得到自己生命
的歸宿：

樣子可怕的女神們啊，既然我一到這地方
就坐在了你們的聖所，
請別對福波斯（即阿波羅）和我不高興，爲了他
在預言了我命中的眾多災難之後告訴我：
這個地方是我多年後的安息之處，

〔註27〕王實甫，西廂記，王季思主編，全元戲曲（第二卷），〔M〕，北京：人民文學
出版社，1999，216～217。

　　在我達到這裏——我生命的終點時，

　　能從三位可敬的女神這兒得到坐處和棲身之所，

　　在這裏結束我可難的生命；

　　我住在這裏能給收留我的人造福，

　　能給驅逐我的人帶來厄運；

　　他還說，在我面前會有奇異的信號出現，

　　或是地震，或是雷聲，或是宙斯的閃電。〔註28〕

　　隨後的主要劇情便是俄狄浦斯爲雅典城邦接受，告別了女兒安提戈涅，平靜安詳地聽從死神的召喚和引導，死於科洛諾斯聖林。其間劇情發展中還穿插有許多事件：諸如雅典國王忒修斯打聽流浪者俄狄浦斯的身份；隨後通過公民大會表決，決定接受俄狄浦斯的避難申請；忒拜國王克瑞翁前來，欲將俄狄浦斯抓捕回國而未遂；小女兒伊斯墨涅趕來看望父親，並告知兩個哥哥手足相殘的近況，被弟弟埃特奧克勒斯驅逐而流亡的長子波呂涅克斯前來，以「乞援者」身份央求俄狄浦斯隨其返回忒拜等等……顯然，戲劇開場中是可以運用「預敘」，以便向觀眾事先告知或提前披露將來可能要發生的某些事件。

　　其二，劇情發展過程中對「預敘」的使用。

　　這一類使用「預敘」的情形，無論在中國古典戲劇還是西方古典戲劇中，都是最爲常見的。例如古希臘「悲劇之父」埃斯庫羅斯在《被縛的普羅米修斯》「第三場」（屬於全劇劇情的後半部分）中，於聽完伊俄痛苦申訴之後，普羅米修斯便採用了「預言」方式的預敘（這種方式倒是非常符合其「先知」的身份和特點），既是向當事人伊俄，同時也是在向觀眾們，提前描述了伊俄未來的命運；這種預敘，甚至其中還牽涉到預言者普羅米修斯的自身命運與未來歸宿——他將會被伊俄的後代（即「你的第十代以後的第三代後人」）〔註29〕解救，從而擺脫來自宙斯的瘋狂迫害。再比如上述索福克勒斯的悲劇《俄狄浦斯在科洛諾斯》「（九）第四場」中，俄狄浦斯嚴詞拒絕了波呂涅克斯希望父親隨其一同返回忒拜的央求——當初正是這位握有王位的長子，冷

〔註28〕 索福克勒斯，俄狄浦斯在科洛諾斯，張竹明、王煥生譯，古希臘悲劇喜劇全集（2），〔M〕，南京：譯林出版社2007，122。

〔註29〕 埃斯庫羅斯，被縛的普羅米修斯，張竹明、王煥生譯，古希臘悲劇喜劇全集（2），〔M〕，南京：譯林出版社，2007，189。

酷無情地向父親下達驅逐令，使其變成「有國難投的流亡者」。不僅如此，俄狄浦斯還送給兒子憤怒的詛咒──從另外一種視角而論，這種詛咒其實構成對兒子未來命運（甚至包括未出場人物次子埃特奧克勒斯歸宿）的一種預敘：

> 滾開吧，我憎恨你，我不認你爲我的兒子，
> 你這壞透了的畜生，帶著我對你
> 發出的這些詛咒滾開吧，
> 你永遠不能用武力征服你祖國的土地，
> 也永遠回不了群山環繞的阿爾戈斯，
> 你將死在親人的手裏，
> 也將殺死那個驅逐你的人。〔註30〕

其三，劇末或者戲劇收場的結局處使用「預敘」。

希臘先哲亞里士多德曾在《詩學》中強調「事件如何安排」，是「悲劇藝術中首要之事，而且是最重要的事」；進而指出：「所謂『完整』，指事之有頭、有身、有尾。所謂『頭』，指事之不必然上承他事，但自然引起他事發生者；所謂『尾』，恰與此相反，指事之按照必然律或常規自然的上承某事者，但無他事繼其後。」〔註31〕然而，我們如果細細觀賞古希臘悲劇，卻能明顯見出其中不少劇作在劇末或者戲劇收場的結局處使用預敘的情形。既然對未來某事有某種「預敘」，顯然也就談不上「但無他事繼其後」，而實乃「有他事繼其後」了。這反映出理論家的批評與戲劇家創作實踐產生的某種悖逆或者說「誤讀」。例如歐里庇得斯的《伊昂》中，克瑞烏薩遭到太陽神阿波羅強暴所生的兒子伊昂，在經歷了一番曲折坎坷的磨難之後，與克瑞烏薩母子相認。但此母子相認結局來臨之後，智慧女神雅典娜出場，替代阿波羅向伊昂預言了其（甚至包括其子孫）將來的命運：

> 克瑞烏薩，你攜這孩子（指伊昂）離開這裏
> 去克克羅普斯的國土，把他扶上
> 國王寶座；因爲，他出自埃瑞克透斯的
> 血統，有權利統治我的國土。

〔註30〕 索福克勒斯，俄狄浦斯在科洛諾斯，張竹明、王煥生譯，古希臘悲劇喜劇全集（2），〔M〕，南京：譯林出版社2007，213～214。
〔註31〕 亞里士多德著，羅念生譯，詩學，〔M〕，北京：人民文學出版社1962，25。

他的名聲將傳遍全希臘，因爲，

他的兒子們，一根分出四支，

他們的名字將被用來稱呼各自的地區

和住在我的山丘上的各自的人民。

…………

他們的子孫到時候

還將在苦克拉底斯群島和沿海陸地上

建立城邦，以加強雅典的力量。

他們還將殖民海峽兩邊

亞細亞和歐羅巴兩大陸的

平原上；爲了紀念「伊昂」這名字

他們將被稱作伊奧尼亞人，並聲名遠揚。〔註32〕

　　相比之下，諸如神仙道化題材之類的元雜劇中，雖然同樣會出現某些神靈，並且也有在劇情結尾之處，出面對人物和事件予以點評性質的判詞斷語。但那僅僅屬於對已經發生事件的概括，而不是發出導向未來事件的某種預言。例如馬致遠的神仙道化劇《任風子》第四折末尾，亦即全劇劇情的結局，便僅僅道出事件中相關人物的「今日」之境況，至於未來如何卻是絲毫未予顧及的：

　　　　（丹陽上云）任屠，你見了麼，那六個人是你身邊六賊，那小孩兒是你菜園中摔死的小的。今日見了酒色財氣，人我是非，你今日功成行滿。你聽者。（詩云）爲你有始終，救你無生死。貧道馬丹陽，三度任風子。（眾仙各執樂器迎科）（正末唱）〔尾〕眾神仙都來到，把任屠攝赴蓬萊島。今日個得道成仙，到大來無是無非快活到老。〔註33〕

　　再比如李壽卿的神仙道化劇《度柳翠》劇末，同樣只有對柳翠爲月明和尚度脫、最終省悟而皈依佛門的「過去已經發生的事件」的概括，以及「功成行滿」之「今日」現狀的描述而已，至於柳翠未來之蹤影則不得而知了：

〔註32〕歐里庇得斯，伊昂，張竹明、王煥生譯，古希臘悲劇喜劇全集（3）〔M〕南京：譯林出版社 2007，433～434。

〔註33〕（元）馬致遠，任風子，王季思主編，全元戲曲（第二卷），〔M〕，北京：人民文學出版社，1999，59。

（觀音領善才上，云）我南海觀世音菩薩。著月明尊者度脱柳翠去，這早晚敢待來也。（正末同旦兒上，云）菩薩，我月明尊者度脱的柳翠來了也。（觀音云）柳翠，因爲你枝葉觸污微塵，罰往人世，填還宿債。今日月明尊者引度你歸空了麼？（旦兒云）菩薩稽首，弟子省悟了也。（正末云）柳也，聽我佛的偈。（偈云）一切有爲法，如夢幻泡影。如露亦如電，應作如是觀。（唱）〔鴛鴦煞〕撇下這人相我相眾生相，出離了生況死況别離況。駕一片祥云，放五色毫光。唱道是佛在西天，月臨上方。才得你一縷陰涼，和桂影長相向。伴著者寶蓋香幢，再不許春日遊人到來賞。（觀音云）柳也，你聽者。

（偈云）出人寰脱離災障，拜辭了風流情況。三十年墜落塵緣，忙追遣月明和尚。再休題舞依依嫋娜輕盈，翠巍巍嬌柔模樣。畢罷了愛欲貪嗔，同共到靈山會上。（同下）〔註34〕

神仙道化劇之外的其他類别題材的元雜劇中，常常出現某位劇中人物（以當事人或者知情者、旁觀者的身份）或者某位清官甚至皇帝（有時或爲皇帝代言人的使臣）出面，針對劇作演述的事件及其相關的人物進行點評式的斷論。但這種斷論同樣屬於對已經發生過的過去事件的總結概括，而沒有那種對可能發生的未來事件的預敘。試以《秋胡戲妻》、《魔合羅》、《趙氏孤兒》三部劇作爲例。

《秋胡戲妻》第四折劇末，是以男主角秋胡以當事人口吻概括劇情而收束全場的：

（秋胡云）天下喜事，無過子母完備，夫婦諧和。便當殺羊造酒，做個慶喜筵席。（詞云）想當日剛赴佳期，被勾軍驀地分離。苦傷心抛妻棄母，早十年物換星移。幸時來得成功業，著錦衣脱去戎衣。荷君恩賜金一餅，爲高堂供膳甘肥。到桑園慷慨相遇，強求歡假作癡迷。守貞烈端然無改，眞堪與青史標題。至今人過巨野尋他故老，猶能説魯秋胡調戲其妻。〔註35〕

《魔合羅》第四折劇末，則以參與案件審理並握有生殺予奪大權的府尹

〔註34〕 （元）李壽卿，度柳翠，王季思主編，全元戲曲（第二卷），〔M〕，北京：人民文學出版社，1999，465～466。

〔註35〕 （元）石君寶，秋胡戲妻，王季思主編，全元戲曲（第三卷），〔M〕，北京：人民文學出版社，1999，546。

論斷案情，來結束整個劇情：

> （府尹上，云）張鼎，問的事如何？（正末云）問成了也。請
> 相公下斷。（府尹云）這椿事老夫已明知了也，一行人聽我下斷：本
> 處官吏不才，杖一百永不敘用。李彥實主家不正，杖八十，年老罰
> 鈔贖罪。劉玉娘屈受拷刑，請敕旌表門庭。李文道謀殺兄長，押赴
> 市曹處斬。老夫分三個月俸錢，重賞張鼎。（詞云）奉聖旨賜賞遷升，
> 張鼎月執掌刑名。劉玉娘供明無事，守寡私旌表門庭。潑無徒敗倫
> 傷化，押市曹正法嚴刑。（旦拜謝科，云）感謝相公！〔註36〕

《趙氏孤兒》第四折劇末，由上卿魏絳向程嬰、程勃頒佈聖旨（所謂「主
公的命」），宣告了這場圍繞「搜孤」與「救孤」而展開的曠日持久達二十年、
充滿腥風血雨氣味與尖銳激烈的對抗性的忠直與姦邪的鬥爭，最終以正義戰
勝邪惡而劃上告慰死者、激勵生者的句號：

> （魏絳云）程嬰、程勃，你兩個望闕跪者，聽主公的命。（詞云）
> 則為屠岸賈損害忠良，白般地攪亂朝綱；將趙盾滿門良賤，都一朝
> 無罪遭殃。那其間頗多仗義，豈真謂天道微茫；幸孤兒能償積怨，
> 把姦臣身首分張。可複姓賜名趙武，襲父祖列爵卿行。韓厥後仍為
> 上將，給程嬰十頃田莊。老公孫立碑造墓，彰明其槪與褒揚。普國
> 內從今更始，同瞻仰主德無疆。〔註37〕

有鑒於此，筆者認爲，古希臘戲劇「收場」裏某些劇中人物尤其多見於
某位神靈針對某一人物或事件的預言，這種劇尾使用預言進行預敘的情形非
常獨特，爲元雜劇所不曾有。對此我們不妨稱之爲「劇末（或劇尾）預敘」。

推究而論，古希臘戲劇形成「劇末（或「劇尾」）預敘」這一獨特模式，
主要有兩個原因：一是古希臘悲劇本身內容所決定：一般取材於希臘神話與
英雄傳說，因此神靈的頻頻出現是很自然的事情；二是古希臘特有的表演體
制及其「三部曲」的文本形式使然。

古希臘戲劇起源於希臘先民吟唱酒神狄奧尼索斯死亡與再生的屬於古老
宗教儀式的酒神祭祀活動。古希臘悲劇自誕生之日起，便將其表現對象從歌

〔註36〕　（元）孟漢卿，魔合羅，王季思主編，全元戲曲（第三卷），〔M〕，北京：人
　　　　　民文學出版社，1999，707。
〔註37〕　（元）紀君祥，趙氏孤兒，王季思主編，全元戲曲（第三卷），〔M〕，北京：
　　　　　人民文學出版社，1999， 633。

頌酒神擴大到取自荷馬史詩的，諸如俄林匹斯神系、特洛亞戰爭、七將攻忒拜、伊阿宋盜取金羊毛、赫拉克勒斯建立十二奇功、俄狄浦斯殺父娶母等等神話與英雄傳說。神話與英雄傳說堪稱希臘先民最古老的意識形態，融含宗教、政治、經濟、科學、哲學、道德、藝術等方方面面，其中既有鮮明的現實成分，同時亦不乏濃鬱的幻想因素。古希臘神話最顯著特徵，無疑在於神與人的同形同性，神的生活與人的生活如出一轍。希臘神話因此得以成爲希臘後世文學藝術取之不盡、用之不竭的題材寶庫與肥沃土壤。所以，諸多神靈在希臘戲劇的藝術世界中頻頻登臺亮相，可謂古希臘戲劇舞臺上的常客，很多時候甚至還成爲佔據希臘悲劇舞臺中心的主要角色乃至主角。相比之下，以元代雜劇與明清傳奇爲代表的中國古典戲曲作品中，神靈形象作爲戲劇角色而出現於舞臺上的情形，集中見於神仙道化劇，其他類型的劇作中一般較爲少見。

古希臘戲劇的產生與發展，與當時雅典城邦民主政體的興盛密切相關。民主政治提倡集體生活，人民大眾的思想感情需要以集體方式予以表達，戲劇恰恰屬於適宜並能滿足這種時代渴求的藝術形式。由此政府出資修建劇院，發放一定數額的津貼，舉辦戲劇競賽節，出臺各種積極有效的獎勵措施，鼓勵並要求廣大民眾踴躍到劇院觀戲。戲劇演出成爲當時人們社會政治活動與文化娛樂生活中的一件大事。觀眾進入劇院看戲，不僅爲了娛樂，還應接受某些教育，所謂「寓教於樂」。劇場成爲政治講壇，而戲劇家（即所謂「戲劇詩人」）則是民眾的教師。古希臘人的高度文化水平，在很大程度上得力於戲劇演出。其競賽制度大致如下：古雅典每年有三個戲劇節。勒奈亞節於一、二月之間舉行，屬於雅典人自己的狂歡節；酒神大節於三、四月之間舉行，觀眾群中包括各個城邦友人以及外國人；鄉村酒神節於十二月、一月之間在農村舉行。此外，厄庇道洛斯、奧林匹亞、德爾斐、厄琉西斯、薩拉米島等地的宗教節和運動會，均上演戲劇。準備參加戲劇競賽的詩人（即戲劇家）須在勒奈亞節和酒神大節舉行之前報名。每位悲劇詩人上交三部悲劇和一部薩提洛斯劇（或稱羊人劇），每位喜劇詩人則上交一部喜劇，由執政官批准三位悲劇詩人、三個（或五個）喜劇詩人參加比賽。執政官以拈鬮方式爲入選的戲劇詩人配給一個演員（即「主角」，其餘兩個演員再由「主角」去挑選）、一支歌隊和一個樂師，並且指定一位富有的公民擔任歌隊司理，具體負擔歌隊和「額外演員」（即扮演不說話的演員）的服裝費、歌隊和額外演員以及樂

師的工資，並且負責爲歌隊聘請一位教練員（上述費用有時高達數千希臘幣，相當昂貴，爲一般平民百姓所難以承擔）。演員的演出服裝費和工資則由政府負責調撥。雅典十個行政區各自推選出若干名侯選評判員，執政官從每區呈報的侯選者中抽取一名，這十個人在演出前組成競賽評委會，當眾宣誓將公正評判，於演出完畢時投票評定，最後由執政官從投票中隨意抽取五張來決定勝負。這是民主評定，舞弊者將被處以死刑。評判如果不當，觀眾可以向評委揖出質疑。行使評判權的評委們一般說來都是公正行事的，但有時可能因畏懼某些頗有權勢的歌隊司理而有所偏袒。獎賞分爲頭獎、次獎和第三獎，得第三獎實際上意味著競賽的失敗。得獎的詩人、歌隊司理、裝扮主角的演員進場，被授予佩戴常春藤冠。起初悲劇詩人的頭獎是一頭羊，喜劇詩人的頭獎是一袋無花果以及一壇葡萄酒，後來均更換爲現金獎勵。雅典後來成立了戲劇同業公會，其會員包括劇作家、演員、歌隊人員、歌隊教練、樂師等。這些人被視爲宗教的僕人與酒神的藝人，備受社會的尊崇。希臘聯邦會議規定了這些獻身戲劇演出事業的人的生命財產不可侵犯（無論是平時還是戰時），演員與樂師免服兵役，能奔赴各地甚至戰爭期間的敵邦進行演出。有不少演員（尤其主角）的報酬相當豐厚，據說波羅斯在外邦演出兩天戲，可以獲得六千希臘希臘幣。古希臘三大悲劇詩人之一的索福克勒斯因其劇作的成功上演（公元前 441 年），而於第二年（公元前 440 年）被推選爲主持雅典城邦政務最高管理層的十將軍之一。正因爲戲劇家享有備受他人尊敬的崇高社會地位、名譽及生存境遇，才會出現顯赫權貴希望借助戲劇創作博取功名的社會現象。比如西西里島敘拉古城邦的君主狄俄倪西俄斯，曾重金購買埃斯庫羅斯的寫字臺和歐里庇得斯的寫字板、筆與豎琴，希望從中汲取某些靈感。他幾次參加雅典的戲劇比賽，可惜均未成功。直到公元前 367 年，他的悲劇《赫拉克勒斯的屍首的贖取》才在雅典獲得頭獎。據說風聞獲勝的消息時，這位君主歡喜不已，竟狂醉而死。

三部悲劇加上一部薩提洛斯劇的戲劇競賽規則，促使處於悲劇藝術形成階段的「悲劇之父」埃斯庫羅斯，獨具匠心地創造性使用「三部曲」的形式。「三部曲」（亦譯「三聯劇」）採用神話中連續發展的三個故事爲題材，其結構安排有一定難度：既要顧及每部戲劇自身結構的完整性，又必須充分兼顧到三部戲劇之間承上啓下、環環相扣的內在聯繫性；第一部須圓滿解決自身的問題，同時又要提出新的問題，留待下一部解決；第二部同樣如此，第三

部則須歸攏故事線索、收束情節演變，並最終得出作者的某一結論。據考證，埃斯庫羅斯的劇作除了《波斯人》〔註38〕和與該劇同時上演的兩齣悲劇《菲紐斯》與《格勞科斯》（均已失傳）之外，均爲「三部曲」。從其流傳後世的劇作而言，即爲《達那奧斯的女兒們》三部曲中的第一部《乞援人》（第二、三部分別爲已失傳的《埃及人》、《達那奧斯的女兒們》）；《普羅米修斯》三部曲中的第一部《被縛的普羅米修斯》（第二、三部分別是已失傳的《被釋的普羅米修斯》和《帶火的普羅米修斯》）〔註39〕；《七將攻忒拜》三部曲中的第三部《七將攻忒拜》（第一、二部分別是已失傳的《拉伊俄斯》和《俄狄浦斯》）；《俄瑞斯特斯》三部曲是埃斯庫羅斯本人，同時也是整個古希臘悲劇中唯一完整流傳下來的「三部曲」，取材於阿特柔斯家族內部發生的血親仇殺故事。第一部《阿伽門農》主要劇情爲，身爲希臘聯軍統帥的邁錫尼國王阿伽門農，從征討地特洛亞凱旋而歸，他的妻子克呂泰墨斯特拉王后夥同情夫埃葵斯托斯，以爲女兒伊菲革涅亞復仇爲由，將丈夫殘忍地謀殺於浴缸之中。第二部《奠酒人》主要劇情是，當年被悄悄送往國外得以逃生的阿伽門農之子俄瑞斯特斯，如今已經長大成人。爲了替父復仇，隱名埋姓返回祖國，在留守母親身邊的姐姐厄勒克特拉的幫助下，成功殺死了母親克呂泰墨斯特拉及其姦夫埃葵斯托斯。第三部《報仇神》主要劇情是，希臘神話中專司懲戒侵害女性權益者之職責的三位復仇女神，對「殺母兇犯」俄瑞斯特斯窮追不捨，太陽神阿波羅授意俄瑞斯特斯逃往雅典，向城邦保護神雅典娜尋求庇護。雅典娜設立由十二位法官組成的戰神山法庭，公開審判俄瑞斯特斯爲父殺母之舉究竟「有罪」還是「無罪」？評議結果是，六人投「有罪」票，另外六人則投「無罪」票。最後雅典娜投下關鍵的「赦免」票，宣判俄瑞斯特斯無罪釋放。當然，雅典娜沒有忘記對怨怒未消的復仇女神做一番耐心細緻地勸慰工作，使其同支持俄瑞斯特斯爲父殺母的太陽神阿波羅和解，放棄復仇行爲，成爲民眾擁戴的雅典城邦保護神。劇作家埃斯庫羅斯由此血親復仇的故事而得出的結論是：民主法制的法律裁判取代了冤冤相報的血腥仇殺，人類社會

〔註38〕 《波斯人》是埃斯庫羅斯傳世悲劇中唯一一部以現實生活爲題材的劇作，主要寫當時發生不久的希臘與波斯戰爭期間著名的薩拉米斯海戰。與該劇一起作爲參賽演出的另兩部悲劇爲《菲紐斯》與《格勞科斯》，這三部劇作在內容上沒有任何關聯，因此不屬於嚴格意義上的「三部曲」模式。——筆者注。

〔註39〕 有些古希臘悲劇研究者認爲《普羅米修斯》三部曲的順序應當爲《帶火的普羅米修斯》、《被縛的普羅米修斯》、《被釋的普羅米修斯》。

從此由野蠻步入文明。這一深刻的社會意義，正如恩格斯在稱讚巴霍芬透視歷史之敏銳眼光時所強調的那樣：「根據這一點，巴霍芬指出，埃斯庫羅斯的《俄瑞斯特斯》三部曲是用戲劇的形式，來描寫沒落的母權制跟發生於英雄時代並獲得勝利的父權制之間的鬥爭。」〔註40〕值得我們特別留意的問題是，該三部曲中第一部《阿伽門農》和第二部《奠酒人》的收場，均為立場對立的正反兩方面某些人物發生激烈爭執甚至幾乎大打出手的緊張情節，其原因說來很簡單：作為三部曲中的前兩部，必須承擔啓下與承上的串聯構合職能，並巧妙自然地留下懸而未決的某些問題，交由三部曲中的下一部或者最後一部來解決。比如第一部《阿伽門農》劇末是：阿伽門農被妻子克呂泰墨斯特拉夥同情夫埃葵斯托斯，殘忍地謀殺於浴缸後，受到身份為長老的歌隊長的嚴厲譴責，埃葵斯托斯惱羞成怒，叫來一群衛兵圍住歌隊長及其歌隊，意欲使用武力彈壓。歌隊長毫無懼色，吩咐歌隊隊員們拔劍準備以死相搏。最終因謀殺丈夫而心虛的王后克呂泰墨斯特拉出面調停，總算將一場可能爆發的衝突平息下來。不妨看歌隊長與埃葵斯托斯的幾句對話，諸如「只要神把俄瑞斯特斯引來，你就懲治不成（這是長老對埃葵斯托斯『總有一天我要懲治你』之威脅的反駁）」；「啊，俄瑞斯特斯是不是還看得見陽光，能趁順利的機會回來殺死這一對人（指克呂泰墨斯特拉與埃葵斯托斯），獲得勝利？」〔註41〕上述幾句話既是劇尾劇作家借助人物之口提出的關鍵性問題，同時此一問題無疑又構成為第二部曲《奠酒人》的故事情節核心及中心主題。而在第二部《奠酒人》的劇末，殺死母親之後的俄瑞斯特斯被復仇女神們窮追不捨、無處安身躲藏，深懷同情心的歌隊長對他說出幾句祈禱與祝願之詞：諸如「願你有好運，願善預言的神明照看保護你，給你應得的幸運」；「今天是第三次拯救的風暴（指俄瑞斯特斯殺母事件），或者是災難的結束？帶來災難的狂怒變平靜，它將去何處？在哪裏終結？」〔註42〕這種祈禱與祝願，同樣屬於對下一部劇作（即第三部）《報仇神》主要劇情的隱約預敘。

　　然而，古希臘悲劇發展到索福克勒斯、歐里庇得斯那裏，三部曲形式並

〔註40〕恩格斯，家庭、私有制和國家的起源・序言，馬克思恩格斯選集（第四卷），〔M〕，北京：人民文學出版社，1968，6。

〔註41〕埃斯庫羅斯，奠酒人，張竹明、王煥生譯，古希臘悲劇喜劇全集（1），〔M〕，南京：譯林出版社，2007，371～372。

〔註42〕埃斯庫羅斯，報仇神，張竹明、王煥生譯，古希臘悲劇喜劇全集（1），〔M〕，南京：譯林出版社，2007，446。

未被襲用。無論索福克勒斯還是歐里庇得斯的創作，均放棄了埃斯庫羅斯開創的「三部曲」形式。他們將悲劇寫成一部部獨立而完整的作品，擅長在一部劇作中完整表現激烈尖銳的戲劇衝突；故事情節複雜而緊湊，不枝蔓不脫節，並且結構完整嚴謹而又富有某種靈活性的變化。比如索福克勒斯流傳至今的七部悲劇，按照演出時間的先後依次爲：《埃阿斯》（公元前 442 年前後）、《安提戈涅》（公元前 441 年）、《俄狄浦斯王》（公元前 431 年，亦說公元前429～公元前 426 年）、《厄勒克特拉》（公元前 419～公元前 415 年）、《特拉基斯少女》（公元前 413 年）、《菲羅克忒忒斯》（公元前 409 年）、《俄狄浦斯在科洛諾斯》（遺作，寫於公元前 411 年，索福克勒斯死後由其孫子拿出，於公元前 401 年上演）。這七部劇作均屬於各自獨立存在的悲劇。〔註43〕那麼，饒有趣味的一個問題由此而產生出來：在這兩位悲劇家所創作的非「三部曲」形式的悲劇作品中，是否同樣也存在於劇末收場部分使用「預敘」的情形呢？

在索福克勒斯的七部傳世悲劇中，《俄狄浦斯王》、《俄狄浦斯在科洛諾斯》和《菲羅克忒忒斯》三部劇作結尾部分，均明顯使用了「預敘」。《俄狄浦斯王》劇末「退場」中，體現爲主人公俄狄浦斯對兩個女兒將要遭遇的未來命運的預敘：「一想起你們日後辛酸的生活——人們會使你們過的——我就難受。……『你們的父親殺了他的父親，把種子撒在生身母親那裏，從自己出生的地方生了你們。』你們會挨這樣的罵。誰還會娶你們呢？啊，孩子們，沒有人會的。你們顯然只有不結婚，不生育，枯萎而死了。」〔註44〕《俄狄浦斯在科洛諾斯》劇末「退場」中，陪伴父親俄狄浦斯流浪的安提戈涅，在離開父親死後安息地雅典科洛諾斯聖林而即將返回忒拜時，對自己兩個哥哥將會發生手足相殘的未來事件，發出幾句模糊其詞的朦朧預敘：「請你把我們送回古老的忒拜去，或許我們還能設法阻止面臨的一場親人之間的屠殺。」〔註45〕《菲羅克忒忒斯》劇末「收場」中，死後升爲神靈的古希臘英

〔註43〕 《俄狄浦斯在科洛諾斯》儘管在故事情節與人物方面，與《俄狄浦斯王》有一定的銜接關係，但這兩部劇作寫作時間不同，尤其演出時間分別是在劇作家生前與死後，顯然與埃斯庫羅斯的三部曲形式有天壤之別。——筆者注。

〔註44〕 索福克勒斯著，張竹明、王煥生譯，俄狄浦斯王，古希臘悲劇喜劇全集（2），〔M〕，南京：譯林出版社，2007，107。

〔註45〕 索福克勒斯著，張竹明、王煥生譯，俄狄浦斯在科洛諾斯，古希臘悲劇喜劇全集（2），〔M〕，南京：譯林出版社，2007，240，埃斯庫羅斯的《七將攻忒拜》和歐里庇得斯的《腓尼基婦女》均對安提戈涅兩個哥哥之間爲爭奪王位而決鬥，兩敗俱亡的悲慘事件有生動詳細的描述。

雄大力士赫拉克勒斯在空中顯形，向劇中主人公菲羅克忒忒斯傳達眾神之王宙斯的旨意。這種旨意，其實便是神靈對人物未來命運的一種未卜先知的明確預敘：「為了你，我從天庭降臨這裏，傳達宙斯的意圖……你應該和這個人〔註46〕一起去特洛伊城下，在那裏，首先解除疾病的痛苦，然後你將被評為全軍的最勇者，用我的弓箭殺死帕里斯——這麼多災難的罪魁禍首。你還將攻陷特洛伊城。我們的戰士將獎給你一份戰利品，酬謝你的勇敢。你將裝載它們回到奧塔的故土，獻贈父親波阿斯。」〔註47〕該劇中由某位神靈於劇末出現，宣告關於將來必定會發生的某些事件或者某些人物的命運歸宿。這種「預敘」的模式，早在埃斯庫羅斯多部悲劇中屢試不爽了。

　　根據筆者的統計，在歐里庇得斯流傳至今的 17 部悲劇中，劇末「退場」裏使用預敘的劇作竟然多達 14 部。其中具體可分為兩類情形：其一，劇中人物對自己或他人未來命運的預敘。具體包括：《赫拉克勒斯的兒女》（劇中人物歐律斯透斯預敘了自己即將面臨的命運安排）；《瘋狂的赫拉克勒斯》（主人公赫拉克勒斯對自我命運歸宿的透露）；《腓尼基婦女》（劇中俄狄浦斯同女兒安提戈涅預敘了自己的死亡之所——雅典的科林諾斯）；《美狄亞》（劇中女主人公美狄亞透露了自己以及負心郎伊阿宋或生存或死亡的不同命運結局）；《赫卡柏》（劇中人物波呂墨斯托爾對被俘的特洛伊王后赫卡柏未來結局的透露），共有五部。其二，某位神靈於劇末「退場」階段出現，對將來可能發生之事件或者某些人物的未來命運給予未卜先知的明確預敘。具體包括：《俄瑞斯特斯》（太陽神阿波羅出場預敘俄瑞斯特斯等人的命運）；《伊菲革涅亞在陶里克人中》（智慧女神雅典娜出面預敘伊菲革涅亞等人的未來命運）；《海倫》（死後由人升為神靈的狄奧斯庫里出場宣告海倫及其丈夫墨涅拉俄斯的命運歸宿）；《厄勒克特拉》（死後成神的卡斯托爾與波呂杜克斯兄弟預言了殺母者俄瑞斯特斯與厄勒克特拉的未來歸宿）；《請願的婦女》（城邦保護神雅典娜預言了陣亡將士後代的多難興邦的命運軌跡）；《希波呂托斯》（狩獵女神阿爾忒彌斯向奄奄一息的蒙冤者希波呂托斯告知其死後在黑暗冥府的境遇）；《瑞索斯》（女神繆斯對慘遭奧德修斯偷襲而死去的兒子瑞索斯未來命運的預言）；《酒神的伴侶》（酒神狄奧尼索斯預言了卡德

〔註46〕　指前來勸說菲羅克忒忒斯離開孤島去特洛伊作戰的希臘將領，阿喀琉斯的兒子涅奧普托勒摩斯。

〔註47〕　索福克勒斯著。張竹明、王煥生譯。菲羅克忒忒斯。古希臘悲劇喜劇全集（2）。〔M〕。南京：譯林出版社。2007，714。

摩登斯未來的命運歸宿）；《安德洛瑪克》（海洋女神忒提斯對身爲劇中人物的丈夫佩琉斯死後成爲神靈之命運的預言），共有九部。根據上述情形，我們可以得出這樣一個結論：無論埃斯庫羅斯的「三部曲」形式，還是索福克勒斯和歐里庇得斯獨立完整的非「三部曲」形式，使用劇末預敘，堪稱古希臘悲劇一個十分顯著而重要的敘事特徵。推究索福克勒斯和歐里庇得斯悲劇中重視使用劇末預敘的敘事技巧，主要原因仍在於前述第一條緣由，即古希臘悲劇本身多取材神話的題材內容所決定，神靈的頻頻出現是很自然的事情。尤其這些神靈被劇作家賦予了特定的「預言者」身份，獲得了強大的敘事功能之時。

反觀中國古典戲劇，元雜劇中沒有這種三部曲形制的劇作；而在明清時期的傳奇中，我們倒是如大海撈針般地發現了屬於一種特例（或者說特例中的特例）的一部明代傳奇劇作，與古希臘悲劇的「三部曲」形式具有某些相似之處。此即萬曆十年（1582）刊本鄭之珍（1518～1595）所撰《目連救母勸善記》，該劇作分爲三卷，每卷皆有敷演場目與開場，且各有其結局，既可以合而爲一，又可以釐而爲三。這一文本體制上的特點，使該劇在一定程度上與埃斯庫羅斯創作並流傳下來的那部唯一完整的古希臘三部曲《俄瑞斯特斯》存在相似之處。但這僅僅屬於一種偶然的巧合，因爲明清傳奇的通用體例在於，每部劇作分爲上下兩卷，上下兩卷的結束處被分別稱爲「小收煞」和「大收煞」，形成特定的戲劇性要求：小收煞（即上卷結束的那一齣戲）需要留下懸念——所謂「暫攝情形，略收鑼鼓」；大收煞則需要在全劇結束之時水到渠成——所謂「無包括之痕，而有團圓之趣」。筆者將在第七章部分，從運用預敘之視角，就元代雜劇與明清傳奇運用敘事技巧上的差異性展開詳盡比較，此處不另贅述。這部明代傳奇之所以形成貌似三部曲形式的三卷，純粹因爲萬曆年間皖南地區的目連戲通例需要扮演三天，所謂「目連願戲三宵畢」〔註 48〕——目連戲這種連演三日的表演體制，我們還可以從明代張岱的《陶庵夢憶》「目蓮戲」中所記載的戲曲演出史料中得到佐證：「余蘊叔演武場搭一大臺，選徽州、旌陽戲子，剽輕精悍、能相撲跌打者三四十人，搬演《目蓮》，凡三日三夜。」〔註 49〕這部長達百出的傳奇之作，由此而分成了上、

〔註 48〕 （明）鄭之珍撰，目連救母勸善記·卷末收場詩，古本戲曲叢刊編委會 1954
年影印本。

〔註 49〕 （明）張岱，陶庵夢憶·卷六·目蓮戲，引自吳晟輯注，明人筆記中的戲曲
史料，〔M〕，南昌：江西人民出版社，2007，332。

中、下三卷。簡言之，明清時期傳奇於上卷末齣的這種「預敘」，頗具中國古典戲曲的特色；古希臘悲劇則以其獨特的劇情收尾之際的「預敘」令人稱奇。對此，我們不妨分別以「『小收煞』預敘」與「劇末預敘」來對應性地概括和稱謂之。兩相對照之下，筆者以爲，鑒於元雜劇中沒有「三部曲」形制的劇作，古希臘悲劇於劇情收尾階段所使用的「預敘」（所謂「劇末（或「劇尾」）預敘」尤顯難得，因此值得人們給予特別關注並加以更深入探討。

二、有意拖延內幕揭底或結局到來的「延敘」〔註50〕

（一）「延敘」界說

懸念可以使觀眾產生「欲知後事如何」的期待心理，假如這種「後事」即結果很快就被解開了，觀眾勢必會隨之而很快失去繼續觀看下去的興趣。因此，爲了吸引觀眾，劇作家需要想方設法地有意延緩「謎底」揭開的時間，此即所謂「延敘」（或曰「延宕」，以下行文均一律使用「延敘」稱謂，不另標注並使用「延宕」一詞了。——筆者註）。如果說「預敘」以有意提前透漏未來些許信息或內幕爲其顯著特徵，那麼「延敘」則是以有意拖延內幕揭底或結局到來爲其顯著特徵的。「延敘」，不失爲劇作家設置懸念的不可或缺的重要招數。借助「延敘」，劇作家得以巧妙鋪展情節畫卷，點點滴滴透漏人物隱秘，形成迂迴曲折、起伏跌宕的矛盾衝突，增強戲劇高潮的必然性。延敘就像一個人打牌一樣，最好的王牌每每總是留在最後緊要關頭甩出去，以一當十，效用倍增。

所謂「延敘」是指劇作家在敘述所發生事件、安排故事情節和設計人物言行時，抓住觀眾急於獲知內情的破謎心理，故意放慢敘述節奏，延緩事件進程——如剛剛敘述至某一事件的「興奮點」時，旋即轉向對另一事件慢條斯理的追溯；或在中心情節發展過程中嵌入其他次要情節線索以造成「戲中有戲」；在矛盾衝突難分難解的高潮階段穿插進一段人物的抒情性獨白，或者是出人意料的滑稽怪誕的行爲動作，來沖淡、消解戲劇的某種令人壓抑得近乎窒息的緊張氛圍等等，藉此強化觀眾迫切期待的情結，從而巧妙構築出懸

〔註50〕這裏需要特別說明的一點是，通常人們多使用「延宕」一詞，在不會產生明顯歧義的前提下，爲追求與「預敘」一詞的某種協調對應性，筆者這裏產生不使用「延宕」，而改用「延敘」這一術語，來指稱和概括這一敘事技巧。選擇使用該術語是否妥當準確，或許尚值得大家學者商榷。——筆者注。

念的一種敘事技巧。有的學者概括提煉出中國古代戲曲的重要敘事技法「獅子滾球法」，與此大同小異的術語還有「神龍戲珠法」、「那碾法」、「狸貓戲鼠法」、「移堂就樹法」，筆者據此而認爲，這種中國古代戲曲理論闡述頗多的屬於戲曲家創作最常使用的敘事技法之一，大致與「延敘」含義相當。〔註51〕

從某種程度上講，「延敘」具有弔人胃口、欲擒故縱的俗稱「賣關子」之功用。它對構設扣人心弦的懸念之戲劇效果而言，非但不是一種沖淡甚或破壞，反倒是一種聲東擊西、言此意彼的高明巧妙的鋪墊與營造、渲染與凸顯。

有的學者曾將編劇形象地比作放炮，戲一開場就應盡可能迅速地點燃炮芯，以造成懸念。但這樣做僅僅是「萬里長征走完了第一步」。因爲倘若炮芯點燃之後，在轉瞬間就轟然起爆，那麼觀眾的興趣勢必隨之轉瞬消逝，其興趣頂多有五分鐘的熱度而已，也就無須奢談再有什麼懸念——因爲根本就無「戲」可看了！這樣是肯定不行的。劇作家還必須想方設法讓炮芯盡可能地多燃燒一會，以便讓觀眾始終瞪大眼睛，懷著期待的心情，密切注視炮芯在那兒時快時慢地燃燒著，經過一段時間長度的間隔（針對戲劇而言，即需要耗費一幕甚至數幕的篇幅）後才發生爆炸。換言之，如何使戲劇動作雖明朗化而又不流於簡單化，使戲劇矛盾衝突的發展既保持相當的緊張強度，同時又具有一定的長度，富有足夠持久的吸引力來牢牢維繫懸念，確保一直有『戲』可看，從而讓觀眾自始至終滯陷於緊張迫切的期待之中。這是戲劇結構情節發展環節上不容忽視的帶有普遍性的一個問題。如何妥善解決這一問題呢？靠的就是「延敘」！正如勞遜所強調的那樣：「要通過延宕（一譯「拖延」）來擴大（戲劇）原有動作的作用」。〔註52〕或者像十八世紀法國戲劇理論家狄德羅所訓示的：「由於守密，詩人（這裏指戲劇家——筆者注）爲我布置了片刻的驚奇；可是，由於把內情透露給我，他卻引起我長時間的懸念。對於在霎那間遭到打擊而表現頹廢的人，我只能給予一剎那的憐憫。可是，如果打擊不立刻發生，如果我看到雷電在我或者別人頭頂上聚集而長時間地停留在空際不擊打下來，我會有怎樣的感覺？」〔註53〕

〔註51〕參見劉奇玉著，《古代戲曲創作理論與批評》，中國社會科學出版社2010年第466～467頁。——筆者注。

〔註52〕（美）約翰·霍華德·勞遜，戲劇與電影的劇作理論與技巧，〔M〕北京：中國電影出版社，1978（第2版），290。

〔註53〕（法）狄德羅，論戲劇詩，狄德羅美學論文選，〔M〕，北京：人民文學出版社1984，171。

（二）「延敘」在中西方古典戲劇中的運用

中西古典戲劇家們儘管未能像狄德羅、勞遜等現代戲劇理論家那樣，提出較爲完整清晰的有關「延敘」理論，但我們卻無可否認他們在其戲劇創作實踐中，對於「延敘」早已自覺不自覺地運用。莎士比亞堪稱這樣一位熟諳「延敘」之妙用的行家裏手。他曾借助筆下人物——《哈姆雷特》第二幕第二場中一位流浪藝人「伶甲」之口，將「延敘」的深邃內涵形象傳神地描述爲：「在一場暴風雨來臨之前，天上往往有片刻的寧宓，一塊塊烏雲靜懸在空中，狂風悄悄地收起它的聲息，死樣的沉默籠罩整個大地；可是就在這片刻之內，可怕的雷鳴震裂了天空」。〔註54〕其驚世駭俗的悲劇力作《哈姆萊特》，無疑屬於一部妙用「延敘」的典範之作。該劇中丹麥王子哈姆萊特在復仇過程中一而再、再而三的「延敘」，猶如達·芬奇名畫《蒙娜麗莎》中那位佛羅倫薩少婦神秘莫測的微笑一樣，歷來被人們視爲「藝術之謎」，令人費解而又耐人尋味。儘管人們在闡釋哈姆萊特復仇之舉的具體原因時見仁見智、眾說紛紜，但在論及「延敘」所營造的戲劇效果方面，卻能達到異口同聲般的驚人吻合：一致首肯並高度推崇該劇借助「延敘」構設戲劇懸念的獨特魅力。

這裏不妨就此稍加解析。該劇自父王鬼魂顯靈告知其猝死內幕後，矛盾衝突實際上已經相當明朗化，觀眾懷著急切心情翹首期待大快人心的一幕盡早映入眼簾：王子爲父復仇，同時爲民除害並整治了亂世。但令人不免遺憾的是劇作家似乎很不善解人意，總是讓觀眾在期待中一再地失望：復仇行動一拖再拖。對此外國評論家曾指出：「在《哈姆萊特》一劇中，主人公爲父復仇，要殺丹麥新王，即是該劇的最主要場面，觀眾早在第一幕就已經知道必定有這麼一回事了。國王在私室爲懺悔而祈禱，哈姆萊特湊巧路過，就站在他的背後，此時觀眾以爲主要場面一定到來了。然而莎翁卻使他們等而又等，一直拖到該劇的結尾，才實現了復仇」。〔註55〕莎翁在該劇中使用「延敘」，主要體現在兩個方面：其一是「戲中戲」的穿插。「戲中戲」一場以戲謔性爲顯著特徵，乍看上去似乎與全劇沉重壓抑的氣氛不相協調，同劇情的聯結亦顯得不夠緊湊。其二，大段抒情性獨白的介入。哈姆萊特身處與國王劍拔弩張的嚴重對立態勢，劇作家偏偏讓他沉湎於抒發自己憂鬱迷茫甚至近乎癲狂

〔註54〕（英）莎士比亞著，朱生豪譯，哈姆雷特，莎士比亞戲劇全集（9），〔M〕，
　　　　北京：人民文學出版社，1978，56。
〔註55〕（美國）哈密爾頓，戲劇論，〔M〕，紐約版，1938，244。

的內心獨白的神思恍惚之中，遲遲拿不出復仇的實際行動和舉措。我們且不可犯誤解莎翁「醉翁之意不在酒」、以爲此做法或許是劇作家之藝術敗筆的那種低級錯誤。因爲從深層意義上開掘和推敲，這些被「延敘」的內容，並非像無根浮萍那樣游離於劇情發展之外，而均隸屬於整個封閉式「圓環」情節結構上一段必不可缺的圓弧——「戲中戲」正是哈姆萊特所能利用的，試探國王、確證鬼魂所言「殺兄篡權」真相的最有效（甚至是唯一可行）的途徑。缺少此環節，哈姆萊特堅定的復仇心理（儘管在具體採用哪種復仇方式上屢犯躊躇）就很難解釋清楚；而哈姆萊特的諸如「生存還是死亡」之類的大段內心獨白，也恰恰構成爲全劇情節發展結構中一條至爲重要的因果鏈：它最清晰地標示出哈姆萊特面對復仇任務，從疑惑、痛苦到躊躇以至決斷的完整心理嬗變流程。我們不妨用反證法作一個大膽假設：如果莎翁沒有採用「延敘」，而是安排哈姆萊特一俟得悉叔父克勞狄斯乃殺父篡位的罪魁禍首，立即以迅雷不及掩耳之勢一劍封喉，乾淨利落地結果了這個惡魔的性命。那麼，無論該場面被鋪敘得何等驚心動魄、刀光劍影，我們都不難斷定那樣寫出來的同名《哈姆萊特》，將很難甚至根本無法與現存劇作媲美，而令後人說不完道不盡。

以元代雜劇家爲代表的中國古典戲曲家們在運用「延敘」這一敘事技巧方面，與以莎士比亞爲代表的西方古典戲劇家們之間，可謂「心有靈犀」般息息相通，頗有異曲同工之妙。

先看剛剛敘述至某一事件的「興奮點」時，旋即轉向對另一事件慢條斯理的追溯的情形。其實，在中心情節發展過程中嵌入其他次要情節線索以造成「戲中有戲」，同樣屬於處理情節的「暫時懸置（或曰「暫時冷藏」）」的做法，因爲前面已作詳盡分析，此處不復贅述。例如關漢卿雜劇《拜月亭》在蔣世隆得中狀元之後，劇作家並未馬上解決其與被生生拆散的妻子王瑞蘭與瑞蘭父親王尙書的矛盾衝突，使蔣、王破鏡重圓。而是橫插一槓式地安排一場錯配鴛鴦的滑稽情節，此即讓王瑞蘭嫁給武狀元（正是自己丈夫的朋友陀滿興福），蔣瑞蓮嫁給文狀元（正是瑞蓮失散的哥哥蔣世隆），從而造成戲劇情節發展的曲折變化。而王瑞蘭抱怨嫁給武狀元如何不好，試圖將錯配的鴛鴦顛倒過來之際，又引起蔣瑞蓮的不滿，造成瑞蘭與瑞蓮這一對姊妹之間衍生新的矛盾。經過一番波折之後，方才雙雙成婚。這裏將情節暫且懸置的延敘的運用，可謂節外生枝，將原來的矛盾和事件暫時擱置一旁，掉轉筆墨去

描寫新的矛盾和事件，其獲得的藝術功效頗爲獨特——既抑制了故事情節的急速發展（懸念的解決自然也就相應地得到有效抑制），同時大大豐富了戲劇情節，增強了劇作趣味盎然、扣人心弦的感染力。

　　再看「抒情性道白（含獨白、說白或唱白）之插入」的情形。西方古典戲劇中成功運用「在矛盾衝突難分難解的高潮階段穿插一段人物的抒情性道白（包括獨白、說唱等）的「延敘」的典例，即如上述《哈姆雷特》中哈姆雷特那段膾炙人口的關於「生存還是毀滅」的內心獨白（第三幕第一場）：

> 　　生存還是毀滅，這是一個值得考慮的問題；默然忍受命運的暴虐的毒箭，或是挺身反抗人世的無涯的苦難，通過鬥爭把它們掃除，這兩種行爲，哪一種更高貴？……誰願意忍受人世的鞭撻和譏嘲、壓迫者的淩辱、傲慢者的冷眼、被輕蔑的愛情的慘痛、法律的遷延、官吏的橫暴和費盡辛勤所換來的小人的鄙視，……誰願意背負這樣的重擔，在煩勞的生命的壓迫下呻吟流汗……重重的顧慮使我們全變成了懦夫，決心的赤熱的光彩，被審慎的思維蓋上了一層灰色，偉大的事業在這一種考慮之下，也會逆流而退，失去了行動的意義。〔註56〕

　　這是年輕的王子哈姆雷特在耳聞目睹父親暴亡、母后改嫁、叔父篡權等一系列意外變故而猝不及防，神經受到強烈刺激而一度陷入憂鬱彷徨、悲觀厭世的精神危機境況下的心靈曝光。這段獨白發生於王子見到父王鬼魂後立下復仇誓言與採取勘察兇殺案情真相的具體行動（如「戲中戲」）的中間地帶，它使得劇情向復仇的直線嬗變的發展節奏驟然減速下來，復仇故事的運行軌道發生逶迤蜿蜒的轉向。

　　元雜劇中同樣不乏這樣的例子。比如《單刀會》第四折寫關羽的單刀赴會，關羽與魯肅對立雙方發生針鋒相對的正面交鋒。該折以魯肅預設伏兵、按計準備停當，關羽率少數隨從乘一葉扁舟行駛至長江中游開始。值此一場水火難容的激烈衝突爆發前夕的片刻寧靜中，劇作家關漢卿有意運用「延敘」安排了一段過場戲，使劇情發展得以迴旋延緩——讓面對浩瀚長江的主人公關羽，於赴約之舟觀賞美景，面對滔滔長江弔古傷今，以英雄兼詩人的萬丈豪情抒發滿襟情懷：

〔註56〕（英）莎士比亞著，朱生豪譯，哈姆雷特，莎士比亞戲劇全集（9），〔M〕，
　　　　北京：人民文學出版社，1978，63～64。

〔雙調新水令〕大江東去浪千疊，引著這數十人，駕著這小舟一葉，又不比九重龍鳳闕，可正是千丈虎狼穴，大丈夫心烈，我覷這單刀會似賽村社。（云）好一派江景也呵！

〔駐馬聽〕水湧山疊，年少周郎何處也？不覺的灰飛煙滅！可憐黃蓋轉傷嗟，破曹的檣櫓一時絕，鏖兵的江水猶然熱，好教我情慘切！（云）這也不是江水。（唱）二十年流不盡的英雄血！〔註57〕

　　兩支曲詞一氣呵成、渾然一體。前一支曲子既點明戲劇故事的背景、時間、場面，更使關羽的英雄氣概與大江的洶湧波濤交相輝映，以自然的瑰麗雄奇之美反襯主人公的陽剛壯烈之美，將關羽對蜀漢的赤膽忠心和坦蕩無垠的胸懷表現得淋漓盡致。後一支曲子則以江水的奔流不息，引發人物對於時光流逝的感慨和緬懷歷史的追憶。雖然兩支曲詞吸納、化用了宋代文豪蘇東坡詞作《念奴嬌·赤壁懷古》的意境與寓意，但已不復一般性的發懷古之幽情，而是緊密貼合劇中人物的身份與情致，自然而然地轉化成爲一首昂揚雄壯的「英雄上陣曲」，平添上幾多豪情與蒼涼，生動傳神地凸顯出關羽的磊落胸襟。經過這樣一番層層渲染、峰回路轉的「延敘」，劇情才正式轉入殺機四伏、令人驚心動魄的「單刀會」這一核心事件上來。

　　再看情節上對「延敘」的運用。西方古典戲劇作品中，筆者遴選法國古典主義悲劇創始人高乃依的代表作——古典主義悲劇奠基作《熙德》爲例；中國古典戲劇則以王實甫的雜劇《西廂記》爲例。《熙德》主要演述因父輩矛盾衝突而導致一對青年貴族男女之間愛恨交加、好事多磨的一段奇特情緣。該劇第二幕與第三幕，當男女主人公——將門虎子羅狄克與貴族淑女施曼娜，深陷於愛恨榮辱盤根錯節的漩渦中不能自拔之際，劇作家爲劇情發展引入新的因素：摩爾人大舉進犯，兵臨城下，國勢危急。朝中文武百官面面相覷、失魂喪膽，竟無人敢出擊抗敵。值此城邦生死存亡之際，出生牛犢不怕虎的羅狄克挺身而出，率軍出征禦敵。這一情節的嵌入看似蕩開一筆，其實卻爲劇情的深入發展提供解開人物命運懸念的契機。在抵禦進犯之敵的浴血奮戰中，羅狄克大獲全勝，凱旋而歸，成爲萬眾矚目的民族英雄，其愛情與榮譽的難題似乎已迎刃而解。孰料施曼娜不爲所動、不依不饒，其爲父復仇心意已決，同意讓瘋狂追逐自己的另一位青年貴族唐桑士出面，替代高邁斯

〔註57〕關漢卿，單刀會，王季思主編，全元戲曲（第一卷），〔M〕，北京：人民文學出版社，1999，68～69。

家族與「殺父兇手」羅狄克決鬥，並允諾嫁給獲勝者。於是劇情至此，波瀾驟起、懸念叢生，並且因為「外敵進犯、受命抗擊」的突發性事件的「延敘」，使得羅狄克與施曼娜愛情糾葛之演繹，愈加扣人心弦。《西廂記》主要劇情，同樣也是搬演一對青年男女「有情人終成眷屬」的愛情喜劇故事，從張生與鶯鶯佛殿邂逅到幽會私合，其間波瀾起伏、好事多磨：最初兩人一見鍾情、彼此屬意；至張生修書搬請好友白馬將軍化解普救寺之圍，成為眾人認可的相國小姐夫婿，眼看好事將成；孰料老夫人宴請之際，竟失信賴婚，只允許兩人「以兄妹相稱」；隨後又有月夜聽琴和詩、送簡又賴簡的一番波折；再至鶯鶯掙脫少女羞澀心理與相府小姐的禮規禁錮，主動前往張生居處踐約而成百年之好；得悉女兒私合，出於木已成舟的無奈且顧及名聲門面，老夫人不得不再次允婚。至此張、崔的愛情故事似乎該有個了結了，孰料於心不甘的老夫人「以三代不招白衣秀才」為由節外生枝，逼迫張生入京趕考，聲稱得中狀元方能完婚。張生憑藉滿腹經綸一舉中第，衣錦還鄉之際，不曾想「情敵」鄭恆無事生非，散播張生毀婚另娶的謠言，老夫人竟改弦更張，再度悔婚而將女兒許配侄兒鄭恆，幾乎將一對恩愛鴛鴦生生拆散。當然最終結局還是喜劇式收場：張生道明實情，消除誤會，與鶯鶯遂得團圓。牽繫全劇的懸念無疑在於張、崔二人能否幸福結合，換言之即張、崔的自由愛情是否成功？劇作家王實甫顯然並不急於快速地揭開這一謎底，而是左盤右旋、幾擒幾縱，極力搖曳之、延宕之。正如金聖歎在其《讀第六才子書西廂記法》中形象概括的那樣，「文章最妙，是先覷定阿堵一處已，卻於阿堵一處之四而將筆來左盤右旋，右盤左旋，再不放脫，卻不擒住。分明如獅子滾球相似，本只是一個球，卻教獅子放出通身解數」，一時滿棚人看獅子，眼都看花了，獅子卻是沒有交涉。人眼自射獅子，獅子眼自射球。蓋滾者是獅子，而獅子之所以如此滾，如彼滾，實都為球也。」〔註58〕顯然，劇作家借助延敘而達到其預期目的——巧妙設置懸念，增強故事的生動性與豐富性以及情節發展的曲折跌宕，並最終獲取扣人心弦的戲劇效果。

　　值得注意的一點是，中國古典戲曲家在運用「延敘」時，不僅限於從主要情節甚至核心事件的大處著眼，而且還能在小小的細節上反覆用筆，極盡渲染、搖曳之能事。這種做法難能可貴，值得充分肯定。相比西方古典戲劇

〔註58〕金聖歎，讀第六才子書《西廂記》法，金聖歎評西廂記，陳德芳校點，〔M〕，
　　　　成都：四川文藝出版社，2000，16。

而言，此或許算得上以元雜劇爲代表的中國古典戲曲在使用「延敘」方面頗具華夏民族特色的一種優長了。如《趙氏孤兒》第一折中，程嬰攜帶藏匿「趙氏孤兒」的藥箱，離開趙府來到城門接受盤查的那一個細節，即是被劇作家以「延敘」手筆鋪敘得一波未平、一波又起，張弛相間，起伏逶迤，撼人心魄。一開始，守門官韓厥盤問程嬰「你這箱兒裏面甚麼對象？是什麼生藥？可有什麼夾帶？」時，氣氛驟然緊張起來。程嬰以「都是生藥；桔梗、甘草、薄荷；並無夾帶」沉著應對後，韓厥道「你去！」，氣氛稍微有了些鬆弛。程嬰剛剛向前走出幾步，不料身後韓厥忽然喊道「程嬰回來」，造成第二次的緊張情勢。他再次盤問藥箱「裏面有甚麼對象？可有什麼夾帶？」，程嬰仍以「都是生藥、並無夾帶」從容應答。韓厥點頭說道「你去！」程嬰以爲這一回掩飾過去大概安全無恙了，不僅心中暗暗竊喜，緊張的氣氛再度得以緩和下來。觀眾看到這裏，很可能剛才替程嬰捏一把汗的緊張焦慮也隨之冰釋。誰曾想走出去沒有幾步，韓厥在身後又高聲叫嚷「程嬰回來」，並疾言厲色道：「你這其中必有曖昧。」說罷他便不由分說地打開藥箱，搜出了藏匿其中的趙氏孤兒。此時此刻氣氛可謂緊張到箭在弦上、一觸即發的令人窒息的極點：因爲韓厥一旦告發，孤兒必死無疑，就連程嬰本人也將會因「窩藏要犯」之罪名而被處以死刑。然而，經過程嬰說明原委，耿直豪俠、深明大義的韓厥將軍不忍心加害無辜，遂毅然放走程嬰與孤兒，然後拔劍自刎。至此，由一個城門盤查的細節引發出來的一場驚心動魄的懸念乃告結束。

成功運用「延敘」的另一種情形，則體現爲人物出場的「延敘」。眾所週知，戲劇藝術由於受到舞臺時空的限制，無法對所有戲劇人物採取平均主義式的做法去展示與表現，而應當主次分明、詳略得當。換言之，由於戲劇主角每每總是佔據著舞臺中心地位、需要濃墨重彩予以展現的最重要戲劇人物，因此以盡早出場爲慣例。正如熟諳舞臺表演與劇本創作規律的清代戲曲家李漁，在其《閒情偶寄》「詞曲部‧格局第六‧出腳色」中所告誡的：「本傳中有名腳色，不宜出之太遲。如生爲一家，旦爲一家，生之父母隨生而出，旦之父母隨旦而出，以其爲一部爲主，餘皆客也。雖不定在一齣二齣，然不得出四五折之後。」李漁隨後又從反面論證了主角不宜出之太遲：「太遲則先有他腳色上場，觀者反認爲主，及見後來人，勢必反認爲客矣。」〔註59〕遵循李漁的思維邏輯

〔註59〕 （清）李漁著，閒情偶寄，中國戲曲研究院編，中國古典戲曲論著集成（7）〔M〕，北京：中國戲劇出版社，1959，68。

來看，戲劇主角出場太遲的弊端或許在於：在觀眾那裏容易造成反客為主（亦即配角壓過主角）的觀劇錯覺；同時，在主角出場較晚之前，劇作家已經耗費了不少篇幅，而再等到主角出場時仍需花費很多筆墨，這樣一來難免會受到篇幅上的很大擠兌與限制。西方戲劇理論家同樣強調指出：「主角出場宜早不宜遲」〔註60〕。縱觀中西方古典戲劇中，一般多以主角盡早出場為慣例，契合戲劇藝術時空集約化的基本特性。然而，藝術創作需要不斷創新，不能一味拘泥於慣例定式，墨守陳規；藝術創新每每正是建立在對固有傳統大膽突破的基礎之上。此即劇作家出於某些特定需要，有意識地安排某一或某些人物（一般是主人公或者具有舉足輕重地位和影響力的主要人物）很晚才出場。關漢卿的《單刀會》和莫里哀的《偽君子》堪稱這樣的典範性作品。

《單刀會》的中心事件是關羽接受魯肅邀請過江赴宴，挫敗魯肅索取荊州的陰謀而勝利返航。全劇共四折，第一折寫魯肅定計索還荊州，請來國老喬玄商議，喬公提出異議，禮讚關羽的所向無敵，勾勒出關羽威武雄偉的形象特徵；第二折寫魯肅向司馬徽徵詢索取荊州計策的可行性，但再遭否決。隱士司馬徽作為關羽故友的禮讚當更自然如實：描摹關羽發怒時的情態以及可能招致的人亡地失的嚴重後果，警告魯肅不可輕舉妄動，繼續展現關羽的精神氣概。第三折寫關羽接受「請柬」赴宴，其單刀赴會的決心和勇氣不僅來自對蜀漢事業的忠誠，也來自他的謀略和膽識。第四折正面描寫關羽與魯肅之間的矛盾衝突，直接表現關羽的大智大勇，屬於全劇高潮。從全劇情節結構看，作為主人公的關羽直到劇情進行到一半時（即到第三折時）才正式登臺亮相。這種主人公遲遲不出場的延敘無疑彰顯出劇作家的匠心獨運：第一、二兩折先不直接描寫主角，而是描寫與主角有關的其他人物，這些人物的活動起到從側面烘托與渲染主角關羽英雄氣概和蓋世威武的作用，為關羽正式出場進行了最充分的鋪墊與蓄勢，主角雖未出場，卻彷彿已呼之欲出，正所謂「未見其人，已聞其聲」，造成「山雨欲來風滿樓」甚至「黑雲壓城城欲摧」的咄咄氣勢和先聲奪人的藝術效果。這樣等到第三折主角關羽出場時，劇作家再予直接描寫關羽其人，就使前兩折的渲染烘托落到實處。觀眾早已本能地期盼著主角關羽登臺出場作正式表演，而關羽「上陣處赤力力三絡美髯飄」、「輕掄動偃月刀」的威武英姿，以及關羽在宴會之上的機智勇敢與快

〔註60〕 （法）謝萊爾著，趙少侯譯，法國古典主義編劇法，〔M〕，上海：上海譯文出版社，1959。98。

捷勝利，便是順理成章、水到渠成的事情了。

　　莫里哀喜劇傑作《偽君子》的中心人物，毋庸置疑是假扮虔誠教士的「偽君子」達爾杜弗。按理說，他自當盡早亮相才合乎戲劇常規。但劇作家卻獨出心裁地讓他遲遲不露面——該劇共五幕，達爾杜弗直到第三幕的第二場才正式粉墨登場，此時差不多戲已經演了一半左右。在此之前劇作家傾注筆墨寫巴黎富商奧爾恭一家人中間爆發的一場爭吵，爭吵的起因源出於該家庭成員內部對達爾杜弗其人褒貶不一的不同態度：奧爾恭對達爾杜弗頂禮膜拜到無以復加的程度——竟然能對妻子歐米爾的病情和安危置若罔聞，而對達爾杜弗的飲食起居卻事無鉅細的百般牽腸掛肚；他的母親白耳奈爾夫人對達爾杜弗同樣推崇之至；但奧爾恭的兒子達米斯、女兒瑪麗亞娜及女僕道麗娜等人，對裝腔作勢的達爾杜弗則嗤之以鼻。雙方吵得面紅耳赤、人聲鼎沸，甚至到了水火難融的地步，導致白耳奈爾夫人（奧爾恭的老母）負氣而要離家出走；奧爾恭盛怒之下改弦更張：宣佈廢除自己原先早已允諾的女兒瑪麗亞娜與法賴爾的婚約，逼迫女兒另行許配自己的偶像達爾杜弗。奧爾恭一家人的激烈爭吵，給臺下觀眾留下一個很大的疑問號：能夠惹得這一家人如此大動肝火的那個「達爾杜弗先生」，究竟是何許人物呢？於是翹首期待此人的出場，以便一睹其「廬山面目」。

　　雖然兩部劇作在主人公出場方面，均具有「盤馬彎弓總不發，千呼萬喚始出來」的共同特徵，同樣都用了先間接描寫後直接描寫的虛實結合的手法。但推究而論，兩位劇作家使用「延敘」這一敘事技巧的創作意圖卻又不盡相同。關漢卿對《單刀會》所作的這種情節結構，著意於表現人物情感體驗的抒情性的特定需要：該劇主旨並非再現「有一定長度」的某一故事，也不在於著力刻畫人物性格，而意欲抒發某種思想感情和表達某種時代感受，這種思想感情就是對歷史上英雄豪傑之士的愛慕和嚮往之情，這種時代感受則是民族矛盾尖銳時受壓抑民族的鬱悶和不平。而莫里哀對《偽君子》中達爾杜弗遲遲才出場的安排，則旨在追求刻畫人物、製造強烈懸念的一石數鳥的藝術效果：通過一家人對達爾杜弗的不同態度及其爭吵，自然而然地表現出奧爾恭一家人各自不同的性格特徵；還造成達爾杜弗雖未在場、卻又似乎無時不在、無所不在的那種「未見其人，先聞其聲」的戲劇性效果；同時製造了觀眾急於瞭解達爾杜弗、翹首期盼其粉墨登場的強烈的懸念。德國大文豪歌德對莫里哀以「延敘」延緩主人公出場的獨特開場推崇備至：「像它（指《偽

君子》）這樣開場的，屬於現存最偉大和最好的開場了」。〔註61〕

　　通過以上對「預敘」與「延敘」的有關論述，我們不難得出這樣的結論：作為敘事技巧的「預敘」，其特點偏重於對劇情某些重要內幕或者事件結果向觀眾作出的一種提前式透露；而同樣作為敘事技巧的「延敘」，則反其道而行之，其顯著特點是偏重於對劇情某些重要內幕或者事件結果對觀眾所做出的欲擒故縱、弔人胃口的有意拖延的一種滯後式展露。無論提前式透漏的「預敘」，還是滯後式展露的「延敘」，均服從於戲劇家鋪敘故事、構設情節、表達主題、刻畫人物等藝術構思的總體需要。從中我們可以窺見以元代雜劇家為代表的中國古典戲曲家，與以古希臘悲劇家及莎士比亞、莫里哀為代表的西方古典戲劇家，在設置戲劇懸念方面的心有靈犀、不約而同及其同中之異。由此彰顯出中西方古典戲劇家們在戲劇敘事學領域所做出的不懈努力、創作實績，及其探索到的諸如「預敘」和「延敘」等諳合戲劇創作內在需求的某些共同性藝術規律。

〔註61〕愛克曼輯錄，朱光潛譯，歌德談話錄，〔M〕，北京：人民文學出版社，1985，88。